ノンフィクション

潜水艦作戦

日本潜水艦技術の全貌と戦場の実相

板倉光馬ほか

潮書房光人新社

潜水艦作戦——目次

写真提供／各関係者・遺家族・特潜会・吉田一・「丸」編集部・米国立公文書館

潜水艦作戦

日本潜水艦技術の全貌と戦場の実相

ワスプ撃沈に結晶された潜水艦雷撃戦法

スゴ腕艦長の名人芸と九五式酸素魚雷の威力

元「伊一〇一潜」艦長・海軍少佐　坂本金美

潜水艦の魚雷戦である。そこでまず、潜水艦はどのように魚雷を発射するのか説明しよう。

敵を発見した潜水艦は、敵の進路前方に潜航して近接する。敵はしばしば変針するので、発見した目標に隠密裡に肉薄し、敵に発見されることなく魚雷を発射命中させる。これが

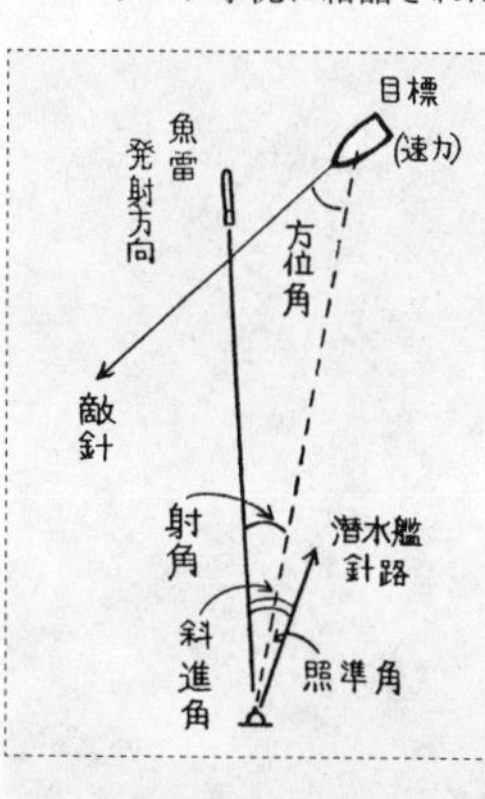

その進路はかならずしも一定ではないが、できるだけ良好な射点を占めようとつとめる。魚雷発射にもっともよい対勢は、敵の速力によってちがってくるが、方位角五〇度ないし七〇度、距離一五〇〇メートルである。

射点に到着した潜水艦は、最後の観測をおこない、所要の諸元をしらべて斜進角を魚雷に調定して発射する。

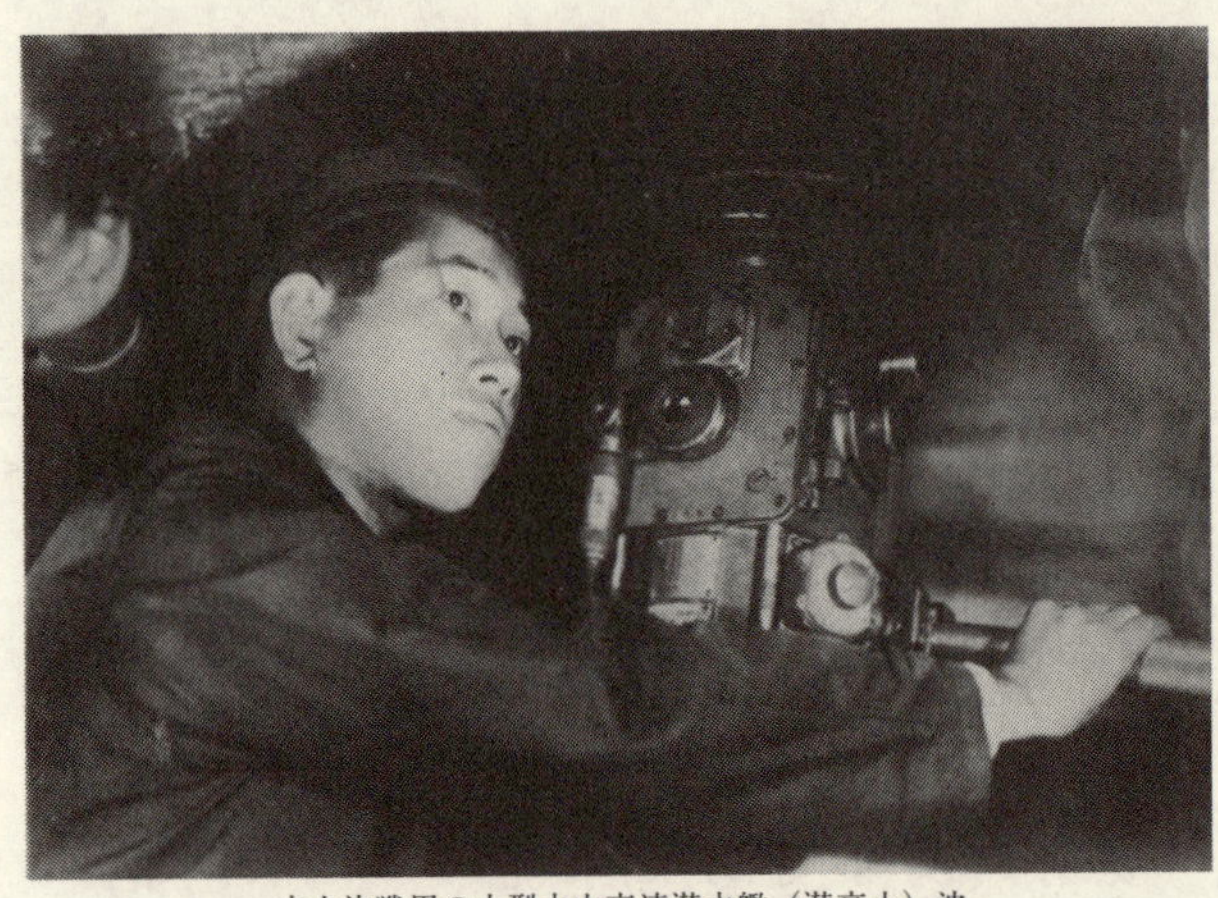

本土決戦用の小型水中高速潜水艦（潜高小）波205潜艦内の潜望鏡について敵情をにらむ艦長

こう言うといたって簡単なようだが、実際にはこれは非常にむずかしい仕事なのである。

駆逐艦や巡洋艦の魚雷発射を考えてみると、操艦は艦長がやるし、敵を観測して適当な発射諸元をととのえるのは水雷長がやる。最後に目標をねらって発射の時機をきめるのは方位盤手である。ところが潜水艦長は、これら三人の仕事を一人でやらねばならない。しかも瞬間的に短時間しか上げられない潜望鏡——それは絶対に発見されてはならない——で観測しなければならない。

こう考えてみると、魚雷戦の成否を左右する要素はいろいろであるが、発射するまではなんといっても艦長の技量がものをいう。そして発射されたあとは魚雷の性能に左右される。

名人の多かった艦長

では、日本の潜水艦長の技量は、どうであったろうか。ワシントン会議以後、潜水艦に大きな期待をよせた日本海軍は、艦隊訓練において潜水艦の猛訓練をつづけた。

その潜水艦の襲撃訓練は、直衛を二重に配した艦隊にたいする、もっとも困難な情況のもとでおこなわれていた。

したがって、こうして訓練された日本の潜水艦長は、その乗員とともに、世界の海軍のなかでももっともすぐれた技量をもっていたといえるだろう。実際、開戦当時の潜水艦長には、名人と称すべき人が多かったのである。

もう一つの重要な要素であった魚雷については、後で述べることとし、魚雷戦の成果に多くの影響をもたらした発射雷数について考えてみよう。

長期行動をする潜水艦で、かぎられた魚雷しかもっていない潜水艦においては、一本の魚雷でも無駄づかいはできない。したがって敵艦が巡洋艦以上の場合には、全射線発射（全発射管の魚雷を発射する）をおこなうが、駆逐艦や商船などに対しては一本か、せいぜい二本しか発射しなかった。

さて実戦になってみると、この方法では命中しないことが何度かあった。潜水艦が、襲撃の好機にあうことなどは、そうざらにあるものではない。それこそ千載一遇（せんざいいちぐう）の好機で、そういうとき敵を仕留めることができないほど残念なことはない。

ましてや敵の対潜手段が巧妙となり、警戒が厳重になるとますますその感が深い。そのうえ輸送船にたいする価値認識もあらたまり、のちには駆逐艦や商船にたいしても、全射線発射をおこなうようになった。

可愛い魚雷だが

技量優秀な潜水艦長が、絶好な射点をえて魚雷を発射しても、その魚雷がわるくては敵艦に命中しない。

ねらった方向に、敵に発見されずに、しかも高速をもって進むことが必要である。これがためには魚雷の性能が優秀であり、魚雷の整備が完全でなければならない。

戦時中の歌に「可愛い魚雷と……」という句があったが、潜水艦乗員はひまさえあれば魚雷の手入れに専念した。それでも完全に調整された魚雷も日がたつと、狂ってしまうこともあった。苦労してやっとぶつかった獲物を屠る絶好のチャンスに、魚雷がとんでもない方向に走っては大変だ。

暑い艦内、ながい作戦行動、苦労のおおい潜水艦生活ではあるが、敵を待つあいだに検査をし、また調整をしなおした。それは潜水艦乗員にとっては、並々ならぬ苦心であった。

さて、問題の魚雷の性能であるが、日本の酸素魚雷は文句なく列国の魚雷を凌駕していた。巡洋艦や駆逐艦につかった九三式魚雷が、世界に冠絶した魚雷であったように、潜水艦用の九五式魚雷も、すぐれた魚雷であったのだ。

米英の使用した魚雷は、空気魚雷と電池魚雷であったが、その性能はおおむね日本の八九式魚雷や、九二式魚雷にも劣っていたようであった。(表参照)

潜水艦魚雷に、つよく要求される性能は、魚雷の速力が大であることと、航跡を残さないことである。電池魚雷は完全な無気泡であり、敵に発見されることはないが、どうにも速力が遅い。空気魚雷はあるていどの高雷速をもつが気泡が出る。

これに対して九五式魚雷は、つぎのような特徴があった。

(1)潜水艦用酸素魚雷であって、駛走(しそう)能力がいちやく二倍以上になった。

(2)いままでの魚雷のように排気中に窒素をふくまないため、その航跡はきわめて発見が困難であり、波浪のある海面ではほとんど無航跡に近かった。

(3)炸薬量が多く、破壊力が大きい。

日本の潜水艦魚雷

魚雷型式	性能 炸薬量(キロ)	性能 速力ー射程(ノット)(メートル)	動力
九五式	四〇五	四五ー一二〇〇〇 四九ー九〇〇〇	酸素
八九式	二九五	三六ー一一〇〇〇 四三ー六二〇〇 四五ー五五〇〇	空気
六年式	二〇五	二六ー一五〇〇〇 三二ー一〇〇〇〇 三七ー七〇〇〇	空気
九二式	三〇〇	三〇ー七〇〇〇	電池
注	一、各魚雷とも直径は五三センチ、全長七米前後重量一・六トン前後である 二、九二式魚雷の計画は前から完成されていたが、製造されたのは戦時中の一七年中頃からである。		

レーダーに無念の涙

開戦前から日本の潜水艦は優秀だといわれ、自他ともに許していながら、なかなか期待どおりの成果をあげることはできなかった。すぐれた潜水艦長と乗員のもとに、すぐれた潜水艦と魚雷をもっていた日本潜水部隊が、なぜ、このような結果に終わったのであろうか?

その大きな原因は、わが方の潜水艦の用法（戦局の推移により輸送などに大きな兵力をあてられたことなどをふくめ）によることと、敵の対潜兵力の充実、レーダー、ソーナーなどによる対潜手段が巧妙になったことであった。

開戦直後は可動潜水艦の全力が出動したので、ハワイ監視に有力部隊を使用した時機があり、また当時は敵の対潜手段、対潜兵力は充分でなく、とくに南西方面では、比較的に容易な作戦がおこなわれ、戦果も非常にあがった。

昭和十七年の三月から五月にかけては、次期作戦にそなえて大部分の潜水艦が整備に従事し、戦果は一時低下したが、六月にはいるとインド洋の交通破壊戦が本格的にはじまり、戦果はまたもや増大した。

昭和十七年八月、米軍の反攻が開始されてガ島に上陸し、ソロモン方面に国力をかけた消耗戦が展開されると、インド洋方面に増勢される予定であった潜水艦も、この方面に投入されることとなり、大部分の兵力は警戒厳重な海面で、敵艦隊または増援部隊にたいして戦った。この間、空母ワスプの撃沈などもあり、あるていどの戦果はあがっていた。

しかるにソロモン方面の戦況はしだいに激しさを増し、昭和十七年十一月以後は、多くの潜水艦が輸送任務につかわれるようになった。そしてこの輸送作戦はソロモン、ニューギニアへと昭和十九年の半ばまでつづけられ、それ以後は輸送専門の潜水艦により、太平洋のほとんど全域にわたっておこなわれた。したがって、昭和十八年と十九年前半の戦果は、インド洋交通破壊戦にたよっていたといってよい。

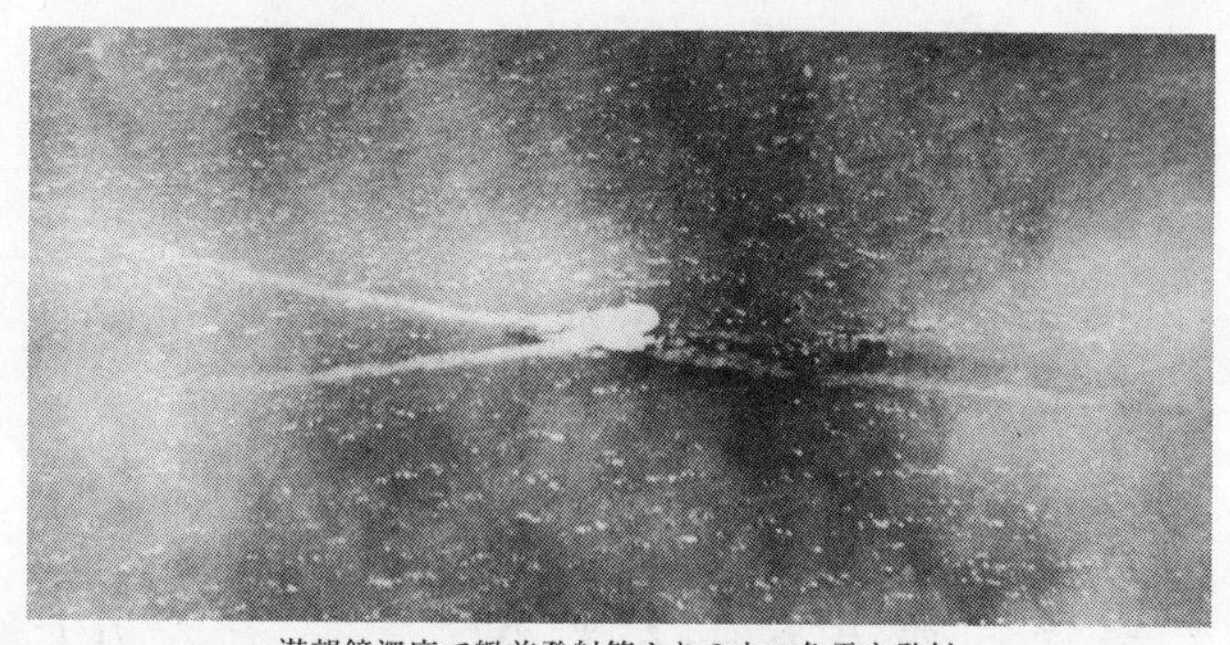

潜望鏡深度で艦首発射管より２本の魚雷を発射
した瞬間の伊152潜。上空からは船体が見える

一方、レーダーの活用と、ソーナー、ヘッジホッグなどの進歩、対潜兵力の充実にともない、敵の対潜手段は巧妙かつ活発となり、昭和十八年も後半にはいると、わが潜水艦作戦は苦境にたちいたってきた。

とくに昭和十八年末のギルバート作戦、それにつづくマーシャル方面の作戦において、潜水艦の被害は続出し、あ号作戦（マリアナ沖海戦―十九年六月）において潰滅的打撃をうけるにいたった。

この作戦においてトラック島南方の散開線に配備されたわが潜水艦は、短時日の間におなじ米駆逐艦のために六隻も撃沈されるようなこともあった。

インド洋方面においても、しだいに敵の警戒は厳重となり、かつこの方面に送られる潜水艦も少なくなり、昭和十九年後半以後は、ほとんど戦果をあげることはできなかった。そして二十年二月、第八潜水戦隊の解体とともにこの作戦に終止符をうったわけである。

昭和十九年十月、米軍の比島への反攻が開始され、レイテ島へ上陸をはじめると、日本海軍の最後の運命をかけた比島沖海戦と、それにつづく同方面のはげしい戦闘がくりかえされた。潜水艦も全力をあげて戦い、あるていどの戦果を得たが、それ以後は多くの潜水艦は、回天による特攻作戦へとうつり、魚雷戦による戦果はきわめて小さなものとなっていった。

以上が魚雷戦を中心にした大体の潜水艦戦の状況である。

米空母ワスプを撃沈す

最後に日本の潜水艦が、その魚雷戦の効果をよく発揮した例として、伊号第十九潜水艦（伊一九潜艦長木梨鷹一中佐）の奮戦をあげよう。

ソロモン戦が白熱化し、日米両軍が必死になってガ島に増援をおこなっていたころ、日本の潜水艦は敵の増援を阻止するため、ガ島、エスピリッツサント間に散開線をはっていた。

昭和十七年九月十五日、伊一九潜は、その散開線にあって作戦中、敵機動部隊を発見、空母にたいし魚雷攻撃を敢行した。方位角右五〇度、距離九百メートルの絶好の射点であった。

当時の情況を、モリソン戦史から引用してみよう。

レイノー提督の旗艦である空母ワスプは、巡洋艦四隻と六隻の駆逐艦に護衛されていた。このグループから五、六浬（かいり）をへだてて空母ホーネットが行動していた。同空母はその群の旗艦ノースカロライナおよび巡洋艦三隻と七隻の駆逐艦でとりまかれ、いわゆる輪形陣をもって十六ノットの速力で航進中であった。

突如、ワスプの見張員は「右舷魚雷発見」と大きな声でさけんだ。艦長はただちに面舵（おもかじ）一杯の転舵を命じたが、時機すでにおそく、三本の魚雷は右舷側に命中した。

ときに午後二時四十九分であった。

一方、ホーネットのグループにおいては、直衛駆逐艦が魚雷発見の警報を発したが、その近くにいた戦艦ノースカロライナの巨大な艦体は、すばやい処置にもかかわらず、ついに魚雷をかわすことができず、午後二時五十二分、魚雷一本の命中を受けて相当の損害を受けた。他の一本の魚雷は、午後二時五十四分、駆逐艦オブライエンに命中した。

この結果、ワスプとオブライエンはのちに沈没した。モリソンはノースカロライナとオブライエンの二隻は、伊一五潜（伊号第十五潜水艦）の雷撃によるものと記述している。

しかし伊一五潜は、ワスプの沈没を確認し報告しているが、みずからは魚雷を発射していない。したがってその後の研究により、これらの、すなわち空母一、駆逐艦一撃沈、戦艦一中破という戦果は、伊一九潜の発射した六本の魚雷による驚異的な戦果であることが確認された。

日本潜水艦作戦の全貌

元第六艦隊参謀・海軍大佐　渋谷龍稺

緊迫していた国際情勢は、昭和十六年十月に近衛文麿内閣が瓦解、東條英機内閣が成立するにおよんで、いよいよ深刻となり、開戦は避けられない情勢となった。連合艦隊司令長官は、南雲忠一中将麾下の機動部隊と清水光美中将指揮下の先遣部隊とをもってハワイを空海から奇襲し、開戦劈頭、米国の艦隊兵力に大打撃をあたえる計画をたてた。

先遣部隊の各潜水艦は、十一月二十日ごろに内地を出港し、それぞれ針路を東にとった。ここで特記すべきことは、第一潜水戦隊の潜水艦五隻が、特殊潜航艇（甲標的と称した）を搭載していたことである。これらの五隻はミッドウェーの南方をへて一路、真珠湾の南方へ、残りの第一潜水戦隊と第二潜水戦隊は北方航路をとってオアフ島の北方へ、第三潜水戦隊は南方航路をとって、マーシャル群島のクェゼリンからオアフ島南方海域に隠密裡に進出した。

渋谷龍稺大佐

開戦当初における潜水部隊の編成

区分			部隊
連合艦隊	第六艦隊		香取
		第一潜水戦隊	第一潜水隊（イ15、イ16、イ17） 第二潜水隊（イ18、イ19、イ20） 第三潜水隊（イ21、イ22、イ23） 第四潜水隊（イ24、イ25、イ26） イ9・靖国丸
		第二潜水戦隊	第七潜水隊（イ1、イ2、イ3） 第八潜水隊（イ4、イ5、イ6） イ7・イ10・さんとす丸
		第三潜水戦隊	第一一潜水隊（イ74、イ75） 第一二潜水隊（イ68、イ69、イ70） 第二〇潜水隊（イ71、イ72、イ73） イ8　大鯨
	第三艦隊	第六潜水戦隊	長鯨 第九潜水隊（イ123、イ124） 第一三潜水隊（イ121、イ122）
	第四艦隊	第七潜水戦隊	迅鯨 第二六潜水隊（ロ60、ロ61、ロ62） 第二七潜水隊（ロ65、ロ66、ロ67） 第三三潜水隊（ロ63、ロ64、ロ68）
	第四潜水戦隊		鬼怒・名古屋丸 第一八潜水隊（イ53、イ54、イ55） 第一九潜水隊（イ56、イ57、イ58） 第二一潜水隊（ロ33、ロ34）
	第五潜水戦隊		由良・りおでじゃねいろ丸 第二八潜水隊（イ59、イ60） 第二九潜水隊（イ62、イ64） 第三〇潜水隊（ロ65、ロ66）
呉鎮守府部隊			第六潜水隊（ロ57、ロ58、ロ59）イ52
備考	昭和十五年五月以降、イ53～イ75の潜水艦はイ153～イ157と改名		

開戦予定日である十二月八日の前日には、各潜水艦は定められた配備についたのであるが、それ以前に第三潜水戦隊の潜水艦二隻によって、ラハイナ泊地の隠密偵察が行なわれ、同泊地には米国艦隊が在泊していないことが確かめられた。これは機動部隊の空襲前、真珠湾以外に米国艦隊が在泊しないことを知らせるためのものであった。

甲標的を搭載した特別攻撃隊の各潜水艦は、開戦前夜、真珠湾港口に近接して甲標的を発進させた。特別攻撃隊・甲標的のその後の行動と戦果については、およそ推測の程度を出ないのであるが、五隻のうち二～三隻は港内深く侵入し、機動部隊が第一撃をかけた後、その日の夜半までの間に魚雷攻撃を加えたと信じられている。

甲標的に関しては、九軍神として喧伝されているが、これらの搭載艦であった潜水艦のその後の苦心については、あまり知られていない。

もともと特別攻撃隊は、戦争末期における特攻と異なり、あくまでも生還を期するのを建て前としていた。

そのため各潜水艦は、八日夜から十日夜半まで、真珠湾にほど近いラナイ島の西方海面で、きわめて厳重な敵の警戒下に、甲標的搭乗員の捜索収容に任じたのであったが、ついに一名の生還者も得られぬまま捜索をうち切った。しかし、その努力は高く評価されるべきであった。

機動部隊の空襲後、米国艦隊が反撃に出た場合、これを捕捉して攻撃するのが先遣部隊の主任務であった。しかし、敵の反撃がなかったので、残存艦隊の脱出にそなえて、以後約二ヵ月間、真珠湾に対する監視哨戒が続行された。そしてこの間、味方潜水艦一隻（伊七〇潜）を失い、敵空母サラトガに損傷をあたえたにとどまった。アメリカ海軍作戦史の著者モリソン博士は、

「実際にはなんらの功績も立てず、大きな犠牲をはらっただけで、先遣部隊は完全に失敗した」といっている。潜水艦の持続的戦果に期待をかけていた作戦当局も、予期に反した結果に深刻な失望を禁じ得なかったのである。

この真珠湾作戦の不成功にもとづいて、実戦を経験した潜水艦長や司令から潜水艦用法に関し、まずつよくその反省が強調された。すなわち、海空よりの警戒厳重な艦隊にたいする

奇襲攻撃は至難であり、けっきょく潜水艦は海上交通破壊戦に専念する以外に、その力を発揮する道はないとの声であった。

秘められた潜水艦の功績

開戦と同時に、南シナ海方面に進出した第六潜水戦隊は、比島の上陸作戦に協力し、第四、第五潜水戦隊はマレー半島の上陸作戦を掩護した。上陸作戦は各地点とも第一次上陸に成功したが、シンガポールを根拠地とした英国艦隊は、わが上陸を阻止するため、急遽、同港を出てマレー東岸を北上して反撃の挙に出た。

この英艦隊の行動は、十二月九日の午後にいたって、配備にあった伊六五潜（伊号第六十五潜水艦）の発見するところとなった。英艦隊は駆逐艦をともなうプリンス・オブ・ウェールズおよびレパルスの二戦艦であり、伊六五潜がこれを全軍に報告するまで知られなかった。明くる十日の午後、航空部隊の攻撃によってこれらの二艦をほうむり去ったが、この発見報告は、真珠湾攻撃前のラハイナ泊地の偵察報告と好一対をなす、秘められた潜水艦の功績であった。

十二月末になると、第六潜水戦隊はポートダーウィンを中心とする豪州北部海域で、第四潜水戦隊はジャワ近海で、英残存極東艦隊と蘭印艦隊の捜索と攻撃、海上交通破壊戦に任じた。また、第五潜水戦隊はいち早く、ロンボック海峡（バリ島東岸海域）からインド洋に進出し、ペナン（マラッカ海峡北端、マレー半島西岸沖の島）を基地としてベンガル湾やスマトラ南西岸からインド西岸海域で海上交通破壊戦を開始した。

インド洋の大商船狩り

昭和十七年二月、第二艦隊司令長官の指揮する南方部隊に、真珠湾空襲に成功した航空戦隊を主力とする機動部隊が臨時に編入され、インド洋方面における機動作戦が計画された。この作戦で、機動部隊はポートダーウィンからセイロン島までの海域を一掃し、戦果を収めてサッと内地に引きあげたが、この露払いの役目をしたのが、ハワイ方面から転戦した第二潜水戦隊であった。

そして機動作戦が終わると、この戦隊も第五潜水戦隊と一緒にペナンを基地として、商船狩りの一翼をになうことになった。

四月までにインド洋方面で商船攻撃に参加した潜水艦は総計二十四隻で（もちろん、整備補給と休養のために六隻以上の潜水艦が行動をしていることは稀れではあったが）、約四十隻、二十万トンの商船を撃沈した。このことは、当時ドイツが誇示した戦果とくらべて、かならずしも不満とすべきものではなかった。

なお、先遣部隊の一部の潜水艦は、日米開戦直後の十二月末に半月ほど北米西岸で商船攻撃をこころみ、約十隻の戦果を挙げている。これをインド洋の戦果と合計すると、当時、米国潜水艦によって喪失した日本船舶の総計とほとんど同程度であった。

敵の戦意挫折をねらう

潜水艦は交通破壊戦に力をそそぐべきであるとの考えは、昭和十七年四月以降の第二段作戦実施要綱におり込まれたが、それでも連合艦隊の作戦命令では『対米英交通破壊戦を強化する』という程度のものであって、潜水艦作戦の根本方針は依然として、米英艦隊の撃滅に重点が向けられていたことに変わりはなかった。

しかしその一方、艦隊作戦が成功した場合には、新鋭潜水艦の大部分を交通破壊戦に転換し、とくにインド洋と豪州東方海域で、大規模に補給線を遮断して、敵の戦意を挫折させようとしたことは事実である。ただ実際には、あとで述べるように、艦隊作戦の過失によって、この企図の変更を余儀なくされている。

さて、第二段作戦が開始されると、潜水艦部隊の任務が示されたが、その概略は、

㈠、第一、第二潜水戦隊はアリューシャン群島要地攻略作戦に協力したのち、インド洋に進出して交通破壊戦を行なう。

㈡、第三、第五潜水戦隊はミッドウェー攻略作戦に協力したのち、第三潜水戦隊は南太平洋に、第五潜水戦隊はインド洋に進出する。

㈢、第八潜水戦隊は二隊に分かれ、一隊はアフリカ東岸、一隊は豪州東岸、ニュージーランド方面の要地にある敵艦隊を甲標的で奇襲したのち、前者はインド洋で、後者は南太平洋で交通破壊戦を行なう。

といったものである。

なお、第二段作戦開始時の第一潜水戦隊は、開戦当時の半数に減らされ、その半数と新たに就役した大型艦の合計十一隻で新たに第八潜水戦隊が編成されている。また、昭和十七年三月十日に第四潜水戦隊が、四月十日に第六潜水戦隊が解隊され、一部は内地部隊に、一部は第五潜水戦隊に吸収されている。

ミッドウェーの悲運

ミッドウェー海戦は、ミッドウェー島を攻略することによって米残存艦隊をさそい出し、これを一挙に撃滅するのが連合艦隊司令部のねらいであって、すべての作戦はこの目標に向かってすすめられた。そして、その結果は、不幸にも日本海軍の精鋭な海上航空兵力の大部を一瞬にして失うこととなり、それ以後の全般作戦に重大な影響をおよぼすことになった。

ミッドウェー作戦に参加する潜水艦（十五隻）は、真珠湾とミッドウェー島との中間、ハワイ諸島の南と北に、ミッドウェー攻略予定日の五日前（六月二日）におおむね南北に散開して、真珠湾から西進してくる敵艦隊を邀撃する計画であった。

しかし、潜水艦の内地における整備の遅延などが原因して、予定された散開線につくのが六月四日となってしまった。一方、米国艦隊はわがミッドウェー攻略の企図を察知して、その機動部隊はいち早く真珠湾を出撃していたので、わが潜水艦が配備につき終わったときは、すでに西方に通過したあとであった。

この事実は、敵味方両機動部隊が相まみえるまで、潜水艦部隊に判明しなかったのであって、敵空母発見の報とともに各潜水艦は西進したが、海戦がまったく終結するまで、ついになんらの敵情も得られなかった。

戦後の調査によると、潜水艦の配備点到着が予定の計画どおりであったら、たとえ攻撃には成功しなくとも、大部隊の通過を察知するか、または発見することができたことと思われる。

とすれば、わが機動部隊も有利に作戦を進めることができたであろうし、この海戦の様相も変わっていたに違いない。

ただ、この海戦で伊号第百六十八潜水艦が六月七日、曳航中の敵空母ヨークタウンに対して、厳重な警戒網を突破して雷撃をくわえ、ヨークタウンを曳航していた駆逐艦（ハンマン）一隻とともにみごとに撃沈したことが、唯一のなぐさめであった。

なお、ミッドウェー海戦前の五月三十一日、ハワイの事前偵察を行なうため、二式大型飛行艇二機と若干の潜水艦が充当された。第二次K作戦と称されるもので、飛行艇の飛行距離延長のため、ハワイ諸島中の一環礁であるフレンチフリゲート礁を利用して燃料補給を行なうため、潜水艦が派遣された。

また、偵察行動をたすけるため飛行艇の無線誘導、気象通報、不時着搭乗員収容などの任務を与えられた潜水艦もあった。しかし、フレンチフリゲート礁の警戒は非常に厳重で、潜水艦からの燃料補給は不可能となったので、このK作戦はとりやめとなった。

また、ミッドウェー海戦において、米国海軍は十九隻の潜水艦を、艦隊を支援するためにミッドウェーの周辺に配し、わが機動部隊および攻略部隊の邀撃にあたらしめた。これらのうちノーチラスが、空母機によって損傷を受けたわが空母蒼龍を攻撃している。

ミッドウェー攻略作戦と併行して、アリューシャン攻略作戦が実施された。この作戦ではアッツ島とキスカ島を占領したが、潜水部隊である第一、第二潜水戦隊は、アリューシャン群島の事前偵察と攻略作戦支援に任じている。

その作戦海域は東はシアトル、ダッチハーバーから、西はアッツにおよんだ。この作戦で、わが一潜水艦は濃霧の中を航行していたとき、突如として見えぬ敵から至近弾をうけた事実があり、米軍がレーダー射撃を採用しはじめたものと推察された。

米軍、反攻を開始す

第八潜水戦隊は昭和十七年四月中旬に内地を出港して二隊にわかれ、五月下旬から六月上旬の月明期間に甲標的（真珠湾攻撃後に改良された）による奇襲を敢行する計画で、インド洋と豪州東岸に向けて進出した。

一隊（潜水艦五隻）はマレー半島西岸ペナンに寄港し、うち三隻が同地で甲標的を搭載してアフリカ東岸に向かい、また他の一隊（潜水艦六隻）は一部が珊瑚海海戦に参加したのち、いったんトラックに帰り（一隻は同海戦で未帰還となった）、三隻の潜水艦が甲標的を搭載して豪州東岸に向かった。

アフリカ隊はアデン、モンバサ、ザンジバル、ダーバン等を偵察した結果、五月下旬になって、マダガスカル島のディエゴスワレス湾在泊の艦隊を奇襲するに決し、豪州隊はシドニー、オークランド（ニュージーランド）、ヌーメア（ニューカレドニア）等を偵察し、攻撃港をシドニーと決定した。

両者の攻撃時期は奇しくも同じ日となり、五月三十一日、東西相呼応したかたちとなった。甲標的は真珠湾と同様、残念ながら一基も帰還しなかった。当時の若い搭乗員たちは、殉国精神に燃えていたので、生還するという考えはぜんぜん念頭になかったのであるが、全基未帰還であったことは、作戦後に甲標的によるこの種の作戦を打ち切らせる主因となった。

もちろん、潜水艦本来の作戦に適合しないこと、敵の対応策が強化され、攻撃がますます困難となるであろうことも、その一因ではあったが。

ミッドウェー作戦後、連合艦隊司令部は潜水艦の大部を、インド洋と豪州東方海域の南太平洋に派遣して、強力に交通破壊戦を展開し、敵の輸血路を遮断することを企図していたことは、すでに述べた。

そこで、ディエゴスワレスとシドニー攻撃を終わった第八潜水戦隊と、ミッドウェーから転進した第三潜水戦隊は、それぞれの予定計画にしたがって、交通破壊戦を開始した。

なお、増強予定の第一、第二、第五潜水戦隊は、内地で整備したのち、インド洋に進出するはずであった。しかし八月上旬、ソロモン群島に対する米軍の反攻開始によって、この計画は根底からくつがえされてしまった。

ディエゴスワレス攻撃の、その一艦である伊三〇潜は、その後、ドイツ派遣の特別任務につき、荒天と危険をおかして八月五日、フランスのロリアンに到着している。

また、六月から七月にいたる間に、アデン沖（アラビア半島南西端）、モンバサ沖（アフリカ東岸中部）、およびモザンビーク海峡（マダガスカル西岸海域）に行動した潜水艦は、四隻で二十三隻の商船を撃沈した。豪州東岸、ニューカレドニア方面に行動した潜水艦十隻は、九隻の商船を屠っている。後者の戦果が格段に少ないのは、敵の警戒が厳重なことと、輸送航路の発見が困難であったのに原因している。

さらに開戦以来、潜水艦の急速な建造にともなって潜水艦要員も大量養成の必要にせまられ、潜水学校の拡張、練習生の増大をみるにいたった。しかし、実習用潜水艦が貧弱であったので、まず第四潜水戦隊を解隊して実習潜水艦に充当した。それでも所望の域に達しないので、さらにミッドウェー作戦後、第五潜水戦隊を解隊して、その一部を練習潜水艦とするのやむなきにいたった。

南太平洋決戦の鍵

ソロモン群島の南東端に近いガダルカナル島（ガ島）と対岸フロリダ島のツラギに、米軍機動部隊の攻撃が開始されたのは、昭和十七年八月七日であった。（一〇五頁地図参照）ガ島はこの年の五月、わが軍が占領した島であるが、南太平洋の一隅のこの島ではじめられた日米の攻防戦は、日本の主作戦の正面に対して行なわれた米軍の最初の本格的な攻勢作戦であった。と、同時に、日本の敗退の第一歩でもあった。そしてこの島をめぐって、昭和

ガ島海域で爆雷攻撃をうけ潜航不能、2日にお
よぶ敵機の追撃を脱して生還を果たした伊11潜

十八年二月上旬まで、日米両軍の死闘が展開されたのである。

ガ島にたいする米軍の攻撃が開始されると、潜水艦もこの作戦の渦中に投げ込まれた。まず南太平洋で交通破壊戦に従事中であった第三潜水戦隊と、ソロモン群島方面の防備を担当する第八艦隊所属の第七潜水戦隊が、ガ島にたいする米軍の増援補給を遮断する任務についた。しかし、戦局の重大さに比して、潜水艦兵力はあまりにも寡少であったので、インド洋に進出を予定された他の潜水部隊も、急速にソロモン群島方面に進出を命ぜられた。

八月二十四日、「第二次ソロモン海戦」と称される航空戦を主とする海戦が、ガ島の東北方海面で生起した。これは東ニューギニア、ソロモン群島方面の新情勢に応ずる作戦指導方針にもとづいて、わが機動部隊がガ島奪回を強力に支援したのに対し、敵もその機動部隊をもって対抗してきたのに起因した。

この海戦で第一潜水戦隊の各艦は、味方機動部隊の南方に散開線を展開して、しばしば敵機動部隊の位置を報告したが、魚雷攻撃の機会を得たものがなく、日米両軍とも徹底した成果をおさめえなかった。

ガ島における陸上戦闘の勝敗は、ひいては南太平洋の戦局を左右する重大な鍵と考えられたので、彼我両軍とも、同島にたいする物質の補給、兵力の増援には死力をつくして強行しなければならぬ破目となった。また、相互に敵の増援補給に対しては、いかなる犠牲をはらってでも、これを妨害阻止する必要にせまられていた。

このようにして、ガ島を中心に両軍の消耗戦が継続されたが、わが潜水部隊は、その精鋭潜水艦のほとんど大部分をこの方面に集中し、九月から十一月上旬にわたって、敵の増援を阻止する作戦をおもな任務として行動した。つまり第一、第三、第七潜水戦隊の各潜水艦と、第八潜水戦隊の一部の潜水艦が、ガ島近海からその南方、遠くニューカレドニア方面の海域まで行動して、非常に重要な役割をはたした。

あるものは敵の機動部隊を捕捉して航空母艦、戦艦などに大打撃をあたえ、あるものは輸送船団を攻撃して戦果をおさめた。また、はなはだ地味な仕事ではあったが、遠くにある敵の港湾を偵察し、味方見張所との連絡にあたり、あるいは危険な環礁に進入して、味方の水上機の燃料の補給に任じたものもあった。

この間に伊一九潜が正規空母ワスプ、駆逐艦オブライエンを撃沈し、戦艦ノースカロライナ撃破という偉功をたてている。艦長は木梨鷹一少佐。さらに伊二六潜が、巡洋艦ジュノー撃沈、正規空母サラトガ撃破という戦果をあげ、伊一七六潜は巡洋艦チェスターを撃破し、伊二一潜は駆逐艦ポーターを撃沈している。

このほか、さらに輸送船五隻を撃沈するなど、まさに赫々たる戦果をおさめた。しかし、この輝かしい戦果のかげには、悲運にも五隻の潜水艦が犠牲となったのである。

忍びがたきを忍ぶ

さて、昭和十七年十一月に陸軍の大部隊をガ島に送ることに成功はしたものの、物資の揚陸は不成功におわり、その後も水上艦船による補給は、米軍の必死の妨害のためにほとんど絶望視された。

そこで、大本営は陸軍からの切なる要望もあって、ついに潜水艦を使用して、物資を輸送することを決意するにいたった。潜水艦による輸送では、搭載品の重量や容積に極度の制限をうけ、輸送量も多量を望めないのは当然である。しかし、二万五千名の将兵の飢餓を救う最小限の食糧と小火器の弾薬だけでも、補給しないわけにはいかない。

攻撃のための潜水艦を輸送任務に使うことは、大本営としても艦隊としても、決して望むところではなかったが、状況はそこまで切迫していたのである。

この決意は、連合艦隊司令部、第六艦隊司令部をへて、第一潜水戦隊司令官に対して輸送を実施するように指示された。警戒厳重な敵前で揚陸作業をせねばならぬこの輸送作戦は、なまやさしいものではない。

十一月下旬から、ガ島北端のカミンボにいたる潜水艦輸送が開始された。またこのころには、東部ニューギニア方面においても、友軍の敗退にともなう輸送作戦を必要とするにいたり、輸送部隊指揮官たる第一潜水戦隊司令官のもとに、第六艦隊の精鋭潜水艦二十数隻が配属された。この結果、輸送以外の作戦に従事する潜水艦は、寥々たるものとなってしまった。

明くる昭和十八年一月上旬になって、ガ島撤退作戦、いわゆる〝ケ号作戦〟が発令された。この撤収作戦は、二月初旬に実施され、生存者全員の収容と撤退によって終止符をうったのであるが、昭和十七年十一月末から昭和十八年一月末までの間に、ガ島輸送に従事した潜水艦は二十一隻、延べ三十三回におよんだ。また、これと同時に実施された東部ニューギニアに対する輸送には、九隻の潜水艦で延べ二十回実施された。

輸送した物件は両者合計すると糧食八百トン、弾薬二百トンのほか衛生材料、燃料若干がふくまれている。そしてこれらの困難な輸送のために、四隻の貴重な潜水艦と、その乗員を失ったのである。

ガ島の潜水艦輸送作戦において、戦闘用潜水艦の大部分を輸送任務にのみ釘づけされたことは、潜水艦関係者にとって堪えがたいことであった。作戦指導にあたる者も、陸海軍協同作戦の見地から、忍びがたきを忍んでいる状況であった。

しかし、米軍が海空よりする厳重な護衛のもとに、堂々と大量の増援群と物資をガ島に注入しつつあった当時、これらの潜水艦隊全部が、ガ島の敵増援の阻止に任じたとしても、決定的に戦勢を転じえたかどうかは疑問であっただろう。

苦渋の日本潜水艦

ガ島撤退作戦が完了すると、第六艦隊は敵の補給路の遮断に主作戦目標をおき、次期作戦に移った。これは、大部分の潜水艦を豪州東方海域からサモア、フィジー諸島方面に配し、ハワイ方面から豪州とソロモン群島方面にのびる米軍の補給線を断ち切らんとするものであった。昭和十八年三月以降、第一、第三潜水戦隊によって、この作戦が開始された。

荒天下を全力航走する伊56潜。19潜水隊の伊56潜はマレー作戦後、ミッドウェー作戦やキスカ撤収等に従事した

この作戦では、敵の輸送船団の航路の集束点に潜水艦を配備して、目標を発見したならば、多数の潜水艦がむらがって、徹底的にこ

れを攻撃する戦法がとられた。

とはいえ、敵の主要航路を探索中で、まだ充分な戦果があがらないうちに、不幸な事態に直面した。それは五月十二日、米軍のアッツ島に対する上陸によって生じた、アリューシャン群島方面の戦況の急変であった。

これより先、北部太平洋方面における作戦のために、六隻の新鋭潜水艦が第五艦隊に編入され、アリューシャン方面の防備、米軍の反攻阻止にあたっていた。しかし、アムチトカ島に米軍が進攻してからは、キスカ、アッツ両島の弾薬糧食の補給さえ困難となって、ガ島と同様に、潜水艦による輸送がわずかながら実施されていた。

米軍のアッツ上陸によって、大本営は同島の奪回を断念し、キスカ島の撤退を決意した。しかし、キスカの撤退完了までの間は、同島にたいする緊急輸送と傷病者の後送のため、第六艦隊の潜水艦がさらにわずかながら増強された。

こうして、五月の末から六月の末までの間に、十三隻の潜水艦によって幌筵、キスカ島の輸送が実施された。アリューシャン方面は、当時は濃霧の季節で、潜水艦の行動はきわめて掣肘（せいちゅう）を受けたが、さらに悩まされたことは、米軍艦隊がレーダーを装備し、濃霧の中でも自由に攻撃しうることであった。

それに反して、われはまったく、この対応策を持たなかったことで、盲人が目明きと太刀打ちするようなものであった。

この不利を承知のうえで作戦しなければならぬわが潜水艦は、まさに悲壮きわまるもので、米軍のアッツ上陸以来、攻撃および輸送に従事した潜水艦十七隻のうち五隻を失い、ほかに三隻があやうくレーダー射撃の餌食となるところであった。

第五艦隊に臨時に編入された潜水艦が、アリューシャン方面で苦難の輸送任務に従事しているころ、その他の地域においても、わが潜水艦はそれぞれの任務にしたがって作戦していたが、その主なものを挙げるとつぎの通りである。

㈠、南部太平洋方面では、第六艦隊の一部潜水艦が、小規模ながら補給増援にたいする遮断戦をおこなうほか、遠くフィジー、ニューカレドニア、ニュージーランドなどの要地を偵察し、敵の艦隊の動静を偵知するのに専念した。これらの偵察は、わが航空機行動圏外の作戦であって、潜水艦がこれに任じ得られる唯一の兵力であり、その偵察の成果は、わが作戦指導部における情況判断に有力な資料を提供した。

㈡、東部ニューギニア、ソロモン方面では、第八艦隊所属の小型潜水艦と第六艦隊の一部の潜水艦が、依然として、わが陸上部隊に対し継続補給をおこない、戦闘力の維持に貢献した。昭和十八年三月から九月までにラバウルからラエに対して七十五回、九月から十一月までにシオおよびスルミなどに対して四十三回、合計約四千トンの物資を輸送している。

㈢、インド洋方面には、南西方面艦隊に編入されている潜水艦五隻が、ペナンを基地として交通破壊戦に従事した。一部はベンガル湾に、一部は遠くアラビア海、オマーン湾、ペルシャ湾方面に行動して、輝かしい戦果を得たが、いかんせん潜水艦の数が不足していた。

進歩した敵の対潜掃蕩

ガダルカナル失陥後、ソロモン群島方面における地上部隊の地歩は、しだいに後退を余儀なくされた。東部ニューギニア方面でも、米軍はラエ、フィンシュハーフェンを奪取し、ダンピール海峡（ニューブリテン島西端海域）を扼したので、ラバウルはまったく孤立化した。

中部太平洋方面では、敵の攻勢を暗示するかのように、ウェーキなどに対する機動部隊の空襲があった。また日本本土の近海は、米潜水艦の跳梁が非常に活発で、昭和十八年十一月ごろには、敵の本格的な攻勢がどの方面に向けられるかが問題であった。

十一月十九日、米機動部隊はマーシャル群島の島南方ギルバート諸島方面を襲い、マキン、タラワ両島にたいして果敢な上陸作戦をはじめた。当時、この機動部隊に対抗しうるものは、もよりの基地航空部隊と潜水艦だけであった。第六艦隊司令長官は、マーシャル群島の東方海域に作戦中であった潜水艦を急きょ移動させるとともに、トラック在泊中の出動可能な潜水艦を急派して、敵機動部隊の攻撃を命じた。

両島の周辺に集中した潜水艦は九隻であったが、対潜掃蕩は苛烈をきわめ、月末までの短期間に六隻が消息不明となり、帰還した三隻も数十発の爆雷攻撃によって損傷を受けるという悲惨な結末をみた。この戦闘で、伊一七五潜が護衛空母リスカムベイを撃沈している。

この被害は、じっさいには十二月中旬になって判明したのであるが、第六艦隊司令部は潜水艦の戦術的用法について検討した結果、

㈠、敵の対潜警戒がとくに厳重な局地攻防戦において、狭小海域に比較的多数の潜水艦を

集中した傾向があった。

㈡、出動可能な潜水艦が少ないため、練度が充分でない新就役艦や、行動日数がきれかかった疲労しきっている潜水艦を無理に作戦させた。

㈢、局地における潜水艦に対して無駄な移動を命じて、敵にわが伏在面を暴露した。

㈣、敵の対潜兵器は格段に進歩し、掃蕩法も巧妙かつ執拗であった。

などの諸点をあげて反省している。

ギルバート諸島攻略に成功した米軍は、それ以後西進して、昭和十九年一月末にはマーシャル群島方面の要衝ルオット、クェゼリンを奪取した。このためにわが内南洋方面は、中部太平洋方面からの敵の優勢な機動部隊の脅威をうけ、またソロモン群島とニューギニア方面からの大型陸上機による空襲にさらされる結果となった。

わが南方の最大の根拠地であるトラックも、大艦隊の在泊地としては不適となったので、連合艦隊の大部は西カロリン方面に後退した。しかし、第六艦隊だけは依然としてトラックを基地として、敵の輸送路の攻撃、敵情の偵察、離島にたいする輸送、敵機動部隊の邀撃など多種多様な任務をおびて作戦していたが、潜水艦の数も少ないので、戦果も少なかった。

昭和十九年二月十七、八日の両日、空母九隻、戦艦六隻を基幹とする五十数隻の優勢な機動部隊がトラックに来襲した。しかし、わが防空兵力は無力にひとしく、トラック在泊中の艦船（主として輸送船であったが）は甚大な損害をうけ、第六艦隊旗艦の平安丸もこの空襲で沈没し、同司令部はトラックの陸上仮施設にうつらねばならぬこととなった。

この空襲にさいして、トラックで整備休養中であった潜水艦三隻と、ラバウルにあった潜水艦三隻を急きょ配備したが、機動部隊を捕捉するにいたらなかった。

戦機に投じえず

昭和十九年四月ごろには、米軍は強力な基地航空兵力を推進しつつ、ニューギニア北岸ぞいに西進し、比島に進攻作戦を指向するかにみえる一方、艦隊主力はマーシャル方面に集中して、わが本土防衛戦を突破せんとする態勢をととのえてきた。

六月十三日、サイパンを攻略しようとする敵の企図が明瞭になったので、連合艦隊司令部は、遠くマーシャル群島方面にあった潜水艦をサイパン東南方に向けて急速移動して、敵機動部隊の邀撃を命ずる一方、小型潜水艦をサイパン周辺に集中して、敵攻略部隊の攻撃を命じた。

六月十九日、二十日、マリアナ〜比島間で激烈な航空戦が起こったが、不幸にもわが方の敗北に終わった。この戦闘で米潜水艦は、わが空母二隻を好餌としたが、わが潜水艦はついに戦機に投じることができなかった。

その後、わが潜水艦は、サイパン、テニアン方面に集まって攻略部隊の攻撃にあたったが、戦後の調査によると、空母、戦艦各一隻に損害をあたえた程度である。これに反して、わが潜水艦は二十一隻が参戦し、その十二隻を失った。

この「あ」号作戦によって、一挙に多数の潜水艦を失った第六艦隊は、その後の作戦では、わずかな兵力を単独に使用することを避けて、海上、航空両部隊と協同して、敵艦隊および攻略部隊を決戦正面で邀撃し、その進攻作戦を破壊する方針をとることとした。

そして、それまでの間は、極力、潜水艦の戦備の充実をはかることとした。しかしながら、太平洋方面の各離島守備隊に対しては、依然として作戦輸送を継続する必要があったので、当時、しだいに完成しつつあった輸送専用潜水艦で、輸送を開始した。

また当時、いわゆる人間魚雷（回天）が完成し、その訓練も実用の域に達したので、潜水艦との連合訓練とその作戦準備が進められていた。

十月十一日、米軍機動部隊が南西諸島、台湾方面に来襲すると、連合艦隊司令部は全軍決戦の機近しとみて、まず回天作戦準備中の潜水艦をのぞき、出動可能の全潜水艦隊に出撃を命じた。

十月十七日には、レイテ湾東方にふたたび敵の大部隊が出現したので、中南比方面にたいする上陸作戦の機せまるを察知し、南進中の全兵力を比島東方海面に急速に進出するよう下命した。これが〝捷一号作戦〟の発端であって、二十四日〜二十五日には、十一隻の潜水艦は配備点に到達するものと予期された。

二十五日早朝には、わが機動部隊、遊撃部隊が、敵海上部隊と比島東方海面で遭遇することが予想され、十一隻の潜水艦も〝捷号〟決戦にさいして、ほぼ理想的な配備をとり得たものと勇躍したのである。

しかしながら、航空兵力の劣勢は、このレイテ沖海戦においても、わが海上部隊の戦勢を有利にみちびくことができず、敵海上部隊をわが潜水艦伏在面に長く拘束するにいたらなかった。したがって、一部潜水艦をのぞいては、戦果充分とはいえなかった。

レイテ沖海戦後も引きつづき十一月末まで、各潜水艦はレイテ湾東方およびラモン湾北東海面にあって、敵の輸送船団と機動部隊の攻撃に任じていた。

この作戦で空母三隻のほか、駆逐艦、輸送船など七隻を撃沈したと信じられている。しかし、わが潜水艦も六隻が帰還しなかった。

残された最後の道

回天を搭載した潜水艦が、敵主力部隊在泊の前進基地に近接して回天を発展させ、空母や戦艦を一挙に覆滅せんとしたのが〝玄作戦〟である。

前に述べたとおり、三隻の大型潜水艦が訓練に従事していたが、いよいよ敵艦隊の主力が西カロリン群島前進拠点に在泊中の好機を選んで決行することとし、昭和十九年十一月二十日をその攻撃期日に予定した。攻撃地点はウルシー環礁(西太平洋パラオ北東方、グアム南西方)泊地と、パラオ諸島のコッソル水道泊地である。

回天についての詳細は省略するが、要するに人間の操縦する魚雷であって、生還を期さないまったくの特攻兵器である。そしてこれは、祖国の危急を打開せんとする青年士官の殉国の至情から生まれたものであった。

三隻の潜水艦は、十一月初旬、それぞれ四基の回天を上甲板に搭載して、瀬戸内海から行動を開始し、予定日の前日、二隻はウルシーを潜航偵察し、停泊状況を確認したうえで、二十日黎明時、五基の回天が攻撃を実施した。

攻撃の事前事後にトラックから飛行偵察を実施し、攻撃直後の爆発音と誘導音を聴取しているので、当時は空母三、戦艦二を撃沈したと判定された。戦後の米国の発表によると、海軍艦艇としては、給油艦一隻沈没とあるが、あるいはその他に輸送船が被害を受けているのかもしれない。

いずれにしろ、当時の通信状況およびその後の警戒状況から推して、多大の脅威をあたえたことは事実にちがいない。

この攻撃が終わると〝第二次玄作戦〟としてウルシー、ホーランディア、グアム島のアプラ港、アドミラルティーのセアドラー港、パラオ諸島コッソル水道の五基地に対して、六隻の潜水艦による回天攻撃が計画された。

アドミラルティーに向かったものは、厳重な警戒に手の施しようもなかった。他はいずれも攻撃したが、ウルシーに向かった二隻のうち一隻は、ついに消息不明となった。

敵の前進基地に対する回天攻撃は、敵の対応策によってますます困難の度が増すものと思われた。そこでこの作戦以後は、航行艦船を洋上で捕捉攻撃する策をとることとなり、回天搭乗員は移動目標襲撃訓練に真剣にとり組んだ。

レイテ沖海戦によって、わが海軍の水上部隊はほとんど壊滅し去ったので、終戦の年をむかえてからのわが海軍の作戦行動は、劣弱化した航空機と潜水艦による特攻攻撃が、残された最後の道であった。

そして終戦までの間に、十数隻の潜水艦によって硫黄島に、沖縄周辺に、あるいはその東方洋上に果敢な回天攻撃作戦がくりかえされ、愛国の至誠に燃える若人たちが散っていったのである。

伊一九潜ワスプ撃沈の日の真相

軍医長の眼がとらえた潜水艦生活

当時「伊一九潜」軍医長・海軍軍医中尉　宮澤壽一郎

昭和十七年八月七日、日米軍がソロモン群島ガダルカナル島（以下ガ島）とフロリダ島（ツラギ）に逆上陸してきたとき、伊号第十九潜水艦（以下伊一九潜）は、その春の五月からはじまった第二段作戦（主作戦は中部太平洋方面）の一環として実施された、北太平洋方面作戦に参加していた。

すなわち、この方面担当の第五艦隊へ臨時に派遣され、アリューシャン列島を通りぬけてベーリング海に潜入し、ダッチハーバー要港を偵察した。それからまた太平洋に出て、所定の地点で待機し、ダッチハーバー空襲から母艦まで帰投できなくなった航空機の搭乗員を収容する任務についた。

宮澤壽一郎中尉

当日、攻撃に向かう飛行機隊は潜望鏡から認められたが、いつまで待っても不時着機は来なかった。ところが、それから四十年もたってから、柳田邦男著『零戦燃ゆ』のなかに、当日の空襲後（？）アリューシャン列島中のアクタン島に不時着、ほとんど無傷のまま米軍の手中におちてしまった零戦があったことが、書かれてあった。

米軍は、この零戦の機体をくわしく調べ、それを有力な参考にしてグラマンF6Fが開発され、以後、さすがの零戦も「無敵」ではなくなってしまった、というのである。この零戦がアクタン島に不時着などしないで、伊一九潜の待機していたところにやって来て、搭乗員だけを収容、機体は海底へ沈んでしまっていたならば……と考えると、残念でならない。

歴史はくり返せないといわれるが、搭乗員に収容待機の潜水艦のことが徹底されていたのかどうか、あるいはそれが実行できない事情があったのか否か、とにかくF6Fの出現が、戦勢の推移にかなり影響を与えたことを考えると、かえすがえすも遺憾なことであったと思えるのである。

しかし、当時の風潮として、とくに葉隠精神の「死ぬことと見つけたり」という部分だけが、誇張されているような傾向がないでもなかった。思うに、任務の遂行にあたっては、生死を度外視し、全身全力を傾注して事に当たるのは当然としても、その過程においては、死ぬことがわかっていても、最高最良の方法をためらわずに選ぶのだということが大事であり、そのためには、平素からの勉学と修練が肝腎であろう。それなのに、勉強なんかしたら柔弱になってしまう、といった蛮勇の論調が幅をきかしていたのも事実であった。

結局、一機も収容しないで、ふたたびベーリング海に入り、この作戦で占領したキスカ、アッツ二島防衛のための哨戒線について、六月末までそこに張りついていた。

高緯度のため、夏には昼間（明るい時間）が二十時間にもなり、夜は薄暮黎明を足しても、四時間たらずにしかならない。したがって、浮上充電の時間が短く、潜航放電の時間が長いので、バッテリー関係者は苦労していたようである。また、寒くて湿度の高いのにも閉口した。湿度計で測定してみたら、九〇パーセントどまりで、それ以上の数字は出てこない。しかし、艦の内壁からは水滴がポタポタ落ちて来る。当時の湿度計では、壁面に接する微小空間の湿度測定は不可能だったのである。

この哨戒任務は、伊一九潜にとっては何事もなく終わったのだが、一度だけ「事故」があった。当時の潜水艦は、潜航中、前後左右のバランスを保つために、耐圧構造の釣合タンクを前後左右に設置しておき、艦内の圧搾空気で釣合用の海水を移動させていた。

この空気を艦外へ放出したら大変なことになる。気泡が出て、潜水艦のありかを知らせるようなものである。したがって、空気は艦内に放出することになる。そのため、艦内の気圧はしだいに上昇するので、潜航時の中間に、潜望鏡で周辺の安全を確認してから、コンプレッサーで艦内にたまった余分の空気をボンベ（気蓄器）に戻し、さらに「山」をかけて浮上時に一気圧（海面の気圧）になるように、やや低圧にしておくのである。自己気圧計で計測してみたら、毎日、同型の気圧の昇降がはっきり現われていた。

ところが、ある日、低気圧のまん中に浮上してしまった。当時の潜水艦には（現在は、シュノーケルが応用できるはず）、潜航中に海面の気圧を測定する装備はなかった。ともあれ、艦橋が水面上に出たので、防寒服で着ぶくれた信号長大塚兵曹が、艦橋ハッチを開けるハンドル（転把）を回そうとした。ところが、なぜか、いつもより固く、力いっぱい回してようやくハッチを開いたが、そのとたん、兵曹の姿が見えなくなってしまった。

下の司令塔から大声で名前を呼んだところ、艦橋から返答があった。外部の気圧が低かったので、防寒服でふくらんでいた身体が「紙でっぽう」の紙玉のようになって圧出されてしまったらしく、信号長は艦橋の天蓋で頭のてっぺんをしたたかにやられて、そこで止まっていた。冬の艦内帽のおかげで、大事に至らなかったのが幸いであった。

内外の圧力差を概算してみると、五十〜七十五キロの範囲になり、中間の六十キロ余でも一人を持ち上げるには十分である。あの「東京ドーム」の屋根も、内外のわずかな気圧の差で支えられているのである。

楢原艦長の想い出

ともあれ、撤収命令によって配備点をはなれ、横須賀に向かった。五月初旬に横須賀を出て、涼しいというより寒い北太平洋に二ヵ月ほどいて、暑くなってから帰ってきたのだから、その暑さはいっそう身にこたえた。

防暑服というものが制定され、本省の報道部長がそれを着用して大本営発表をおこなっている写真が新聞に載っても、潜水艦まではなかなかまわってこない。長袖の二種軍装（白色夏服）で汗をかいていた。

帰投して数日後、工廠で整備中に、慈父のごとく、しかも冒しがたいところの温顔の持ち

伊19潜。乙型3番艦。排水量2140トン、全長108.7m、水上17.7ノット

主、老練の楢原省吾艦長が呂号潜水隊の司令に栄転され、後任に木梨鷹一少佐が着任された。楢原艦長は、昭和十六年初頭の艤装員長から初代艦長として乗員の訓練、練度向上につとめ、引きつづいて第一段作戦では、第一航空艦隊に臨時派遣されて、ハワイ空襲作戦に往路だけ同行された。

さらに作戦成功後は、現地で原隊の第六艦隊に復帰、ハワイ周辺から米本土西岸のロサンゼルス沖で通商破壊作戦に従事された。そして、そこからの帰途、特命によって、搭載した偵察機による真珠湾夜間偵察を実施、さらに二式大艇に燃料を補給して、大艇による第二次真珠湾爆撃に協力された。

その後、伊一九潜は横須賀に帰投して、整備補給、休養をとったのち、前述した北太平洋作戦に参加、その全航程は、地球の赤道を一周してしまうほどの長大なものとなった。

その間、栢原艦長は、終始温顔に笑みを絶やすことはなく、指揮をとっておられた。その栢原艦長については、私にはつぎのような想い出がある。

あるとき、士官室従兵（といっても水雷科の兵長で、あるいはまだ一等水兵と呼ばれていた時代だったかもしれない）が、勤務中に生まれてはじめてアスパラガスの缶詰を開けてみたところ、中味の一方の端は細く、ぶつぶつがあり、黒みがかってうすぎたないのに、他方の端は太く、幹の部分と同様に光り輝いていた。

しかも、かなり長いので食器棚の皿にはおさまらない。そこで、まんなかで切って、「立派」な方を艦長に、「うすぎたない」方を末席の私（当時、任官一年目の医中尉）の前に置いておいたのである。ご存知のとおり、アスパラガスは「うすぎたない」部分の方がやわらかくおいしいのである。

着席したとたん、これに気づいた私は、困惑すると同時に艦長の顔を見た。さすが温厚な艦長も二〜三秒の間、苦笑の表情を示されたが、たちまち平常の温容にもどられた。一瞬にして事態を察せられたものらしく、私が交換を申し出ようとするのを軽く抑えられて、「立派」なところを平らげてしまわれた。

糧食担当の主計兵が同じことをやったら、あるいは事態は別の方向に進行していたかもしれないが、とにかく、士官室従兵さんは交替で食事の世話をやってくれていて、それがなければ、士官室も交替で〝飯揚げ〟(食事を運んでくること)しなければならない。

ちなみに、潜水艦の乗組員になるまでには、海兵団からはじまって、水雷(航海、工機……)学校と潜水学校の練習生をやってくるので、兵長が最下級で、それより下はいなかった。

横須賀を出撃

さて、後任の木梨艦長だが、その着任の挨拶は、岸壁の近くの、ちょっとした広場に乗員が整列して、その前に置いた粗末な台に上がって行なわれた。なにせ潜水艦の上甲板には、整備用の電気コードやら何やらが充満してとぐろを巻いていて、足場が悪いので、陸上で行なわれたのである。

木梨艦長は乗員の敬礼に答えられてから氏名官等を名乗り、「本日着任し、艦長として艦の指揮をとる」と宣言されて、着任式は終了した。いたって簡潔なものであった。水雷長、航海長、砲術長ら兵科の人たちや機関長以下機関科の人たちとは、種々懇談があったらしいが、軍医であった私には、出撃までは格別の印象や記憶はのこっていない。

母港の横須賀に帰っているときは、海軍病院との連絡(乗員の健康診断、自身の研修など)が主で、薬品、衛生材料の補給、整備などについては、乗組の看護兵曹(のちに衛生兵曹と改称)が基準表にしたがって担当してくれていた。そのほか、他潜の軍医官との連絡交遊、また時には私服に着換えて日帰りで東京へ出て、本郷や神田あたりの書店で出撃中の読み物をさがした。これには岩波文庫や新書が、小型で潜水艦内に持ち込むのに適していた。親戚や先輩などを訪ねたりもしたが、友人たちで東京に残っているのは、極めて少なかった。

横須賀に帰ってくると、徹底的な整備が行なわれる。とくに主機械の複動式ディーゼルエンジンの分解整備は、内殻（ないこく）の上部を開けてピストンを引き出して行なっていた。また、この時期に、当時、航空機搭乗員と潜水艦乗員を休養させてくれていた熱海温泉へ交替でいって、祖国のありがたみを体験してくる。まことに望外の幸せと感謝したものである。

このように整備、休養に日を送っていたところ、ある日、ふと見かけた電報（もちろん、極秘暗号電信を翻訳したもの）の末尾の部分に「最後の一兵まで」という字句を見受けた。一兵というからには艦艇ではない。どこかの守備隊が優勢な敵軍の奇襲攻撃を受け苦戦しているのであろう、などと考えているうちに、ラジオと新聞で第一次ソロモン海戦（第一次ソロモン海戦＝夜襲）の戦果が報道された。

これを聞いて、出撃は予定よりくり上げられるにちがいない。が、健康診断と薬品、材料の補充は終わっているから〝甲羅〟の閉められないうちにと、熱海へとんで行ってきた。

整備の終わっていた他の潜水艦は、どんどん出撃していってしまっている。急いで甲羅を閉め、上甲板の簀（す）の子もすっかり修理され、船体も、ペンキも新しく真っ黒にぬられた。そして、新艦長指揮（潜水隊司令・小野良二郎中佐も、隊付の候補生と主計兵曹とともに乗り込まれた）のもとに、横須賀を出撃した。昭和十七年八月十五日のことである。

知られざる「ある事件」

海堡（三六五頁地図参照）のあいだを通りすぎると、「合戦準備」が令せられた。伊豆大島から島づたいにサイパン、トラックへとつづく列島線の近傍は、敵潜水艦伏在のおそれ大ということで、東方へ離れ、十八ノット（潜水艦としてはかなりの高速）で之字運動を行ないながら、一路ソロモン諸島南海面への配備を目ざして急行した。

しかし、ここでまた予想外の事態が発生した。主機のディーゼルエンジンの排気ガスを利用して採っていた蒸溜水が、高速運転の結果、大量に生産され、出撃のとき満杯にしてきた真水タンクに入りきらなくなってしまったのだ。そこで、あまり溜まっていない垢を交替で洗い落とした。おっとり刀で線上に急ぐ最中のことで、肌衣を取りかえようか、どうしようかと悩んだものである。長期の行動中には新しい肌衣は貴重で、一週間以内に一枚使ってしまうと、あとで困ってしまうからだ。

とにもかくにも、北緯三五度から南緯一二度までを、やや東寄りにまっしぐらに南下し、八月二十二（三？）日に配備点に到着したのである。配備点での任務は、ガ島にたいする米軍の増援阻止である。それには、輸送船や航空母艦、戦艦、巡洋艦などを発見して撃沈すればよいのだから、昼間潜航中は聴音を主体として、ときどき潜望鏡を出して目標発見につとめていた。

夜間に浮上すると、電報がどんどん入って来る。これはどこかで、現場が夜になるころに潜水艦用の波長で再放送してくれていたらしく、受信、翻訳（もちろん暗号）してみると、無関係なものはなかったようだった。近くにいる僚艦から、何を襲撃した、爆雷攻撃を受けた等の報告が、毎日のように受信されたものであった。

数年前、この時期、米軍側のこの海域での回想戦記を読む機会があったが、同じように「潜水艦に関する何かの兆候」の見られない日はなかった、と書かれてあり、どうも「お互いさま」であったらしい。

この時期、すなわち九月十五日に米空母ワスプを襲撃する半月ほど前に、どこをさがしても記事になっているのが見つからない「事件」に遭遇したのである。

それは八月末か九月初頭のある日と思うが、聴音と潜望鏡で大型空母を中心とする機動部隊を発見し、これを襲撃することが全員に告げられた。配置についた総員が、緊張のうちに、その時を待つ。伝声管から静かに流れてくる命令のほかには、もの音ひとつしない。

何十分かがすぎたとき、側衛駆逐艦らしい軽快なスクリュー音による軽小な雑音が頭上を通過して行き、まもなくやや重厚なスクリュー音をともなった、前のものより大きく重々しい雑音が通りすぎていった。直衛の巡洋艦と考えられ、考えてみるまでもなく、二重の輪形陣をくぐり抜けて、ど真ん中の空母の至近距離に入りこんでしまったのである。

この間、深度を変更する命令と魚雷発射に関する命令が、つぎつぎに発せられた。その命令とは、魚雷の速度、魚雷の深度、魚雷を走らせる方角——魚雷はジャイロを内蔵しており、その始動時の回転軸の方向にまっすぐ走っていくので、目標のところで相互の間隔が大略五十メートルに開くように調整されていた——さらに発射用意、発射はじめ、最後に「撃テ！」となる。

それを傍聴していて、「これは複雑きわまるものだナ」と感嘆した。航海長か水雷長かが話しているのを小耳にはさんだところでは、木梨艦長は潜水学校の甲種学生（潜水艦長予定者として講習を受けている将校の呼称）のとき、抜群の命中率を挙げられたとのことである。したがって、こんな近くで発射したら、命中疑いなしだと、心中ひそかに期待していたところ、突如として、

「潜望鏡下げ」「発射止め」「深さ四十」と、たてつづけに聞こえてきた。軍医が考えても、整合性のまったくない話である。

隣室の発令所からは、深度計を読み上げる声が聞こえてくる。潜望鏡深度（十八メートル）から二十、二十二、二十四……と深度が大きくなってゆく。三十をすぎたか否かというとき、頭上至近のところを「ドカドカドカ」といった感じの大きな雑音が通過していった。巡洋艦とは比較にもならない巨大なものであった。その後はふたたび静かになってしまった。

やがて、総員配置から三直配備になって、司令、艦長をはじめ非直の皆さんが司令塔からもどって来て、お話を聞いて、やっと事態が理解できた。

全部の発射管の魚雷を発射するばかりに準備して、最後に目標を確認するため潜望鏡を出したところ、目標の空母が自分の方向へ直進してきた。おまけに距離は千メートル足らずで、

あぶなく体当たりを喰らうところであった。司令塔にいた人たちは大変だったらしい。

魚雷は目標艦船の横の方から、艦船の前後（縦）方向に直角に近い角度で命中したときに、不爆発信管が確実に作動して爆発するようになっている。横腹を斜めにこすった程度では、不発になってしまうことが多い。雷跡を発見したら、雷跡の中間に突っ込むのが被害を避ける最良の手段というのが常識であった。現在の聴音追跡型などの魚雷は、まだ実用されていなかった時代のことである。

真正面からでは手の打ちようがないと判断し、深度をとって体当たりを危うくかわしたというのに、「今日はひどい目にあったよ」と、木梨艦長は顔色ひとつ変えない。二重の警衛線をくぐり抜けて機動部隊の真ん中に入り込みながら、この結果になってしまったというのにである。艦長さんの「肝っ玉」はどれほどかな、と感嘆したものであった。

深々度潜航試験

その後、二十日間ほどは、散開線の配備点についたり、特命によって要地（といっても近くの小島）を昼間には潜航偵察したり、夜間は浮上して砲撃したり、ということもあったが、散開線で待機した時間がもっとも長かったのは、いうまでもないことである。

ところが、前に触れておいたような状態で「近ごろ、ここらは物騒」なのに、横須賀で整備して出撃してから、暇がなくて深々度潜航試験をやっていなかった。そこで第一線配備中ではあるが、機会をとらえて実施することになった。

四十メートルの深度までは、行動中に何度も潜って無事（異常なし）であったので、こんどは十メートルずつ深くしては、艦内の点検をくり返してゆくのである。

六十メートルまではなんら異常はなかったが、七十メートルになると、ところどころで水洩れが見つかった。そこで止水処置をほどこして、八十メートルに潜水したら、また水洩れ。これをなんとか止めて、九十メートルにしたら、水洩れはさらに激しくなって、どうしても止められない。

八十メートルに戻ると、水洩れはなくなる。ということで、本艦の現状では安全潜航深度は八十メートルということが確認されたのであった。これがじつは九月十三日のことであった。

翌々日の十五日には、いわゆる、本番（ほんばん）――ワスプ機動部隊襲撃があり、襲撃後、八十メートルの深度で避退に成功したのである。また、前回の襲撃が失敗に終わらないで雷撃が成功し、爆雷攻撃を受けていたらどうなっていたことか。まさに「神明の加護」というべきか、稀有の幸運というべきであろう。

艦の本体が百メートルの水圧に十分耐えられることは、昭和十六年四月、竣工時（いわゆる公試）に確認されている。それから一年半でこれでは、いささか心細いな、などとひそかに思ったものである。

いまから回想してみると、おおむね次のごときものであったらしい。

すなわち潜水艦の本体は、水深百メートルの水圧でつぶれるようなことはないが、推進機軸をはじめ、潜望鏡、縦横舵軸、ベント弁とキングストン弁の手動操作軸など、大小の回転する円柱形をしたものが本体を貫通しているので、この部分の本体と回転部分とのあいだに、ほんのちょっとした隙間がある。そして、ここの防水が、水圧が高くなるにしたがって困難になってくるのである。

横須賀で整備中に出撃を急いだため、数が多く、平素使用することの少ない弁の手動軸(この弁は平素は油圧パイプで遠隔操作していた)全部の点検までは、手がまわりかねたのであろうか。それとも当時の工作技術では、整備してからの摩耗が早かったのか、その他に不明な原因があったのかわからないが、いまでは確かめる手段はない。出入口(ハッチ)の防水は、回転部分がないので容易である。

米空母ワスプ襲撃の日

昭和十七年九月十五日の前夜、すなわち十四日の夜は、どういう理由かわからないが、熟睡——文字どおりの深い眠りのなかにあった。横須賀出撃いらい一ヵ月ほども眠りの浅い夜がつづいて、睡眠不足になっていたからであろう、という憶測は当たらない。

食事時間に食事をとらないと、前述したような従兵当番の乗員に余計な手数をかけるので、食事時間には起きている。また、東京放送(ＪＯＡＫ——現在のＮＨＫ)のニュースを、電信室の予備の受信機で聴いて、要点のメモをつくると、達筆で手の空いているものがカーボン紙で三部複写して、前後部の居住区と士官室に掛けておく。これは「艦内ニュース」として、皆さんに喜ばれた。

それでも時間はあり余ってしまう。そこで自分から買って出て、暗号書をひけばよいところまで変換された電報を、辞書をひく要領で平文にするところを手伝ったり、航海長が艦橋で六分儀で測ってきた星の高さ（角度）から、艦の位置を算出（これは、手伝わされたもの）したりした。

これでも所要時間は四〜五時間で、あとは読書となる。といっても、毎日毎日、何時間もは読めない。トランプの独り占いにも限度がある。ぼんやりしていると眠気がさしてきて、つい居眠りということになるが、その結果、夜の眠りが浅くなる、というわけである。

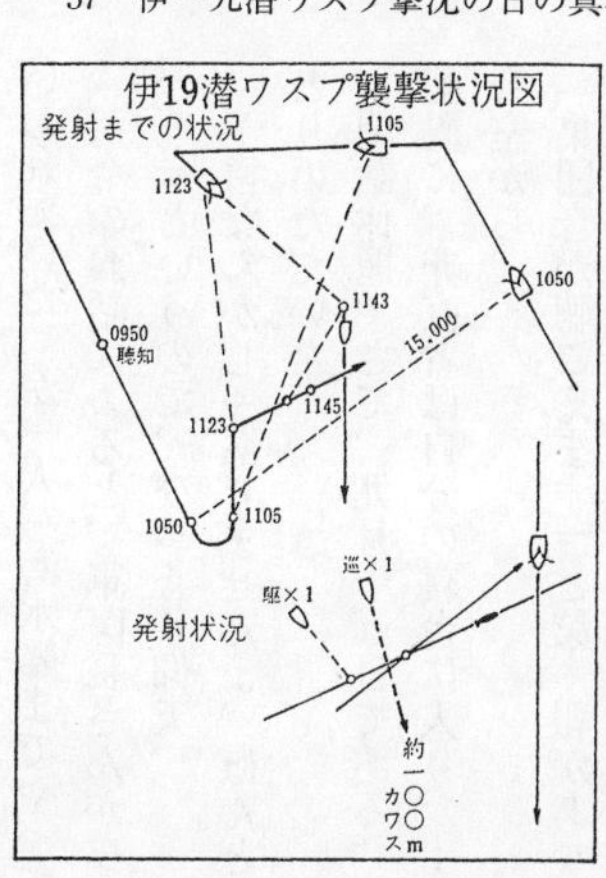

それなのに、この夜の熟睡である。そこで朝食の前に司令に朝の挨拶をしたときに、何の気もなく、「お早うございます。昨日は珍しくよく眠れました。ひょっとすると、今日あたり航空母艦くらい引っかかるかもしれません」と言ってしまったのである。口から出まかせで、いささか慎しみを欠いていたわけだが、それは潜水艦に免じてお許しいただくことにして、その場かぎり忘れてしまっていた。

それを司令は記憶されていたらしく、トラックへ帰っていた某日、新聞記者（当時は報道班員と

いわれていた）が一人、潜水艦までやってきて、

「司令のお話によると、軍医長さんがワスプの一件を当日朝、予言なさったということですが？」というので、びっくり仰天、

「予言なんかじゃありませんよ、ほんとうのまぐれ当たりです」と説（弁？）明してお引きとりいただいた。

閑話休題。さて、九月十五日である。この日、朝食が終わり、平常の三直配備で当直者は配置に、非直者は自分の寝台に入り、士官室は例のごとく私一人だけになって間もなく、聴音室から、

「集団音が聴こえます」と第一報があった。たちまち、

「総員配置につけ」「深さ十八（メートル）」「潜望鏡揚げ」である。

ところが、このとき、潜望鏡では何も見えなかったらしい。

司令塔の艦長と聴音室とのやりとりが耳に入ってくる。

「なんにも見えないぞ、しっかり聴け！」「はっきり聴こえます。集団音です！」

このときは、いったん潜望鏡をおろして、音源の方向へ一時間ほど走ってから、もう一度潜望鏡を出したら、

「敵の機動部隊、航空母艦を襲撃する！」ということになった。

今日こそは正面に出たりしませんように、と祈るような気分で接敵運動を開始した。ところが、じっと耳をすましていても、ときおり潜望鏡の揚げ下げと速度の変換の号令が聞こえてくるほかは、何もわからない。こんな状態で一時間も経過してから、突然、あわただしく

なった。

この間の相互の態勢は、周知のように㈠発見し接近につとめたが、遠方を右から左へ遠ざかってしまう。㈡やがて、左へ九〇度変針したので、そちらへ向かったが同じ。㈢ところが、また左へ一二〇～一三〇度変針（空母が風に立ったのである）して、結局、目の前にやって来たのである。これについて、四十余年後になってから、潜望鏡観測（側的）で作製した「戦闘詳報付図」と米海軍の同様の図を比較してみると、ほとんど差がないのに、びっくりした。

「戦闘！」「魚雷戦！」

側衛駆逐艦の艦底通過、直衛巡洋艦の艦底通過の間に、つぎつぎと指示や命令が耳に入ってくる。区画間のハッチがまだ開いている。……やがて、

「発射はじめ、撃て！」となって、はじめて魚雷が一本ずつ軽いショックをともなって発射されてゆく。そのたびごとにバランス維持のための、あわただしい先任将校（水雷長）の命令が聞こえてくる。

発射管内の魚雷が撃ち出されて、海水に置換されると軽くなるので、その分だけ釣合用の海水を前部に移送しなければならない。関係者は必死の頑張りである。

驚異の命中魚雷五発

六本の発射管内の魚雷をすべて撃ち終わり、前扉を閉めて、いよいよ八十メートルの深度

に潜り込むことになるのだが、それまでの待ち遠しかったことといったらなかった。発射は潜望鏡深度（十八メートル）付近でやり、前扉を閉めてから深度をとるのだが、気が急いでいたのか、なかなか「三十メートル」の声が聞けない。

ようやく三十になれば早く四十に、という調子である。四十メートルを過ぎたころになると、気のせいかいくらか早くなったようだ。無気泡、無航跡の酸素魚雷だから、命中して気づかれるまでに、八十メートルの深々度に潜りこんで姿をくらましてしまえれば……などと勝手なことを考えているうちに、五十前後のところで、下腹にこたえるような力強い爆発音が聞こえた。

それは三秒くらいの等間隔で三発、さらに第一と第二、第二と第三発の間隔よりもいくぶん長い間隔（四秒くらいの感じ）で、しかも、はじめの三発とは音質がどうも異なったような感じながら、強さは同程度の爆発音が一発、計四発が聞こえてきた。

「やったア」と思ったとたん、全身に蓄積していた疲労がすうーっと抜けて、身体が軽くなったような気分になった。

八十メートルの深度にたどりついて、ほっとして間もなく、命中音から三〜四分（？）遅れて、少し遠いところでもう一発、爆発音が発生したのが聞こえてきた。この爆発音については、揣摩憶測の花が咲いた。いわく。

「酸素魚雷だから、走行中に過熱自爆した可能性も考えられる」また、いわく。「高速度走行中、いったん調定深度より浅くなり、深度装置が作動して深くなりすぎたものが、また浅

昭和17年9月15日、ソロモン海域で伊19潜の
魚雷3本を受け、大火災を発生した米空母ワスプ

くなったとき、勢い余って（または波にまきこまれて）水面上に跳び出したものが、再突入のとき、水面との衝撃で爆発信管が作動した可能性も考えられる」また、またいわく。「鯨か鯱か、イルカかなにか大物にぶつかったのかも……」

この正解は、四十余年後に判明した。すなわち、ワスプ機動部隊の側衛駆逐艦が母艦救援に馳せ参ずるとき、付近に伏在している潜水艦を威嚇するため爆雷を一発投下したが、その音であった。

また、命中魚雷数は「四」として報告したのであるが、戦後に判明したところでは、空母に命中したのは三本で、はずれた三本は隣接のホーネット機動部隊のなかに突入し、一本は側衛駆逐艦オブライエンの艦底を通過したあと、行方不明になった。一本は同艦に命中爆発、一本は直衛の戦艦ノースカロライナに命中爆発した。

これで勘定が合い、自爆したのはなかったことになる。

しばらくして、待望（？）というのは不謹慎としても、予期し覚悟していたところの爆雷攻撃がはじまった。頭の上で、命中音よりずっと大きな爆発音が、不規則な間隔でドカンドカンと、連続的断続的に発生した。

聞こえる、といったようなナマやさしいものではない。音波か衝撃波かわからないが、艦体の鉄板を震動させて、上と左右から全身を襲ってくるのである。が、ヒューズも飛ばないし、電池も壊れない。

ともかく「正」の字を書いて数えているうちに、二十発くらいになっても至近弾がこない。そのうちに爆発音の聞こえ方に、二種類あるのに気がついた。ただドカンドカンの連続と、それがときおり、わずかに休止したとき、「パチャン」「ドカン」「ザーッ」「コツコツ」という組み合わせとであった。

数発の爆雷が連続して爆発すると、「パチャン」と「ザーッ」が前後の爆発音で消される（覆われる――音響学ではこれを〝マスク〟ということを後年学んだ）のであろう、などと想像しながら、せっせと「正」を書きつづけていたら、一時間弱で七十発を超えたが、その後は全然聞こえなくなった。

三時間ほど何もきこえない。この間、三ノットの最微速でも十五～六キロは進むことになる。どうやら離脱成功かと思うと、緊張で忘れていた空腹感も、頭をもち上げてくる。というので、総員配置から三直配置にして、「食事、祝杯」ということになる。

発令所の横舵手兼務の伝令員が、大きな声で、

「艦内哨戒第三配備、第二（三？）直哨戒員残れ」と全艦内に伝えると、配置から居住区へと移動する足音がきこえはじめた、と思う間もなく、頭上で、これまでになく大きな爆発音が集中的に発生した。

はじめの四～五発はなんとか数えたが、あとは融合してしまって、数がわからない。少なくとも十五～六発、合計八十数発である。たちまち「総員配置、爆雷防禦」となり、食事はおあずけになる。

この最後の集中攻撃は、被害はなかったが、例の大声で位置を知られたからだろうというので、再離脱につとめること、さらに三時間におよんだ。

あたりが真っ暗になるまで辛抱してから浮上し、ようやく離脱成功を確認した。それから三直にし、赤飯の缶詰と小さな杯に半分ほどの冷酒と「だしじゃこ」（別名、ゴマメ、尾頭つきといえるものはこれ以外にない）二～三尾で、祝杯をあげた。

その一方、この魚雷戦の経過を暗号にし、「作戦特別緊急」に指定して司令部あてに発信し終わった、と電信長が司令や艦長に報告している間に、別の電信機に「作戦特別緊急」がとびこんできた。翻訳してみると、伊一五潜が空母の炎上沈没を確認してくれていた、とのことである。

木梨艦長の「眼力」

さて、九月十五日の伊一九潜の行動については、以上、述べてきたとおりであるが、このときの木梨艦長の「眼力」について、とっておきの秘話を披露することにする。

ワスプ襲撃のとき、目標をはずれた三本の九五式酸素魚雷が、十キロの距離を駛走して、隣接して行動中のホーネット機動部隊の側衛駆逐艦オブライエンと直衛戦艦ノースカロライナに命中したことは、すでに述べたとおりである。これは、わが魚雷が高速、無航跡、長射程、しかも無気泡発射管から発射されていたためか、あるいは当日の風速十メートル、かなりの波があったという海況のためか、によるものであろう。

このとき、伊一九潜は発射後、雷速を四十ノットと仮定しても、十分近く、すでに八十メートルの深度に達していた。頭上では爆雷やら空母艦内の爆発音やらが頻発しはじめており、遠方の命中音など聴き分けられるはずがなかった。とくに熱帯海面では、表面近くと深いところに温度差が大きく変化するところがあって、音波が通りにくい。斜めに来たものは反射されてしまうのである。

一方、水面、とくにホーネット隊上では、ワスプの方向から来たこと以外はいっさい不明の魚雷のために、二隻の艦艇があいついで被害を受けたのである。

この疑問を戦中から戦後にわたって、十余年をついやして解明した頑張り屋が、文才豊かなB・ブリー大佐で、米海軍関係誌に長文の論文を掲載(東郷「疾走する六本の雷跡」はその抄訳)している。

ブリー大佐は、記念戦艦となっているノースカロライナ戦友会の役員になっていたところ、武田薬品が記念戦艦の付近に工場進出用の土地を選定購入することになり、これが機（奇）縁となって、伊号第十九潜水艦戦友会に招待状が来た。

戦友会として応答を決める前に、私が一人で様子を見にいって歓迎されたとき、『ワスプ被雷体験記』に、「艦橋後方に溶接された一室内で勤務中に突如、魚雷が命中……」というところを発見した。そこで四十年前、ワスプ襲撃後、避退浮上して司令と艦長が士官室にもどってきて、赤表紙の「米戦艦、空母写真集」を開いて、

「先刻の空母はどれだろう」と評定をはじめたときのことを思い出した。このとき、私は傍で拝聴していたのだが、いくつかの空母のうちから、右斜め後方から撮ったワスプの写真があり、艦長はそれを見ながら、

「艦橋の後ろのあたりが、どうもちがっているようだが、これがいちばんよく似ている」ということで、司令部への報告はワスプとしたのであるが、艦長が潜望鏡で見たのは、ワスプの右斜め前方、千メートルで、わずか十秒（？）前後という短時間だったのである。それなのに……と驚きいった次第である。

なお、ブリー海軍大佐が米海軍戦史部局に照会して得た回答によれば（前出の威嚇爆雷一発も同資料による）、
㈠私が頭上で聞いた八十余発の爆発音のうち、爆雷によるものは三十発で、その他はおそらく空母艦内に誘爆発――ガソリンや爆弾、魚雷など火災で爆発しそうなものが充満している――であろう。

当日、現場の最高指揮官から、「潜水艦を確実に探知した場合以外は、空母の近傍で爆雷を使用してはならない」という指示が出されていた由である。艦内の火災と連続爆発で、多数の乗員が海中にとびこんで救助を持っていたからであろう。

㈡「大声を出したため探知され爆雷の集中攻撃を受けた」と思いこんでいた、あの集中爆発音は、双方の時刻を照合してみると、大火災で手のつけようがなくなってしまった空母を駆逐艦の魚雷で処分（三発命中、大爆発を起こして沈没）したときのもので、このとき、爆雷は使用していないということが判明したのである。

それにしても、深度八十メートルで、あれだけの音がしたということは、直下を中心とした半径五百メートル程度の円内にいたものと推察される。艦がもし十数キロも離れていたら、あんな音がするはずはないからである。

深層海流に押しもどされたものか、それとも「西遊記」の孫悟空のように、お釈迦さまの掌のなかを得意になって飛びまわって（潜航して）いたものか、それとも……本当のことは全くわからない。

死ぬときゃ一緒だよ

木梨艦長の酒席でのきまり文句は、「死ぬときゃ一緒だよ」である。部下を一人一人つかまえて、これをくりかえすのである。私も何回もやられたが、真情がこもっているせいか、いやみは感じられなかった。

平素は部下の勤務ぶりを温顔で見つめ、報告を受けておられたのだが、あるとき、何かを捜索せよと電命があったとき、航海長が考えあぐねていると、海図の上に（推定）所在地点が中央になるように、やや長めの四辺形を描き、長い方の辺に平行に等間隔に何本かの線を書き、この線の上を往復すればよいのだと、十分たらずで行動計画を立ててしまった。

このときは、行ってみたが何も見つからなかった。『潜水艦史』によると、探しものは米軍の損傷空母とある。

ともあれ、ワスプの一件から五日後の九月二十日に、トラック帰投の電命がきて帰途についたとき、明瞭な急性虫垂炎（いわゆる盲腸）の症状の認められる患者が発生した。

トラックに帰れば手術室もあるし、外科専攻の軍医もいるのだから、虫垂が破れたら切るしかないが、万止むを得ない場合でないかぎり、艦内での手術はさけようと考え、患部を水で冷やし、絶食してもらい、ブドー糖液と化膿止め（当時はスルファミンのみ）を静脈注射して、経過を見ることにした。

ところが、夜間浮上してディーゼルエンジンで走っていると、エンジンの振動のせいか、波浪で艦体がゆれるためか、じわじわと悪化してゆく。積んである外科器械の箱を点検したりしているうちに、夜が明けて潜航する。

すると波と主機（ディーゼル）が止まって、電動機推進になると、症状がどんどん軽快してゆく。これのくり返しで、一喜一憂しているうちに、九月二十五日、何とか破れないでトラックへたどり着いた。手術してもらったところ、破れる寸前だった。「安静」の重要さを痛感させられた。

ガ島揚陸に三度成功

トラックでは補給と休養のみで、十月五日、環礁を出た。受けた命令は、ニューカレドニア島ヌーメアとフィジー諸島のスバとの二港の偵察、とのことであった。まず、ヌーメアからということで、ニューカレドニア島東方へ行ったところ、悪天候つづきで一週間待たされた。そのあと、ようやく天候が回復して飛行偵察を実施したが、結果は何も得られなかった。

その旨の報告を発信したら、ほとんど入れかわりに、ソロモン群島北方の航空母艦戦のニュースがラジオから流れ出した。有名な「反転、二十四ノット」（南太平洋海戦で敵の哨戒機に発見されたわが母艦部隊が一時反転、北上して敵との間合いをとったこと）の海戦である。

米艦隊は東から来たとのことで、ニューカレドニアで待たされなかったら、もっと早く発見報告ができたかも……などと、口惜しがったが、相手が天候ではどうにもならない。

こんなところへ、ガ島輸送作戦の電命がとび込んできた。

「ショートランドに回航、同地で人員と物資を積んで、ガ島へ輸送せよ」というのである。しかも、伊一九潜が第一番、伊一七潜が第二番で、以下、毎日一隻ずつの予定という。

問題は、揚陸地点が内側のタサファロングであり、揚陸日が十一月二十四日である点である。タサファロングでは敵基地に近く、魚雷艇の危険が大きすぎるのでカミンボに変更してほしいと要望し、これは承認してもらえた。しかし、期日の方は予定が固まってしまっている。

しかも、この日は満月にあたっており、日没と月出が同時刻のため、晴天ならば、暗くなる時間がない。ぶっつけ本番のため、人員の方は各自ひとりで歩いて行けるが、垂直の梯子をのぼって狭いハッチから一人ずつ出すのに時間がかかり、この間は、艦内に積み込んだ物資の搬出はできなくなる。もたもたしているうちに軽快な魚雷艇でもやって来たら、上甲板のハッチが開いているのだから、どうすることもできない。

十一月十九日、ショートランドへ着いてみると、海面には油膜がひろがって、虹のような色を反射している。周囲の小島は、椰子(やし)の樹が折れたり倒れたりしており、その間に高射機銃の赤錆びた残骸が見える……といった有様である。

「こりゃ、ひどくやられたな」と思っていると、内火艇や大発がやって来て、物資の積み込み、便乗者の搭乗がはじまった。

やがて、何もご存じない便乗者の期待を載せ、ひたすら悪天候（人間とは勝手なもの）を祈念しながら、ガ島カミンボ沖へと急いだ。

到着してみると、あいにくの晴天である。杜撰(ずさん)な計画に神助はないのだ、なんて憤ってみても仕方がない。しかし、艦長は勇敢かつ慎重で、半浮上（波浪のないところだったから可能）として、艦橋見張員だけを出してみた。案の定、「魚雷艇！」

半浮上だから潜航は速い。揚陸を断念して、ショートランドへ引き揚げ、十一月三十日、トラックへ帰った。

揚陸断念の翌日は、日没と月出のあいだに四十分間ほどの暗夜があり、伊一七潜は揚陸成功の第一艦となった。——その報にもそれほどの感慨はなかった。

トラックでは、物資を黒色ゴム袋に入れ、比重が海水と同じになるようにしたものを上甲板に縛りつけ、艦内にも少々積み込んで、再挙を期して出発した。十二月二十二日のことである。こんどは満月などではなく、この十二月三十日と翌昭和十八年一月四日、さらに一月九日と、三度まで揚陸に成功した。

揚陸作業中、上甲板に出てみたが、全員が必死、懸命のはたらきの最中で、足手まといにならないように、ガ島の黒いシルエットを眺めただけで艦内にもどり、収容した陸軍や軍属の人たちの案内にあたった。

伊号一七六潜水艦のラエ補給戦

ニューギニア輸送作戦は航空機との戦いだった

当時「伊一七六潜」水雷長・海軍大尉　荒木浅吉

昭和十七年九月十日の呉出航いらい、警戒厳重なソロモン、ニューギニア海域にすでに七ヵ月も行動し、乗員はようやく疲労をおぼえ、さらに作戦を継続するのは、やや無理な情況であった。

しかし、引きつづきラエ方面糧食輸送の作戦に従事することとなった。ここで最も懸念したのは、内地帰投を予想していた下士官兵の落胆であったが、所見を求めると、「ひとしくニューギニア方面に苦戦する戦友の苦労を思えば、われわれの疲労は意に介するに足りません」と答えるのであった。これを聞いて、部下の立派な心事に打たれると同時に、今度の作戦も完遂できるという自信を得た。

荒木浅吉大尉

昭和十八年三月十五日、伊号第百七十六潜水艦（伊一七六潜）はラバウルに入港、翌十六日にはさっそく糧食の搭載が行なわれた。乗員の作業ぶりは、いつもながら見事である。休む間もなく十七日午前十時、ラバウルを出撃した。空はからりと晴れ渡り、ニューブリテン島の緑の山が目にしみるような鮮やかさである。十八日昼間は敵機よりの被発見を顧慮し、企図の秘匿に慎重を期して潜航進撃した。

午後九時三十六分、敵飛行艇を認め潜航した。ついで三月十九日午前零時二十六分、南方に魚雷艇を認め急速潜航をおこなった。潜航後、さらに一隻の魚雷艇を聴知した。アドルフ湾には魚雷艇基地ありとの情報はあったが、案にたがわず、敵警戒はきわめて厳重である。午前一時半に浮上してから約二時間、猛烈なスコールが来襲した。呼吸が苦しくなるほどの物凄さで、前甲板さえ見えない。盆をくつがえすどころか、滝のような物凄さである。雨衣を着て手拭いを首に巻いているのであるが、襟首から入る雨水に褌までたちまちびしょ濡れになる。やむを得ず、一時、機械を停止したほどである。

黎明が近づいたので、午前四時四十三分に潜航する。ニューギニアの陸地が見えはじめる。雨後の濛気がたなびいて、山容は定かでない。天測ができなかったのと、海図の不備、未開地であるため、航海長は艦位の測定には少なからず苦労している様子である。ときどき潜望鏡を上げて艦位を入れながら、陸岸に近づく。

午後はすでに湾内に入っていた。潜望鏡で見ると、海岸一帯は内地にもよくありそうな田舎じみた景色で、海岸から一段高い岡の上に軍艦旗が見える。第七根拠地隊（七根）の司令部であろう。椰子の樹などは案外見えず、樹々の葉振りや枝振りは内地の闊葉樹にそっくりである。

夕食も終わり、腹ごしらえはできた。艦内の準備万端はととのって午後六時六分、ワンツリーヒルの海岸一五〇〇メートルのところに浮上した。艦橋より号令一下、猿（ましら）のごとくすばやく定められた糧食揚げ方配置につく。上甲板に飛び出すのは森上機曹以下、粒選りの猛者ぞろいだ。便乗者も装具をつけて上甲板に出る。

敵機に銃撃さる

私は潜航準備に手落ちのないのを見届けて艦橋に上がる。日は没したとはいえ十三夜であり、周囲は昼のように明るい。陸岸の樹木の緑まで感ぜられるぐらいである。

大発五隻が約五百メートルのところをドンドン近づいて来る。上甲板作業員は懸命に作業をはじめている。見る見るうちに固縛索は外れた。そのとき、見張所に赤い号星がパッと上がった。パチパチと発光信号を打ち出した。

「潜航する、なかに入れ。二、三番ハッチ閉め」との号令が伝えられた。このとき敵機は低高度で山陰をまわりつつ近迫してきた。発令所へ下りて一分か二分か、「潜航」の号令を待ちつつ艦橋に注意していたとき、突如として激しい銃声とともに船体に物凄い衝撃を感じた。敵ノースアメリカンB25五機の急襲を受けたのだった。

大発乗員の目撃によれば、B25五機が高度約三十メートルで連続して本艦を攻撃、機銃射撃とともに小型爆弾多数を投下した。小型爆弾二個は、後甲板に搭載してあった米のドラム缶を直撃し、その他は付近海面に落下、一時、本艦の周囲は真紅に燃えあがったとのことである。

当時、艦橋にあったもので、機影をはっきり見届けたものは誰もいなかった。ニューギニアの高く黒い山影をバックにして低高度であったため、機影を見つけ得なかったのである。敵ながら見事な急襲であった。

左舷前方に機銃の弾痕が光ったと見るや、黒い影をひいてすでに敵機は頭上に襲いかかっていたのである。最初の曳踉弾を見て艦長（田辺彌八少佐）は「潜航」を令されたが、これは艦内に伝わらなかった。ハッチ付近で伝令の任についていた中村が後頭部に銃撃をうけ、司令塔に墜落、即死したからである。

見張員は艦内に突入せんとハッチ付近に駆けつけたとき、左舷前方より猛烈な銃撃をうけ、その場に伏せた。岩元、住岡の二名だけは、ほとんど落ちるようにして艦内に入った。天蓋を貫通した銃弾はハッチから司令塔に飛び込んで、火花を散らして暴れまわった。このとき艦長、航海長、野村一水は重傷、信号長は頭部と腹部に軽傷を負ったのである。敵機が反転して連続攻撃すること三度におよんだ。

私は最初の銃撃を感ずるや、独断「第一ベント開け」を令したが、「潜航急げ」の号令がないので「第一ベント閉め」を令し、転換弁を「閉」にとると、油圧が急激に降下したので「ベント人力に換え」を令する。

銃撃の音が断続する。潜航の号令を聞き、「第一ベント開け」を令したが、「ベント開け」

の令はなく、かつ月の明かりにすかして見ると、まだ艦橋のハッチが開いたままなので「第一ベント閉め」を令した。

艦橋にあっては、航海長中川中尉は脚を撃たれたため、立つことができない。しかも艦橋ハッチ上に倒れているので、ハッチはなかなか閉められない。信号長の大塚二曹が鮮血にまみれつつも、野村一水および航海長を助け入れた。

艦長は右肺盲貫および左脚を負傷されたが、辛うじて自ら司令塔に入れられた。信号長はハッチ閉鎖に懸命の努力をしたが、額から流れる血が眼の中に入って眼が見えず、ハッチが充分に閉らないと叫んだので、信号兵柿本兵長が代わってハッチを閉鎖した。

艦橋ハッチが閉鎖するや、潜航の処置がとられた。しかしながら、第一ベントを開いた直後、艦は大きな衝撃を受けると同時に急激に傾斜し、仰角がかかって沈降しはじめたので、ただちに「ベント閉め」「メインタンクブロー前部止め」、引きつづき「メインタンクブロー」「右止め」を令せられ、浮上の処置がとられた。

ブローはしたものの、傾斜はどんどん大きくなる。乗員の顔面にサッと興奮の色が走る。「あわてるな大丈夫だ、大丈夫だ」と夢中で叫ぶ。祈るように傾斜計と深度計を見つめつつ、「浸水個所調べ」を令し、潜航長に「後部に水が入ったら区画排水をやれ」と命じた。銃撃は止んだようである。艦は最大傾斜左二八度、仰角五度からようやく持ち直し、左右傾斜はほとんどなく、仰角は二度となり、深度計は八メートルを示している。

電信室も被弾のため内殻（ないこく）貫通し、甲板にドンドン水が流れ出したが、内張りのため破孔がわからない。場所が狭いため約七分もかかって、ようやく発見した。弾丸は左舷中央の内殻を貫通し、ビームで止まっていた。佐村上曹はただちに上衣をぬいで穴をふさぎ、平岩上水に木栓をつくらせた。

「浸水個所調べ」の号令に応じて、艦内各部から「浸水個所なし」「電池異状なし」の報告が来たので、「やられたのはメインタンクだけ、心配するな」と艦内に伝える。

艦長は右胸部重傷のため呼吸困難となり、かつ出血のため意識も薄れ行くのを感ぜられ、「先任将校、司令塔に来れ」と言われた。胸部の負傷個所から呼吸するたびに空気が洩れるので、これだけ言うのが精一杯であった。

ブロー作業を終えてやや艦が落ち着いたので、さっそく司令塔に上がり首を出して見ると、「テレグラフ」の下からドンドン水が流入し、信号長らが一生懸命に防水につとめている。潜望鏡昇降筒の前側に艦長、航海長がおられ、もう血の気のない悽愴な目つきでジッと自分を見つめられた。艦長は私に直接指揮をゆだねられ、「成し得れば二、三十メートルのところへ一時沈坐せよ」と命ぜられた。

輸送任務達成

とりあえず「司令塔浸水」と叫ぶ。これを聞いて潜航長は「応急員、発令所急げ」と艦内に号令をかけ、工業員ら応急員をあつめ、発令所応急材料をもって司令塔電信室の応急遮防にかかった。私は潜航は危ないと感じたので、艦長に向かい、

「伊一潜の前例はありますが、状況はガ島ほどに逼迫しておりませんから、一時陸岸に乗り上げてから応急処置をとります」と言う。

艦長はうなずかれたので、一番潜望鏡を上げ、陸岸を見ようとしたが、対物レンズに水が入ったと見え、黒い斑点が浮かんでおり、映像はかすんで見えない。しかし、陸影はどうやらわかった。一応、針路二七〇度、両舷一戦速を令し、かすかに河口を認めてから針路二九〇度となす。この間に艦長、航海長は応急手当のため士官室に下りられた。

艦は天蓋を出した状態で陸岸に向かう。艦橋のハッチは水面下に没していたものと思われる。いちばん心配したのは再度の攻撃であったが、ついに来なかったのはまさに天佑であった。

敵の攻撃を受けるや、艦は左舷に大傾斜し、舷外気蓄器の被弾破口から空気を噴出しながら沈下し、わずかに天蓋を出すまでになったので、月明とはいえ夜のことであり、かつ高速の機上より見たので、沈没したものと敵は判断したらしい。後日、敵信傍受およびラジオによれば、本艦は沈没したことになっている。

当時の心境を振り返ってみるに、最初の銃撃を感じたときには「来たな」と思ったくらいであったが、艦がグーッと傾き出したときには、さすがにハッとした。度を失したとは思わないが、確かにあがっていた。冷静ではなかった。他の人が聞いていたら声もうわずっていたことであろう。普段のように隅々まで目が届かない。人の言うことも、細かいことまでは聞こえない。

しかし、誰に聞いてみても、傾き出したのにびっくりして、「しまった」と思ったが、その驚きは一瞬のもので、しだいに落ち着いてきたと言っている。人間は奮闘すれば平素の力量以上のことができるが、打撃をうけた瞬間には、平素の能力の半分ぐらいしか発揮できない。平素なお修練しておく必要がある。

艦は案外海岸に近かったと見えて、まだまだと思っているうちにショックを感じ、仰角がかかり（約五度）、行き足が止まったように感ぜられた。機械を停止し、柿本兵長に艦橋ハッチをわずかに開かせたが、水が入らないので全部開かせた。

水面は艦橋ハッチコーミングの下縁まで来ている。二番ハッチから前方は水面下にある。見張台に上がって周囲を見まわす。海岸の一帯に砂浜がある。四辺は寂として気味悪いぐらいに静かである。月が美しい。ひょいと天蓋に手をやると、三寸ぐらいの魚に触れた。爆撃にやられたのが飛び上がったものらしい。

さて、どうしようかと考えながらポケットに手を入れて探ったが、煙草がないので、柿本兵長に士官室から持って来るよう命じた。喉がむやみにかわく。まだ気分が落ち着かないな、と思う。

煙草に火を点けながら「艦長、航海長はどうしておられたか」と聞くと、「士官室で手当をしておられます、割合元気です」と答えたのでホッとする。

眼鏡をとって見ると、先刻の襲撃で逃げた大発が付近海岸に見える。大声で呼び寄せる。大体の腹案もきまった。艦内へ「応急修理が終わったら、水上でラバウルに帰る」と伝え、

一、二番ハッチを開いて、糧食揚げ方、便乗者退艦を命ずる。
大発が五、六隻近寄って来る。今までひっそりとしていた海岸が急に騒がしくなってきた。七根から発光信号が来る。信号員に命じて七根司令部と連絡をとり状況を知らせる。ブローに備えて補気を命ずる。このとき、二群気蓄器がやられたのを発見した。大発が横付けしたので、「戦死者、負傷者は陸上に移す」

機密書類の陸揚げ用意を命ず。大発の艇員が「艦の後部はなくなったのですか」などと尋ねる。潜航長が大真面目に「いや、水の中にあるのだ」と答えている。

高井兵曹に命じて、艦の周囲の測深をさせる。艦首付近は四メートル、二番ハッチ付近は六メートル、後部に行くにしたがい急激に深くなっているので、離礁はできると思った。潮は漸次ひいて、艦橋甲板が水面上に現われた。

戦死者はなるべくほかの者に見せないように、艦橋から大発に乗せるよう命ずる。二名の戦死者が戦友に抱かれて薄暗い大発の底に横たえられるのを見て、思わず涙がこみ上げてくる。二人とも、さっきまで元気で働いていたのだ。

中村の戦死について、不思議といえば不思議なことがある。それはトラック在泊中のことだった。中村が釣りをしていて立派な鯛を釣り上げた。皆は刺身で一杯やろうと言ったが、かわいそうに思ってか、彼はこれを逃してやった。今度の事件のとき、この鯛とほとんど同じぐらいの鯛が司令塔に入って来た。自分が艦長に呼ばれて司令塔に上がったとき、第二潜望鏡側の甲板に鯛があるので、付近の者にどうしたのかと聞くと、どこから入ったかわからないが、いつの間にかここにおりましたという。

常識では考えられず、みな奇異の感に打たれたが、中村に助けられた鯛が中村とともに身をすてて本艦を助けてくれたのだ。馬鹿げたことと人はいうかも知れないが、われわれ乗員は、この奇蹟を信ぜずにはおられなかった。

作業はドンドンはかどる。折りしも掌水雷長が上がって来たので、状況報告連絡のため、彼を七根司令部へ派遣した。

艦内の状況を確かめるべく士官室に降りた。便乗中の七根軍医長が手伝われ、負傷者の手当は終わっていた。すでに航海長と野村一水は発射管室から大発に移されていた。七根軍医長にお礼を述べ、退艦をすすめる。便乗者が忘れ物を取りに来たとか言って、艦内をうろうろしていた。よほどあわてて退艦したものと見える。

「艦長も陸に上がっていただいたらいかがですか」と言う者もあったけれども、自分は艦長には何も言うなと注意した。「言っても決して艦を離れるお方ではない」と心の底でこう思った。

艦長は艦長室で休んでおられたが、出血がかたまって呼吸の洩れるのが止まり、だいぶ楽になったと申された。

今後の対策を述べ、艦長の指示を仰ぎ、つぎのように腹をきめた。

第一案＝満潮時（〇二一五）までに潜航可能程度に応急処置をなし、離洲し得た場合は二十日の日出前に試験潜航、引き続き水深四十メートルの個所に沈坐し、二十日の日没後に浮上、帰途につく。

第二案＝満潮時までに潜航可能程度に応急処置をなし得ざる場合は、満潮時に離洲、直ちに水上航走にて帰途につく。

ドラム缶がだいたい水面に出て来たので、陸軍の大発に「固縛索を切ってドラム缶をはずせ」と命ずる。ところが大発乗員は歯がゆいほど緩慢で、「重いなあ」とか何とか言って、なかなか手を出さない。

「われわれが生命かけて持って来た糧食なのに、お前たちはそんなに熱意がなくてどうするか」と叱咤した。「切るものを借してくれ」と言うので、烹炊所から庖丁類を全部持ってこさせる。しぶしぶ作業にかかったが、いかにも仕方がないといった様子が見えるので、艦員に命じて固縛索を切断、ドラム缶を海中に投入させる。浮かぶのもあったし、沈むのもあった。

だいたい大きな固縛索をはずせば、艦が潜航した場合、ドラム缶はひとりでに浮沈するようになっているべきであるのに、ほとんど大部分は未だ甲板に残っていた。大発に乗っていた一人の陸軍中尉は、実に偉い男であった。彼が、

「ドラム缶浮沈用の空ドラム缶を持ってきましたが、船体に結びつけましょうか」という。溺れるものは藁にもすがるのたとえで、何かの足しになると思って「お願いします」と答えた。また、艦橋に上がって来て状況を話してくれたり、ドラム缶をさらに持って来させたり、よくやってくれた。

そのうちに掌水雷長も帰って来た。七根から作業員が派遣され、艦員と一緒になって糧食などの揚陸にあたる。間もなく七根の参謀も見えた。

午後七時五十分ごろには糧食は大部分が揚陸を終わり、機密書類の陸揚げも終わったので、本格的に応急作業にかかる。今までも応急員で故障個所を探したり、低圧排水を行なったりしたが、破口が多いのと上甲板の大部分が水面下にあるため、思うようにできなかったので、揚陸作業の方に全力を尽くしたのである。

応急修理

敵機が再度空襲してきた場合は、乗員の一部を退去せしむべきや否やと種々苦慮したが、かわいそうではあるが、戦闘力あるものは最後まで艦内に止まらせようと堅く、ひそかに決心した。

人間というものは浅ましいものだ。こういう場合に臨んでまで自己保全のことが頭の中にあるということは、今までの修養というものがあまりにも上調子であるということを痛切に感じ、ひとりで愧(は)じた。艦長に申し上げても、もちろん退去などとは口に出されなかったであろう。

退去云々のことを一言も洩らさなかったが、それでも先任下士官は不要品陸揚げの際、陸戦隊服を乗員分だけ揃えておいたと後日話していた。

こういう場合に指揮官が少しでも弱味を見せたら、恐怖を起こすおそれが多分にある。掌水雷長は、たとえ帆柱一本でも残っている以上は敵を徹底的に攻撃する、と彼の決意を披瀝した。応急修理が明朝黎明以前に、いや夜半満潮までに終わらなければ、すでに本艦の運命はきわまったというべきであろう。

当直員を艦に残し、その他は陸上に居をうつして修理を継続するの案もあったが、こういう状況では実現不可能であり、是が非でも夜半満潮までに修理を完成せねばならぬ。低圧をかけてみると、艦は左に大きく傾き、それを修正するため右舷側のベントを一部開くと、すぐ傾斜が直るような状態だったので、離礁に関しては充分自信を得た。

午後七時五十二分、低圧排水をはじめた。圧力があがるにしたがって、艦は左に大きく傾きながら浮かび、また排水を止めると、ふたたび沈んでいこうとする。破壊された無数の孔から空気を噴出する。損傷個所を探そうとして、甲板に立っている者は踵から膝へと水につかる。

貴重な燃料ではあるが、意を決して八、九番メインタンクに満載している重油をすてた。このため、上甲板の大部分が水面に出た。引きつづき低圧を発動して、今度は後部の方からメインタンクを一つずつ排水する。応急員は灯火を使えないので、船体を撫でるようにして損傷を探す。

血のにじむような乗員の努力によって、破口は一つ一つ木栓でふさがれていく。破口といっても、小は小指の先ぐらいから大きいのは握りこぶしぐらいまであるので、いちいち木栓をこれに合わせてつくる苦労は並々でない。船体はだんだん浮かんで来る。

しかし、刻一刻と過ぎていく時間が、われわれの骨身を削るように惜しい。引潮は止まって、そろそろ潮がさしはじめた。低圧ポンプは最初、仰角状態で相当長時間運転したため、潤滑油がよくまわらず、配置員はしきりに低圧ポンプの具合が悪いと訴えてくる。

午後十一時五分にいたり、破口の閉鎖は大部分終わり、もう艦はほとんど常態に復した。両舷機械後進、強速をつかって艦はようやく離洲した、時に夜半の十一時三十五分である。「動いた動いた」と兵員は涙を流して喜ぶ。胸にしみるような感激であった。

大きな自信が腹の底にわいてくる。ただちに充電をはじめた。ゴトゴトいう機関の響きが四辺の静寂をやぶるので、敵の魚雷艇などに聞かれはしまいかという心配があった。午前二時、充電を止めた。すでに日出の二時間前であり、もし潜航に失敗してこの位置で敵に発見されたら最後だと思うので、早目に潜航準備にかかる。案外、順調に艦は潜入した。

しかし、艦はドンドン重くなる傾向がある。補助タンクの調査を命ずると、左舷一、二番補助タンクに破口があるらしく、五分間に約一・五トンの浸水があるのを発見した。注水手はすでにこのことに気がついていたのだが、われわれに報告しなかったので、これに対する処置ができなかった。

沈坐を決意して、艦は海岸に向けたまままだんだん深度を深くする。三十八メートルのところで深度計が止まったので着底と認め、艦を重くするため注水すると、だんだん仰角を持って来て二〇度までになった。これはいけないと思って排水したけれども、なかなか離底しない。

後部メインタンクを排水するなど苦心して、やっと離底した。場所を変えたらよかろうと思い、二百メートルぐらい東に寄って沈坐をこころみたが、前と同じような状態になる。充電中、潮流のためだいぶ西に流されていた。

河口付近がいいだろうと判断して、河口に近寄りながら二度沈坐をこころみたが、海底が悪く大仰角を持つ。三度目に河口の南でこころみたが、やはり同じである。

空気圧力計を見ると、いずれも一二〇を示しており、かつ二群は被弾のため零になっているので、これ以上空気を消耗しては爾後の行動に支障をきたすと認め、四回目に仰角一八度のまま海底に座る。仰角一八度というと大した傾斜ではないような気がするが、実際に一八度も傾くと相当なものだ。腰かけているだけでも身体が重く感ぜられ、艦首の方に行くときには昇りにくいので、通路には握り綱を張らせた。

冷却機が使えないので、艦内は温度が次第に上昇する。これまでは、熱帯地を行動しながらも、冷却機があったので、あまり暑いと感じたことはなかっただけに、よけい身にこたえる。

これから先の状況を想像するにつけても、なかなか安眠はできない。真っ裸になって、これからの行動を案画し、行動予定、電報および戦闘概報をつくる。そのうちに後部兵員室の方のビルジが次第に増して、縦舵の電磁弁が水びたしになるおそれがあるとの報告がきた。

総員交代でビルジの移動をおこなう。これがほとんど浮上までつづいた。縦舵を動かしてみると、異音を発して少しも動かない。海底に喰い込んでいるらしい。浮上後、舵が動くかどうかが心配になる。

左五、六番のベント管が破壊され、海水が全油圧管系に流れ込んだ形跡がある。心配事が脳裡を去来する。

準備万端の見透しがついたので、午後から二時間ほど寝こむ。沈坐は十六時間におよんだが、この間、艦長は艦長室で頭の方を下にして寝ておられた。後にラバウルの病院に艦長をお見舞したとき、あの時はきつかったと言っておられた。

当時、付添いの従兵がいたことでもあり、一言いって下されば何とでもしたものをと思いつつ、艦長の偉さをしみじみと感ずるとともに、気の配り方の足りなかったのを恥ずかしく思った。

午後六時半、浮上を決意し、メインタンクの一部を徐々に排水したが、艦は少しも動かない。ついに総メインタンク排水によって、一挙に浮上し、潜望鏡で観測する暇もあらばこそ、ポッカリと水面に飛び出した。

ただちにハッチを開いて艦橋に飛び出す。

見ると本艦の近くを大発が五、六隻、「空襲、空襲」と連呼しつつ、どんどん陸岸の方に逃げていく。見張所の方を見ると、しきりに「急速潜航、急速潜航」と発光信号を送ってくる。戦闘見張員によく「見張れ」と注意するが、断雲があって機影は見えない。誰かが「爆音らしいものが聞こえる」と報ずる。

潜航を決意して「空気は幾らか」ときくと、「八〇」と答えて来た。いま潜航しても、このくらいの空気では浮上不能の場合も考えられる。潜航を断念して破れ船の舷側に近寄り、被発見防止をはかる。

「両舷機械用意」を令する。不気味な一刻一刻が流れる。こんな状況でとくに心がせくのに、「機械用意よし」の合図の電鐘がなかなか鳴らない。「どうしたか、どうしたか」と尋ねる。待ちきれないので掌水雷長を機械室に走らす。沈坐のとき、仰角一八度になったため流れ込み、油タンク内の潤滑油が艦底に溢出して、いまその補給をしているのだとの報告に接した。

結局、八分間を要した機械用意が完成した。ただちにラバウルに帰る決心をした。「両舷前進原速」を命ずる。どどっと機械の発動する音とともに、真っ黒な煙がもうもうと吹き出した。敵に発見されるかも知れないと思ったが、見つかった時はその時のこと、とにかく一刻も早く湾外に出ようと二戦速を令する。

ラバウルに帰還

ほとんど寝もやらぬ一夜は幸いにも無事に過ぎて、三月二十一日の朝を迎える。まだ敵の飛行圏内であり、魚雷艇の出没も考えられる。今日一日はどうしても潜航せねばならない。

午前三時四十分、潜航にうつる。そうとう燃料をすてた関係で、予備浮量は一トン、前部六トン、後部一トンという状態であり、補助タンクにはどんどん浸水がある。右五番の缶口弁をしめて空気を送り、補助タンクの保有量を十トンとなし、「手空き総員、重量物前部に移動」を令する。これで釣り合い、前後部四トンになった。

伊176潜と同型の新海大型・伊180潜の艦橋。ラバウル在泊中。後部が見張所で連装機銃や測距儀がある

三直配備での潜航持続はむずかしいと思ったが、潜航中にゆっくり休ませ、前途に横たわる難関を心身ともに最良の状態で突破せねばならぬので、三直配備にした。潜航の要領をよく教えたのであるが、やはり無理と見えて二、三回浮上し、上甲板を露出した。

しかし、幸いにして終日敵を見なかった。主排水ポンプは終始運転の状態にあったが、もしこれが故障したならば、潜航持続はもっともっと難しかったであろう。

この日、友軍戦闘機が本艦上空付近にあって警戒してくれたことを、後日、電報を整理してわかった。午後五時五十六分に浮上、両舷一戦速で航進する。吃水が深いのと、応急修理個所に不安があるので、機力金氏弁を閉鎖した。

午後六時四十五分、左一〇度（真方位五〇度）に黒影を発見したので、これを迂回した。まだまだ敵の伏在する公算は大である。七時五分、第二戦速とする。

午後八時十五分のことであった。砲術長が上空に飛行艇を発見した。断雲をぬって黒い機影が、音もなく悠々と本艦上空に近寄ってくる。大きい双発の飛行艇だ。高度一千メートルぐらいであろうか。「敵だ」と直感した。すぐに「缶口弁開け」を令する。

撃つべきか。しかし、敵は本艦を発見しているかどうか。ひとまず「俺ひとり残る。みな中に入れ」と命ずる。

「潜航か」「反撃か」一瞬迷ったが、断平反撃を決心した。

飛行艇だから、爆撃は回避できる算が大であり、機銃射撃ぐらいでは沈没するほどの被害を受けることはまずなかろう。艦橋にある者がつぎつぎと殺傷されても、ラバウルに帰るまでには誰か生き残っていてくれるであろうと考えたのだ。

じっと飛行艇の行動を見まもる。飛行艇は左舷後部から斜めに本艦上空を飛び、約一千メートル過ぎたころに反転した。発見したなと思い「対空戦闘」を令す。敵が爆撃進路に入った。ぐーっと近づく。

「取舵一杯」「撃ち方始め」を令した。敵機は爆弾を落とした。ドドドーン。前部兵員室右舷七十メートルぐらいのところに弾着。艦がぐっと右舷に傾く。二十五度以上だ。

「やられた」と思ったので、「右三番メインタンクブロー用意」「防水扉閉め」を令す。右三番を「ブロー」して、「面舵一杯、もとの針路九〇度」を令すると、傾斜がすぐに直って反対舷に傾く。

やられたのではない、メインタンクの残水だと気がついたので、傾斜修正のため、左三番メインタンクを排水するとともに、「燃料タンク、艦内に切り換え」を命ず。

「撃ち方始め」とともに機銃弾は光をひいてどんどん出る。敵は反撃しない。応急員に命じて機銃弾倉の準備をさせる。そのうち誰やらが「命中、命中」と叫ぶ。住岡兵曹だ。

「本当か」「煙を曳いています」と答える。

敵は本艦の周囲をまわりながら爆撃の機会をねらうもののようであったが、本艦の猛烈正確な反撃におびえて、南方に逃げさった。艦内に、

「敵機に数発命中、敵は逃げた」「絶対自信があるから心配するな」と伝える。状況を報告するため艦長室に行き、

「万一の場合を考えて、陸岸に接航するように」と指示をうけた。

午後九時、針路四〇度で進んでいるとき、左六〇度に黒影を発見し、針路二〇度で回避す。しかし、あとで考えて見ると、ニューブリテン島海岸付近の岩かも知れない。海岸線から約十二浬(かいり)ぐらいのところを走っているので、島影ははっきり見える。

午後九時九分、先ほどと同型の飛行艇を白い断雲の中に発見した。敵機は後方から近寄る。機械の音のためか、爆音ひとつも聞こえない。

「小しゃくな敵、撃ち方始め」機先を制して猛撃をあびせる。機銃はじつに快調である。艦橋甲板が見る見るうちに空の薬莢でいっぱいになる。機関科の手空きの者まで出て来て、弾倉に弾丸をこめたり、艦橋に手送りで運んだりする。目のいい岩本兵曹がしきりに、

「右、もっと右、いま雲の中に入った」と射撃を指導するので、曳痕は敵機首付近にどんど

ん集中する。敵は爆撃の機会を狙うもののように、周囲をぐるぐるまわったが、わが反撃と転舵回避のため、左舷艦尾二百メートルに爆弾二個を落としたのみで、倉惶と逃げさった。

午後十時、敵機がまたも来襲したが、憤激の極に達した乗員の猛撃に、近寄るスキもあたえず遁走せしめた。機関兵の山本は「撃たして下さい」と言って、無理やり小銃を撃っていた。乗員はだれに劣らず敵愾心に燃えていたのだった。

一つの握り飯が夜食に配られたが、この味は終世忘れることができない。爾後、総員戦闘配置についたまま警戒航行をつづけた。帰途について以来、ずっと二戦速および三戦速の高力運転であったが、「この機械は絶対に止めてはならぬ」という機関科員の意気込みと練達の技量によって、無事、難関を突破したのである。

電報で味方の直衛機が来ることがわかった。オーホート岬を過ぎたころ、夜はすっかり明けはなたれた。午前五時四十八分、スコール雲をついて味方戦闘機三機が飛来した。高度を低くして本艦の上空を旋回しながら手を振ってくれた。もうここまで来れば敵機来襲の懸念はないのであるが、やはり心強く嬉しかった。

午前十時四十分、ラバウルに入港する。従兵が艦橋に上がってきて紙片を渡し、「艦長からこの信号を司令官へとのことです」という。見れば鉛筆で、『御心配を掛け恐縮に堪えず、誓って仇敵の撃滅を期す』と走り書きに記されてある。言葉は簡単ではあるが、千万無量の思いを込めたこの信号に、艦長の心中が察せられるとともに、敵愾心が湧然とたぎり立つのをおぼえた。

南東方面艦隊司令長官草鹿任一中将と第七潜水戦隊司令官原田覚少将が、わざわざ艦長のお見舞のため来艦されたが、間もなく艦長は第八海軍病院に入院されることになった。艦長が担架に横になったまま内火艇に移られるのを見送る乗員の一人ひとりの心中は、どうであっただろうか。「この艦長のためならば」と働きつづけた純情愛すべき乗員の心と、この部下と別れる艦長の心中とを察して、思わず目頭が熱くなった。

呂一〇一潜・伊一七七潜艦長ソロモン戦記

海戦の目撃者として、また漂流者救助など秘められた戦場の実相

当時「呂一〇一／伊一七七潜」艦長・海軍少佐　折田善次

緒戦では、私は先遣部隊の伊号第十五潜水艦の水雷長として、ハワイ沖から北米西岸沖まで遠征し、鎧袖一触、約二ヵ月半の長期作戦行動のあと、マーシャル諸島クェゼリン基地に帰投した。作戦研究会もそこそこに現地で退艦、呉の潜水学校に集められて、ここで息つく間もなく、操縦、戦務、襲撃等について、艦長要員緊急教育を詰めこまれた。

ミッドウェー作戦惨敗の詳細も知る由なく、昭和十七年六月末には「基本動作はどうにか一人前」との教官講評で、学生教程を修業した。新米潜水艦長の大部は、北方部隊予定の旧式のL型潜水艦へ。私をふくむ残る三名は、建造中の小型潜水艦の艤装担当となり、私は神戸川重の呂号第百一潜水艦（呂一〇一潜）に着任した。

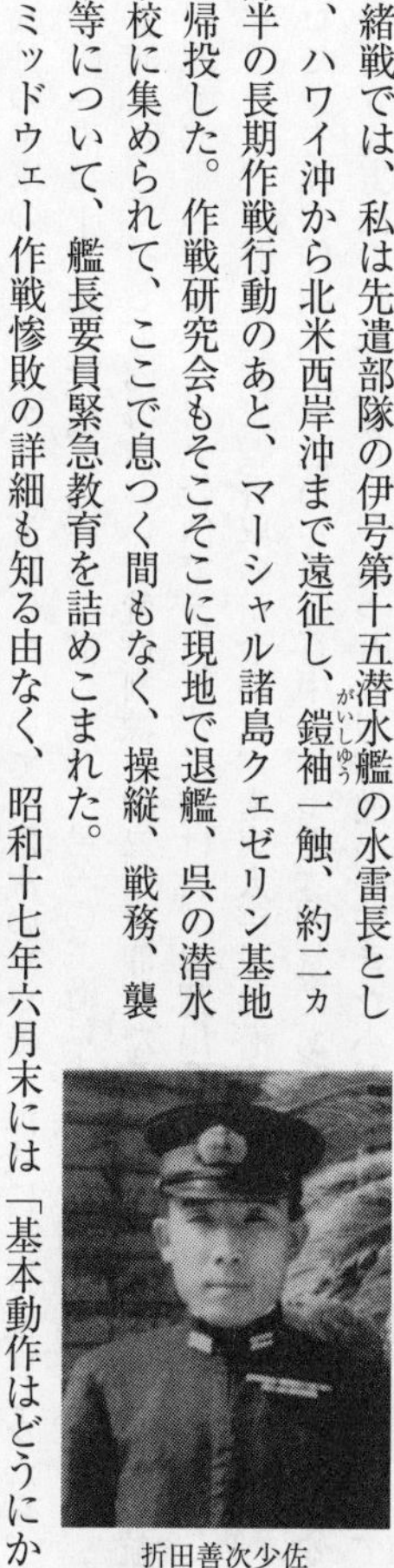
折田善次少佐

本艦は、南方離島の防御を目的とした小型潜水艇で、戦時急造十八隻中の民間造船所第一

艦であった。基準排水量五二五トン、速力＝水上十六ノット、水中九ノット、発射管四門、行動半径八百浬、行動日数約一ヵ月。乗員は准士官以上六名、下士官兵三十二名。緒戦の戦訓をとりいれたとはいえ、居住性の不良と、この頃すでにはじまっていた電子機器に関する設備は、何ひとつ改善されていなかった。

八月の米軍のガダルカナル島進攻につづいて、数次のソロモン海戦に一喜一憂しながら、呂一〇一潜は十月末に完成（呂一〇〇潜は九月、呂一〇三潜は十月、呂一〇二潜は十一月）、引き渡された。そして内海において就役訓練を約二ヵ月間行なったのち、母港横須賀に回航し、臨戦準備のうえトラック経由でラバウルに向けて、勇躍出撃した。

在トラックの潜水艦隊旗艦香取の司令部は、南東太平洋の潜水艦作戦こそが本命であり、ソロモン方面の作戦は不本意ながら続行中といった雰囲気であった。したがって、風雲急をつげるガ島方面の戦線めざして、おっとり刀で進出してきた小型潜には、大して期待もしていないようであった。

昭和十八年一月二十四日午後五時二十分、赤道を通過、南半球に航跡をしるした。形ばかりの赤道祭りのあと、先任将校の徳川熙大尉が、

「つぎは一同そろって、横須賀に向かって、この赤道をまたぎたいものですな」と呟いたのにたいして、私は「縁起でもないことを……」と軽くいなしたものの、まさかその後、本人が七月に白木の箱におさまって帰国、くわえて本艦までが九月に、母国どころかソロモン海に果てようとは……。これが戦場の運命であろうか。

一月二十八日、ラバウル湾外着。硫黄ガスを吐く花吹山を右に見て、港内に入った。投錨を持ちかねるように、伊三六潜（伊号第三十六潜水艦）から手旗。

「セカヨセカ。遠路進出ご苦労さま。ここまで来たら、生きて帰ると思うな」と、尊敬する歴戦の先輩稲葉（いなば）通宗潜水艦長から、まず手厳しい歓迎の一発がやってきた。一年近く前線から離れていた新米かつ新入りのセカ（潜水艦長）にたいし、当然のアドバイスであった。

それでも、最前線の厳粛な戦訓にたいする認識と反応が足りなかったため、私はこのあとの戦闘場面で、かろうじて虎口は脱するものの、かずかずの失敗を重ねることになる。

八十一号作戦の漂流者救助

旗艦兼母艦の長鯨（ちょうげい）に赴いて、第七潜水戦隊司令官（南東潜水部隊指揮官）原田覚少将に伺候のあと、先任参謀堀之内中佐から戦況説明をうける。南東方面の現状は、彼我航空戦力の格差と、これに基因する補給困難のため、

(1)モレスビー攻略作戦は中止。ニューギニア東部ブナ方面の配備はラエ地区に撤退中。

(2)ガダルカナル島は大本営決定により、二月一日より七日にわたり全面撤退を強行中である。

(3)今後のわが戦略体制は、攻撃から守勢へ転換し現要域の確保をはかる。

と、前線基地でうける説明は深刻である。つづいて当方面の潜水艦戦については、

(1)敵の増援補給線の攻撃遮断。

(2)わが前進部隊にたいする隠密輸送補給。

(3)局地防禦と敵の増援進攻阻止。

のうち、潜小隊に関しては、とくに(3)のわが前進基地周辺における局地の防衛に期待するところが大であるとして、新鋭の潜水艦に配するに生気潑剌の潜水艦長の指揮と善戦を要望し、さしあたり、進行中の「ケ」号作戦（ガ島撤退）に待機を命ぜられた。

二月七日をもってケ号作戦は成功裡に一段落した。そこで呂一〇〇潜と呂一〇一潜は、現地慣熟とウデ試しを兼ねて、珊瑚海北部海域の哨戒行動に出撃した。呂一〇〇潜は、戦況が比較的閑散としているはずのポートモレスビー沖で、輸送船攻撃運動中に、護衛駆逐艦に猛烈な反撃をくって、潜望鏡をつぶされて帰投した。

わが呂一〇一潜は、三日目にPBY哨戒機の執拗な触接をうけ、正体を暴露したばかりか、爆撃の洗礼までうけた。かくて、功名にはやった初陣は獲物もなく終わり、二月二十八日に帰投した。港外でものものしいわが輸送船団に帽を振る。

三月三日夜半、司令部より緊急の呼び出し電話がある。入港時に見送った船団について、昨日来、不穏な情報が耳に入っていたが、

「ニューギニアの兵力増強のために、ラエに向け航行中のわが輸送船団が、本朝ビスマーク海で全滅に近い大損害をうけた。敵の警戒と妨害が至厳のため、水上部隊をもってする漂流者収容は不能である。潜水艦は現場に急行して収容任務につけ」というもので、ただちに医薬品と応急食料を積めるだけ押し込んで、急遽出港し、さしあたりニューブリテン島西方ダ

ンピール海峡南口に向かう。

味方触接機の情報によると、漂流集団は強い南東海流にのって、ソロモン海へ押し流されているようであった。これにたいする収容予想海面への直航路の一帯は、概測や未測量の岩礁や波浪が散在する危険海域ではあるが、大迂回するひまはない。

敢然、突進して三月六日夜、収容予想現場に到着して、手探りで捜索を開始する。七日未明とともに、三方向に軽浮舟を発見、陸軍兵十八名を収容した。そこへ敵機が出現したため潜航し、夕方、早目に浮上する。そして視界内の四群、二十九名、輸送艦野島の艦長をふくむ合計四十七名を詰めこんだ。定員三十八名の潜水艦だから、超満員となる。

陸軍の某少佐であったが、付近に連隊旗を棒持した漂流者がいるはずだからと、捜索を強請されたが、無情ながら割愛して、夜のうちに危険海域を突破し、九日朝、ラバウルに帰着した。

同一任務の呂一〇三潜（艦長市村力之助大尉）は、八日夜、無名礁に乗り上げた。座礁二日目の午後には、敵の哨戒駆逐艦を認めたので、暗号書、機密書類を海中に投棄して、一同交戦、討死を覚悟したという。

さいわい敵に発見されず、三日目、重量物軽減の最後の手段として、魚雷や燃料まで艦外投棄して高潮時を待った。これでやっと自力離礁に成功し、ほうほうの体で帰ってきた。

それとは別に、当時、ソロモン東方を行動中であった先遣部隊の伊一七潜と伊二六潜も、艦隊命令によって救援に急行し、四日から九日のあいだに約三百人を逐次収容して、ラエに揚陸している。

呂一〇一潜は二次の収容と呂一〇三潜の救難を兼ねて、九日、折り返し出港したが、同艦の離礁の報が入り、漂流者救助も一段落したので任務終了、反転してラバウルに帰投した。

時を同じくして、海上輸送作戦に関するさらに衝撃的な戦訓がもたらされた。駆逐艦の村雨と峯雲は、八十一号作戦の失敗で混乱中の三月五日夜、コロンバンガラ島への輸送揚陸を終え、クラ湾を北上して帰投中、敵の水上部隊と遭遇して交戦（?）、以後、消息を断った。月齢二十八、暗夜うすぐもり、視界約十キロであったという。

敵は優秀なる電波探信儀および無照明射撃に関する新兵器を十分に活用しあるもののごとしと推察された。わが得意の夜戦は、敵の新兵器と新戦法に押しまくられ、手も足も出なくなってしまった。しかし、水上暴露面積の僅少な、くわえて〝水遁術〟を心得た潜水艦だけは例外とする希望的判断もあり、酷使は依然つづけられた。

い号作戦への協力

三月十九日、ガ島東方海域の哨区に向け、ラバウルを出撃する。配備潜水艦は本艦のほか、呂三四潜と呂一〇二潜の二隻である。任務は四月上旬に決行予定の「い」号作戦に呼応するものであった。

(イ)ガ島方面出入の敵艦船の監視、ならびに攻撃。
(ロ)同方面の気象観察、ならびに通報。

㈧不時着機搭乗員の救助にあたる。

山本連合艦隊司令長官がラバウルで直接指揮したい号作戦は、当時の母艦航空兵力のほとんど全力をラバウル方面の陸上基地に展開し、基地航空兵力と合わせて、南東太平洋方面の敵艦艇、航空兵力に一大痛撃をくわえて敵の企図を破砕し、これにより、わが補給輸送の促進と、現地部隊の戦力を充実させようとする大航空作戦であった。

四月七日、い号作戦X日。呂一〇一潜はガ島の南五浬に進出して、黎明より毎時の気象を報告しつつ、潜伏待機する。わが襲撃部隊が殺到、突入したと思われるころ、水中聴音の報告があった。露頂観測したところ、わが空襲から避退中と思われる敵大型機五機が、海面すれすれに遁走しているのを視認した。

X攻撃のあと、十一日と十四日に、東部ニューギニア方面にたいするY攻撃が決行された。大本営のハデな戦果発表とは裏腹に、じっさいは敵の反攻企図を一時頓挫させただけで、四月十八日、ブーゲンビル島上空における山本長官機上戦死という悲劇をもって作戦は終結した。

作戦間、ツラギ島監視配備にあった呂三四潜（艦長富田理吉大尉）は出撃以後、消息がなく、帰投命令にも応答がなかった。戦後の米海軍資料によると、四月五日未明、駆逐艦オバノアがフロリダ島西方においてレーダー探知、九百メートルで潜水艦を視認して照射砲撃、さらに急速潜入した同艦に爆雷攻撃をおこない撃沈、とある。

敵の新兵器レーダーによる先制攻撃とは知る由もなく、呂三四潜は原因不明の沈没（五月二日）と認定された。

米軍のレンドバ島上陸

昭和十八年四月三十日（僚艦呂一〇二潜は前日）、ミルン湾（ニューギニア東部）南方哨区に向けてラバウルを出港し、配備についた両艦は、豪北方面からするガダルカナル島補給線を阻止して、目にもの見せんものと連日、張りきっていた。

今日も暮れるか珊瑚海――南方の海には音も影もない。五月九日、呂一〇二潜からの発信「当面、敵を見ず」を傍受する。本艦も同様に髀肉の嘆をかこっており、「異状なし」を報告した。五月十七日、帰投命令に接して帰途につく。

五月二十一日未明、セントジョージ岬（ニューアイルランド島の南端）の西方を北上中、ラバウル地区の空襲警報を傍受する。その後まもなく、本艦の左舷方向の中空に突如として流星一条――紅炎を曳きながら東方に横ぎってゆく大型機を発見した。ほどなく、その大型機は落下傘二個を放出して、海中に墜落した。

ラバウルへ帰着後に報告したところ、敵機はわが二式陸偵の斜め固定銃による攻撃を受けたもので、これが大型機夜間邀撃戦法の初戦果として確認された。

泊地には、先着のはずの呂一〇二潜の姿が見えない。潜友一同憂慮のうちに、時は流れた。米海軍の資料にも、同艦に関する記述は見当たらない。とすると、英海軍か豪海軍にやられたものか。潜水艦長兼本正二大尉の覇気満々の性格を知っているだけに、呂一〇二潜行方不明のナゾは深い。

六月八日、呂一〇一潜は、呂一〇三潜と前後してラバウルを出撃した。ガ島方面の敵は、西進を企図しているらしく、兵力の増強が活発になりつつある情況下であった。すでに先発の呂一〇〇潜、呂一〇六潜、呂一〇七潜などが、ガ島の南方海域に哨戒線を構成していた。

わが二隻は六月十二日、哨戒線に到着し、前直と交代する。十七日、哨戒線を西方に移動し、情報により二十二日、さらに哨戒線を北方に移動するとともに、散開距離を二十浬にちぢめる。これは効果てき面で、二十三日には呂一〇三潜が、サンクリストバル島の南方で輸送船団を発見し、その二隻を撃沈した。これが、われわれ潜小隊にとっての初の戦果となった。

六月二十四日、電令により、ソロモン群島中部のガッカイ島南方哨区に急速移動する。昼夜にわたり敵の魚雷艇、哨戒機の行動がひんぱんとなり、戦雲急を感じさせられる。二十六日には、ソロモン方面第二警戒配備が発令され、敵の常套戦法、すなわち小舟艇機動による〝蛙飛び作戦〟に厳重警戒が敷かれた。

二十九日、帰投命令をうけ、哨区を撤しウィックハム南方を西航中、小型機が低高度で頭上をかすめるように通過した。ただちに急速潜航したが、その直後に水上集団音を聴取する。感五。露頂観測すると、真っ暗な海上を白浪をけたてた舟艇群が、右にも左にも潜望鏡の視野一ぱいに、触れんばかりに一群また一群と西方に通りすぎ、追い越してゆく。

まさに中部ソロモン、おそらくムンダ地区かレンドバ方面進攻をめざす敵上陸舟艇部隊と判断した。一群団をやりすごしたところで、敵情を緊急発信しつつ、航続の本隊にたいして魚雷戦に備えて待機する。

六月三十日未明、この舟艇群はレンドバに大挙して上陸を開始する。これにたいしわが方は、ソロモン方面第二邀撃配備となり、航空、水上、潜水部隊の全力集中による猛攻撃が発令となった。水上部隊には夜襲決行、潜水艦には泊地強襲が下令された。

これにより、呂一〇一潜は南方より、呂一〇三潜は東方より潜入、レンドバ突撃を命ぜられたが、電池動力の消耗ははなはだしく、当夜の泊地進入は断念せざるを得なかった。よって魚雷艇出没のスキをみて浮上し充電、潜入をくり返し、翌朝、再進入を開始する。午後から潜伏待敵するが、魚雷艇のほかには有力な艦影を視認できなかった。

同夜、呂一〇〇潜と呂一〇七潜にラバウル発、現地に急行、代わって呂一〇一潜には引き揚げ帰投の命令があった。七月四日の午後ラバウルに帰着したが、艦内には糧食があと一日分のこっているだけであった。

交代した呂一〇〇潜は、潜航接敵中に暗岩に触礁して発射管を損傷した。呂一〇三潜は、小型揚陸艦を撃沈した。また呂一〇七潜は、ブランチ水道側からレンドバ泊地に向かって進撃したはずであるが、不幸にも消息を断った。

戦後の米海軍資料によると、七月七日夜、レンドバ島沖において、駆逐艦ラドフォードがレーダーで潜水艦を捕捉し、砲撃と爆雷攻撃でRO-101 was deadとある。これが呂一〇七潜

（艦長江木尚一大尉）の最期であったと思われる。

クラ湾の死闘

中部ソロモン方面にたいする敵の積極的進攻を、おおむね七月中旬以後と判断していた陸海軍指導部は、六月三十日未明の敵来攻（レンドバ）にたいして、第二邀撃配備を緊急下令し、現戦線死守と各部隊の全力発揮を命じたものの、即効、具体的な反撃手段はなかった。かくて、レンドバとムンダの現地部隊は、その日のうちに通信が杜絶した。

さらに七月四日、わがムンダ飛行場の背後を扼するライス泊地（クラ湾）に、敵は強力な部隊の揚陸をはじめた。五日夜には、敵輸送護衛部隊とわが駆逐艦七隻の阻止部隊とのあいだにクラ湾の夜戦があり、巡洋艦一隻、駆逐艦一隻を撃沈したものの、わが方も新月（三水戦司令部をふくむ）と長月が沈没、四隻に小破の損害があった。

呂一〇一潜は、小型潜の行動許容日数ぎりぎりまで作戦して帰投したが、あわただしく戦備をととのえると、七月八日の午後には、「武運長久を祈る」の旗艦の信号に、「誓って奮戦を期す」と応えて勇躍出撃し、ふたたび中部ソロモンの戦場にとって返した。さしあたりの任務は、クラ湾に進入して待機し、敵上陸軍をライス泊地着岸前に捕捉攻撃することであった。まさに願ってもない小型潜の本領発揮の舞台である。

七月十一日未明、クラ湾に進入、昼間はライス泊地を偵察したが、敵影を見ず。夜間、コロンバンガラ島寄りに浮上して充電する。

十二日午前二時三十分、充電を終了したので、湾中央部に移動して水上待敵する。暗夜にくわえて細雨があり、艦橋の哨戒長（先任将校）にまもなく潜航することを予令して、艦長（私）は下の司令塔で航海長小山中尉と海図をはさんで、潜入後の行動を打ち合わせ中であった。

と、突然、速射砲と機銃の猛射撃が起こった。ハッチから艦橋を見上げると、先任将校が顔一面に血を浴びている。瞬間的に「入れ」と大声でどなる。見張員二人が、

「駆逐艦です」「先任将校、重傷です」

叫びながら飛びこんできた。命中弾がひっきりなしに船体を打つなか、ぐったりしたままの先任将校を三人がかりで、ようやく司令塔にひきおろすと、ハッチ閉鎖ももどかしく、

「ベント開け、潜航」を発令した。

艦は右に傾き、血糊（ちのり）で足もとがすべる。祈る気持で深度計の針先を見つめる。六…七…八メートル。艦橋が全没したところで命中音も消え、凄まじかった射撃から逃れることができた。

途端にこんどはシュル、シュル、シュッと、推進器音が頭上を右後方から左前方へ駆け抜けた。「爆雷防禦」を令する間もあらばこそ、十数発の至近爆雷を浴びる。激震と同時に、艦内は暗黒化した。潜舵、横舵の故障のため、艦の姿勢は俯角となり、深度はぐんぐん落ちていく。

安全潜航深度七十五メートルで、「メインタンクブロー」を令したが、深度計の極限目盛

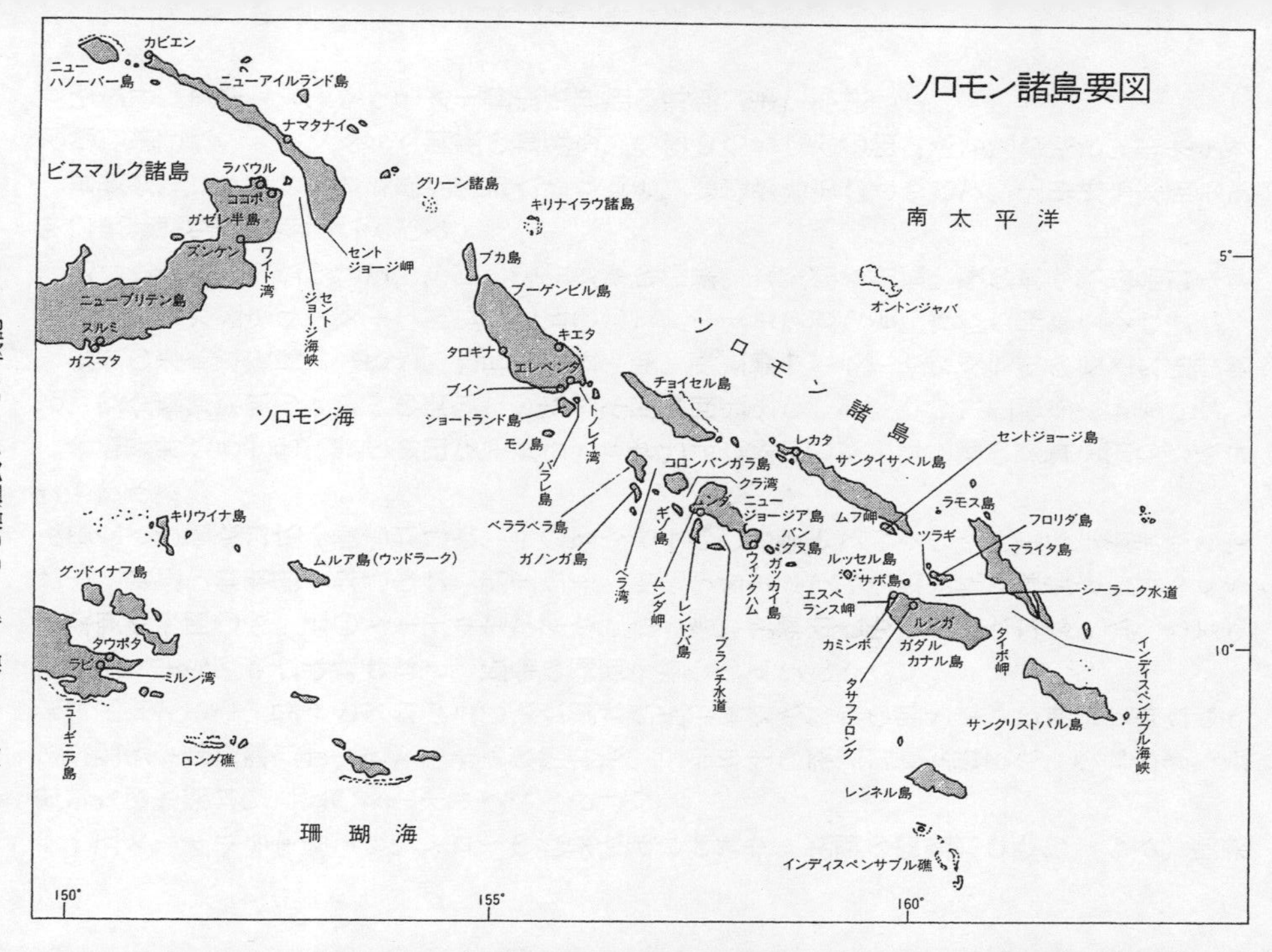
ソロモン諸島要図
南太平洋
ビスマルク諸島
カビエン
ニューハノーバー島
ニューアイルランド島
ナマタナイ
ラバウル
ココポ
ガゼレ半島
ズンゲン
ワイド湾
セントジョージ海峡
セントジョージ岬
ニューブリテン島
スルミ
ガスマタ
グリーン諸島
キリナイラウ諸島
ブカ島
ブーゲンビル島
オントンジャバ
キエタ
タロキナ
エレベンタ
ブイン
ショートランド島
トノレイ湾
モノ島
バラレ島
ソロモン海
ソロモン諸島
チョイセル島
レカタ
サンタイサベル島
セントジョージ島
コロンバンガラ島
クラ湾
ニュージョージア島
ムブ岬
ラモス島
フロリダ島
ツラギ
マライタ島
ベララベラ島
ガノンガ島
ギゾ島
ベラ湾
ムンダ岬
レンドバ島
ブランチ水道
ウィックハム
ガッカイ島
バングヌ島
ルッセル島
サボ島
エスペランス岬
カミンボ
タサファロング
ルンガ
ガダルカナル島
シーラーク水道
タイボ岬
インディスペンサブル海峡
サンクリストバル島
レンネル島
インディスペンサブル礁
キリウイナ島
グッドイナフ島
ムルア島(ウッドラーク)
タウボタ
ラビ
ミルン湾
ニューギニア島
ロング礁
珊瑚海
5°
10°
150°
155°
160°

一一五メートルをすぎても、ブローの効果があらわれず、沈降の惰性はつづいている。測深儀による水深は、二五〇メートルくらいらしい。

公認安全潜航深度七十五メートルの船体が、三倍以上の深度に耐え得るか、それとも着底前に圧潰するか、足もとにはいましがた斃れた先任将校が、血の塊となって無言で横たわっている。生き残ったわれわれも、運命の瞬間を待つのみであった。

深度が一四〇か一五〇メートルまで下がったとき、沈降惰力がゆるやかになった。とまった！ 体感では浮揚をはじめた。浮上だ！ 極限でとまっていた深度計の針先も、ピクッとふるえると静かに左へ動きはじめ、一〇五から一〇〇と戻っていくのが、まるで後光がさすようである。

「各部異状なし」と、電力復旧で生気をとりもどした艦内は、二撃三撃の爆雷を浴びながらも、安全潜航深度いっぱいの深度で、不撓不屈の回避をつづけ、ついに追跡をふりきった。

戦後の米海軍資料によると、七月十二日未明、駆逐艦テイラーが、クラ湾のライス泊地沖において潜水艦をレーダーで捕捉、二五〇〇フィートまで近づき、有効な射撃をくわえた。潜没した潜水艦にたいして、三回の爆雷攻撃の結果、大気泡と油跡、そのほか浮揚品により、伊二五潜撃沈を確認したとある。

日没後、コロンバンガラ島北端にたどりつき、敵影なきをたしかめて、上甲板を水面まで応急浮揚した。メインタンク関連の破孔を、ひとつひとつ応急的にふさぎながら、排水をくりかえし、夜半すぎ、やっと水上航走が可能の状態にまで浮揚した。

そのとき、暗夜の北東方に数発の閃光をみとめた。西側の艦隊が照射すると、つづいて東西双方が砲撃戦を開始、壮烈な水上部隊夜戦（コロンバンガラ沖夜戦）の生起である。戦闘は約二十分つづいたが、敵味方の勝敗も被害も不明で、ヨタヨタの潜水艦では傍観のほかなかった。

士官室に移した先任将校・徳川熙大尉の遺体は、暑く狭い室内で、早くも異臭を発しはじめた。本来なら水葬であるが、由緒ある徳川子爵家の御曹子とあっては、それもしのびず、思案の果て、発射管の魚雷を引き出し、代わりに戦死第一号の水雷長を鄭重に装塡して、仮の棺とした。

七月十六日の午後、半旗を掲げて悄然とラバウルに帰着した。旗艦長鯨に赴いて戦闘報告をすませたあと、艦にもどって被害の調査、つづいて、補修の打ち合わせを行なう。

一方では重傷者の入院、徳川大尉の遺体を陸上に移して納棺、そして通夜を行ない、十七日に花吹山麓で、潜友の手により火葬に付した。そして十八日、しめやかなうちにも盛大な告別式のあと、彼は無言の内地帰還の途についた。

それにしても、新兵器のレーダーを活用した敵のめざましい先制集中攻撃は、わが方に非常な脅威をあたえた。ほとんど時を同じくして六月二十二日、はるか北方戦線のキスカ島でも、伊七潜が霧中で砲撃をうけ、司令、艦長戦死、潜航不能となる死闘を演じている。第一次大戦型の兵器や戦術を墨守盲信するおろかさを、いまこそ払拭（ふっしょく）しなければならない。

この間にも、潜友の悲喜こもごもの奮戦がつづいた。レンドバ方面の配備にあった呂一〇六潜（艦長中村元夫大尉）は、七月十八日、大型揚陸艦を撃沈し、また、同方面に進出していた呂一〇三潜（艦長市村力之助大尉）は、三回にわたり敵発見を報告しているが、攻撃の機を得ず、二十八日以後、連絡なく消息を絶った。

混戦、ベララベラ沖

現地工作部による船体修理（大小の破孔約七十ヵ所）と潜望鏡換装が完了し、新先任将校の田辺大尉が着任すると、帰港時に消沈していた艦内の士気は、見る間に一新された。そして弔い合戦の意気も高く、昭和十八年八月七日、ラバウルを出撃し、日夜、陸海空の激戦がつづくソロモン中部の南海域に向かう。

七月中旬の時点で、外南洋部隊指揮官の作戦方針は、「わが航空兵力は、八月中旬ごろより逐次優勢となり、連合艦隊は九月上旬もしくは中旬において、艦隊の全力をあげて総攻撃を実施すべきにつき、あくまでムンダ、コロンバンガラ島地区を確保」というものであった。しかし、頼みの航空支援は、相つぐ消耗に補充が追いつかないため、積極攻撃に転ずる余裕がなかった。海上増援輸送も、艦船の被害の大きさにくらべて、効果が少なかった。とくに八月六日の三水戦を基幹とする輸送は、敵駆逐隊の先制砲雷撃により、わが駆逐艦三隻沈没の完敗を喫しているのだ（ベラ湾夜戦）。

呂一〇一潜は、八月十日、所定の海域の配備についた。情報によると、駆逐艦のほかに高速魚雷艇が、昼夜をわかたずひんぱんに横行しており、数日前にはわが駆逐艦天霧が、敵の魚雷艇（のちの米大統領Ｊ・Ｆ・ケネディ中尉が艦長指揮したＰＴ一〇九）を衝突撃沈している。

十一日黎明、ベラ湾口約三浬まで進入する。北方に砲火が飛びかうのを望見し、ややあって見張員の「駆逐艦三隻、五千」の声で急速潜航し、魚雷戦を用意する。

こんどの出撃からは、相手が駆逐艦でも、好機であれば反撃をかけることに宗旨を変えた。いざ、発射とばかりに、照準のため潜望鏡を上げてみると、明けはじめた海上に駆逐艦でなく、魚雷艇が三隻、それもごく至近距離に見える。

よくあることで、見張員の戦場心理による誤判断であった。先に潜航前の本艦を発見していたらしく、右端の先頭艇はこちらを向いており、艇首に立ったクルーの動作は潜望鏡を指している。衝いてこられては一大事と、急いで潜望鏡を引っ込めたが、すぐあとで機銃射撃らしい弾着音を聴いた。爆雷は持っていなかったらしく、あっさり引き揚げてくれたものの、最悪の場合は一ヵ月前の悲劇を再現するところであった。

八月十四日、信電令作第一一二号は、ソロモン諸島中部に敵の新作戦近し、との厳戒を令した。はたせるかな八月十五日、ベララベラ島南部に敵が新たに上陸してきた。これにたいしわが外南洋部隊は邀撃、増援、反撃に打って出た。

現地の呂一〇一潜も、哨区を北に移動して潜伏した。

十七日真夜中、ベラ湾の方向に水上部隊の夜戦を遠望したので、潜航して警戒した（わが戦史によると、この夜戦はわが駆逐艦四隻にたいし、敵は巡洋艦一、駆逐艦四。うち大型駆逐艦一隻沈没とある）。まもなく聴音員が、音源を捕捉し、しばらくして黒い艦影二を視認した。

勝っての引き揚げなのか、負けて避退中なのか、敵味方不明であるが、高速の大型駆逐艦である。まず、

「魚雷戦用意」を令する。二本煙突の敵大型駆逐艦と確認したときは、一番艦には照準が間に合わず、急いで目標を二番艦に変える。まさに発射の瞬間、潜望鏡頂が一番艦の艦首波のあおりをかぶってしまった。

そのまま「テー」で魚雷四本を発射したあと、まぐれ当たりの命中音を期待したものの、夜間至近の咄嗟会敵、しかも初見参の高速駆逐艦にたいする魚雷戦とあっては、潜水艦長一年生には、もともと無理な千載一遇の場面であった。

駆逐艦の音源も遠ざかって数分後、遠距離に鈍い爆発音一発を船体に感じたので、確認のため潜望鏡をあげてみると、火災炎上中の艦影である。

念のために方位を逆算してみると、まさにわが魚雷射線の方向である。ケガの功名で、艦種不明なるも一発命中、撃破の光栄を得た。米側の資料によると、大型揚陸艦が、ソロモン中部海域で八月十七日の夜、不明（潜水艦？）の雷撃をうけて損傷炎上、翌日にいたり航行不能となり、ギゾ島沖で沈没とある。

八月二十一日、巡洋艦をふくむ数隻の敵有力部隊が行動中、との緊急情報があり、満を持して待敵した。しかし、暗夜の水上見張りにあたっては、わが双眼鏡による見張りには限度がある。となると、戦場慣れした哨戒員は、敵の魚雷艇と哨戒機の爆音を、生の音で先制聴

取して、その魔手をかわすことを、いつのまにか会得していたものである。

二十三日夜、「撤哨、帰投せよ」の電令を受信し、哨区わずか二週間で二十六日、ラバウルに帰投する。その理由は、相つぐ戦力消耗のため、潜水艦の局地投入を打ち切ることになったこと、さらに二十二日、潜水艦撃沈（？）の敵信を傍受したので、念のため（生否確認）帰投を命じたとのことであった。

しかし、ほんとうのところは、私あての「八月二十日付、補伊号第百七十七潜水艦長」の異動電報のためであった。新艦長の藤沢政方大尉が、九月五日に着任し、翌日から申し継ぎをはじめる。敵前で体得した哨戒、攻撃、回避、応急をふくむ各種の戦闘作業について、手とり足とり申し継いで後事を託した。

呂一〇一潜は、九月十日、新艦長指揮のもとにラバウルを出発、新哨区ガ島東方のサンクリストバル沖に向かった。そこはソロモン中部の混戦場とちがって、潜水艦本来の実力発揮の場である。僚艦の呂一〇六潜とともに、めざましい戦果があがるものと心待ちしていたのに、無念にも呂一〇一潜は出撃以後、消息が絶えた。

戦後の米側資料によると、九月十五日午後零時五十一分、船団護衛中の駆逐艦ソーフレーが、サンクリストバル島の南東方でソーナー探知、爆雷攻撃二時間、ついで航空機の対潜爆撃により、午後二時四十八分、水中大爆発、とある。

潜小隊のラバウル引き揚げ

昭和十八年九月以後、南東潜水部隊の小型潜水艦については、従来の局地投入のゲリラ戦的用法を打ち切り、不本意ながらも、各地に分散孤立している友軍にたいする隠密補給輸送任務に転用が決定した。

スルミ（ニューブリテン島中南部）、ブイン輸送がそれであるが、呂一〇六潜、呂一〇八潜はラエ方面の監視攻撃、呂一〇九潜は不時着した航空機の搭乗員捜索などの緊急任務にも従事した。

また呂一〇四潜は、十一月三日のブーゲンビル島沖海戦で被弾沈没した川内（三水戦司令部を含む）の乗員救助を命ぜられ、伊集院松治司令官以下七十五名の収容に成功、五日、ラバウルに帰着するなどの殊勲もあった。

そんななかで呂一〇〇潜（艦長大金久男大尉）は、ブイン輸送中に触雷沈没の悲運にあった。旗艦長鯨も、身の危険を感じて内地へ転進した。司令部は将旗を陸上に移したものの、戦局の転落は早く、昭和十九年初頭には、ラバウルが潜水艦の前進根拠地としての機能を失ってしまった。

呂一〇五潜、呂一〇六潜、呂一〇九潜の最後の三隻は、赤道を南から北へと、つぎなる基地トラックへ向かい、以後、ラバウルには小型潜水艦の再進出をみることはなかった。

南東潜水部隊司令部も昭和十九年三月、伊四一潜の作戦輸送を最後に、同艦に便乗してトラックに移動した。

伊一七七潜艦長へ

ともあれ、昭和十八年九月八日、後ろ髪をひかれる思いで呂号第百一潜水艦を退艦する。別れの帽振れをおさめて頭をめぐらせば、もうそこには新天地の伊号第百七十七潜水艦（伊一七七潜）があり、乗員が威儀を正して新艦長の着任を出迎えていた。

なんのことはない、一息入れる余裕もなく、前進基地内での転任である。正直なところ〝栄転おめでとう〟どころか、生きてふたたび赤道を越え、内地の土をふむ夢も、いさぎよく放棄するほかはなかった。

伊一七七潜は、ニューギニア作戦輸送強化のため、七月から南東方面潜水部隊に編入され、目下、輸送荷役中であった。本艦には昭和十七年秋、臨時の艤装員長として、水上公試など約二ヵ月兼務した実績がある。海軍省の人事局長は、この経歴を承知のうえで、前線の即戦力化の適任者とばかり、私を後任の艦長に指定したのであろう。

昭和十八年三月の八十一号作戦失敗以後、東部ニューギニア方面の友軍部隊にたいする水上艦船による輸送が、ほとんど絶望的となると、先のガ島の戦例により、ふたたび潜水艦を使っての隠密作戦輸送が開始されたのである。

輸送任務の潜水艦は、長期作戦用の予備魚雷をはじめ、食糧や軍需品、それに予備品など、余分の燃料までも陸揚げしてしまう。そして、水中浮力と釣合いの許容範囲内で、居住性もギリギリまで犠牲にして、艦内を輸送用に提供する。

しかも艦内への搭載は、各ハッチごとに揚搭作業に適するように、綿密な計画にもとづい

ラバウルを出撃する伊180潜。18年12月末竣工の伊177潜と同型の新海大型で排水量1630トン

て整理される。別に、潜水艦の特異条件として、水中重量がゼロであるような物件ならば、上甲板に搭載して水上、水中とも運搬可能のはずである。

そこで、最初のころはドラム缶が利用されたが、米、麦輸送用として特製の、水中重量をゼロに調整したゴム製の米袋（一個約二十キロ）を後甲板に積みかさね（例＝二十袋×十五列×五段）、網で一括、その上からロープをかけて、上甲板の金具に固縛しておく。

現地に着いたら、固縛をといて潜航すれば、ゴム袋群はそのまま潜水艦を離れるので、受け取り側は曳航して揚収すればよい。

積み込みは、空襲の合間をぬって昼夜三日間を要し、艦内全区に約四十トン、上甲板後部にゴム袋梱包約三十トンを積載固縛して、準備が完了する。

輸送第一日は、ラバウル港外で慎重に試験潜航を行ない、バランス調整のうえ、水上航走で目的地に向かい、できるだけ航程をかせいでおく。第二日、第三日は、昼間は潜航進出。第四日は揚搭日である。

その四日目、潜水艦は日没時までに打ち合わせの揚搭点に到着して待機する。そして、物件受領の舟艇が陸発するのを潜望鏡で確認してから浮上し、全ハッチを開放する。それから総員で一気に艦内物件の荷揚げと便乗者の入り替えを行ない、後甲板の梱包の固縛をとく。

揚搭作業中の戦例としては、ガ島で魚雷艇群と交戦して擱岸沈没した伊三潜、あるいはラエで急降下爆撃をうけて艦長重傷、船体を損傷した伊一七六潜の例がある。いずれにせよ、厳重な見張りのもと、一秒を争う暗中の突貫作業である。

揚搭が終わり、上甲板の作業員が艦内に入り、ハッチが閉まるまで二十分間、「潜航」で上甲板が浸洗状態になると、梱包群が離脱して揚搭終了である。

ひと安心して再浮上、「潜水艦ありがとう」の声をあとに、闇の中を高速で現場を去る。復航も警戒は同じで、七日目の朝、ラバウルに帰着して、輸送任務は終わりである。

伊一七七潜に着任して最初の輸送は、九月に入って五隻目のラエ向けであった。それ以後、フィンシュハーフェン、シオとニューギニアへの輸送がつづいた。

十月十二日、しばらく鳴りをひそめていたラバウルに空襲が再開され、大型機にくわえて小型機までが跳梁する戦爆連合の攻撃となった。そして以後、これが毎日のように午前中の日課となった。この日、伊一七七潜は第二回目のシオ輸送を終わってラバウルへ帰投したところで、そのとたんに、突如の空襲警報となった。巡洋艦や駆逐艦は、対空戦闘の準備をしながら錨をあげて港外へ、また潜水艦錨地は、いっせいに沈坐準備である。

敵機の編隊が見えると、錨泊沈坐で、水深四十メートルの壁は天与の防空壕となる。陸上施設をねらった爆弾が、ときに海上に落ちると、爆発音といっしょにグラッと揺すぶられるが、海面炸裂だから、生の爆雷ほどのことはない。

ころ合いをみて浮上すると、すでに敵影はなかった。ただし、小修理のために工作部桟橋に横付け中の僚艦伊一八〇潜（伊号第百八十潜水艦）は、不運にも直撃弾をうけ、先任将校樋口大尉戦死、重傷二名、船体損傷、以後の作戦不能となり、翌日、トラックに後退した。代艦として、伊一八二潜が指定されたが、同艦はトラックを出発後、消息がとだえた。

ブカ輸送隊の緊急救難

中部ソロモンを制した敵は、さらに北上し、ブーゲンビル島に矛先（ほこさき）を向けて十一月一日（昭和十八年）、タロキナに上陸してきた。これを邀撃、阻止するために起きた二日夜半の海戦（ブーゲンビル島沖海戦）で、わが方は巡洋艦川内（三水戦旗艦）が被害をうけて沈没。緊急電により、輸送途上の呂一〇四潜が現場に直行して、司令官伊集院松治少将以下、乗員七十五名を救助収容したことは、前にふれた。

情勢を重大視したトラックの連合艦隊司令部は、ここで海空部隊の主力を投入する決定的作戦を企図して、宝刀「ろ」号作戦を発動した。

十一月五日の早朝、栗田健男中将指揮の遊撃部隊の精鋭がラバウルに入泊し、ただちに燃料の補給を開始した。港内には緊迫感があふれ、ひさしぶりにみる壮観である。九時すぎ、いつもの日課ともなっている空襲警報が発令になった。潜水艦は錨泊沈坐したまま、港内の在泊艦隊による壮大な対空戦闘を想像していた。

十一時ごろ、警報解除で浮上してみると、期待は大きく裏切られていた。主力の重巡三隻は擱坐傾斜しており、その他の艦も被爆して、まだ炎上中の艦もあった。港内は、大混乱を呈していたのである。戦勢は甘くなかったのだ。

伊180潜の艦首方向から12cm単装砲越しに艦橋をのぞむ

傷心の栗田艦隊は即日、ラバウルを出発して引き揚げていった。

制空権も制海権も敵手に落ちた状況下では、潜水艦の隠密輸送も、その例外ではなかった。小型機や魚雷艇、砲艇の妨害は昼夜をわかたず頻繁となった。そのため迂回航路をとったり、水上航走も局限されるようになった。交戦も辞せずといった揚搭強行策もとられて、敵に対抗した。

前述した伊一七六潜（艦長山口幸三郎少佐）は、輸送の帰路の十一月三日、被爆損傷したので、修理のためにトラック回航を命ぜられた。十三日にラバウルを発って、トラック入港前日の十七日の夜半、米潜水艦コルビナを撃沈するという殊勲をたてた。

十一月二十四日、シオ輸送から帰投したあと、夜間空襲もなく、平穏に就寝中を起こされた。異例にも司令部の先任参謀の来艦である。情況説明によると、ブカ基地に残留する航空要員六百人を乗せて帰投中のわが駆逐艦五隻が、今夜半、敵駆逐艦と交戦し、大波、巻波、天霧の三隻が沈没したという。

さしあたり、出動可能艦は伊一七七潜のみであり、命令はもちろん「漂流者の救助収容に急行せよ」であった。救急医薬材料だけを受け取ると、夜明けも待たずに出港した。

全速で順当にいけば、正午ごろには現場に到着の予定である。セントジョージ岬をかわるやいなや、予想どおり、敵の哨戒機が待っていた。急速潜航と浮上のくり返しで、しゃにむに突進したが、四度目はきわどい爆撃までくった。

ちょうど昼食時でもあり、潜航進撃し、三時すぎにおおむね遭難現場と胸算して潜望鏡をあげると、まさに適中である。さっそく浮上、軍艦旗をふって味方標示をし、手近な者から引き上げる。重油をかぶっていて異臭が強いので、衣服を脱がせてから艦内に収容した。

夕方には味方の水上機が応援にきて監視してくれたので、収容もはかどった。ようやく海上も暗くなってきた。先任将校の報告では、収容員数二三八名（本艦の定員は八十六名）で、艦内はハダカの群れで身動きもできないほどだという。そこで一応、収容を打ち切り、帰路についたが、その途端に、超低空で爆音が頭上をかすめ、同時に艦橋をはさむように爆弾が二発投下され、なま温かい水柱を浴びた。

いそいで潜航したが、超満員の人員とその異臭でたちまち空気が汚濁した。やむなく浮上して水上航走で換気すると、それを追いかけて、また哨戒機がやってくる。そこで、また急潜航、そして浮上をくり返したが、これでどうやら追跡を巻くことができた。十一月二十六日の早朝、ラバウルに着いて、異形の収容者群を根拠地に引き渡した。

用兵者側から見た日本海軍の潜水艦技術

多様にして巧緻な潜水艦各部の技術総点検

元「伊二〇二潜」艦長・海軍大尉　今井賢二

日本海軍潜水艦史によれば、人間が固い物の中に入って潜って暴れたいとの考えで試作をはじめたのは、いまから約四百年前であった。当時は艇の一部が海面に出て、人が櫂（かい）で漕ぐというまことにお粗末なもの。それから約二百年の間に、世界で二十種類程度の試作艇がつくられた。

潜水艇がはじめて実戦に参加したのは、二百年前のアメリカ独立戦争のときのブシュネル艇であるが、夜が明けて発見されたり、爆薬装着の穴開け用の錐が折れて、失敗している。

一八六一年に始まった南北戦争で、北軍は二八センチ砲搭載のケオック号をはじめ四隻が参戦。南軍は多数の潜水艇で北軍の軍艦数隻に損傷をあたえ、なかでもハンレー号は北の新造軍艦ホーサ・トニック号を外装水雷で撃沈した。海戦史上、潜水艇による戦果第一号であ

今井賢二大尉

る。

当時の動力は、第一次産業革命のフルトンの蒸気機関で、潜水艇の約半数はこれを積み、その他蒸気の潜熱や圧縮空気、火薬やゼンマイなどが使われていたという。十九世紀末に起こった第二次産業革命、すなわち内燃機関（ガソリンから軽油、重油）や電気の発明は、潜水艇にとり、革命的なものであった。

潜水艦の父、J・P・ホーランドなる英人教師は、ハンレー号の戦果を聞いて興奮し、大海軍を倒すには潜水艦以外にないと確信した。しかし、母国政府が戦艦の敵の潜水艇を採用するはずがない。彼は意を決して一八七三年、アメリカに移住した。米政府と成功報酬の約束で、一八七七年に第一号を造った。全没する一人乗りで、ペタルでプロペラを回す方式である。海軍に採用されなかったが、民間の資金援助で六号艇まで研究試作をつづけた。

一八九〇年代に甲鉄艦時代が到来、列強の潜水艦と魚雷熱が急上昇し、米海軍の中にも理解者がふえ、潜水艦設計の懸賞募集をおこない、応募多数のなかからホーランド案が当選した。ホ翁は会社をつくり、一八九五年に彼の七号艇（一二〇トン、発射管三、二百馬力の電動機、千六百馬力の蒸気機関）を建造。が、不具合箇所が多く、復原力も悪く見捨てられた。

ホ翁が最初から反対だった蒸気機関は、潜航前に火を消し、蒸気を逃がさねばならないのだ。偶然、五十馬力のガソリンエンジンを手に入れたホ翁は、独自の設計で新艇を進水させ、ホーランド号と命名した。結果がよかったので一九〇〇年、米海軍はこれを十五万ドルで買い上げて正式に採用、第一号潜水艇となる。「潜水艦時代の幕開け」であった。一号艇は長さ十六メートル、七十トン、水中ダイナモ砲二、発射管一、電池、深度三十メートル。スペイン戦争に勝ったアメリカは、ホ社に対して改良型A級潜水艇を注文した。ホ社の第十号艇であり、フルトン号と命名され、これがホーランド標準型で、永久保存されている。要目は永さ二十メートル、百トン、水上九、水中七ノット、発射管一、深度四十七。世界での沈没事故の多発にかんがみ、安全深度を深くした。これが当時の潜水艦技術のトップ水準である。

この型は間もなく英国が五隻、ロシアが六隻、日本も五隻を注文、新兵器が拡散した。このほか世界では仏・伊海軍が熱心で、米人レーキ氏の艇が技術的に進んでいたという。なお、米国のライト兄弟が初めて飛行機で飛んだのは、一九〇三年であった。

わが国潜水艦の変遷と技術的発展

明治三十七年（一九〇四）、旅順港外で虎の子の戦艦初瀬・八島が沈められ、戦力補充の一環として前記のホ式標準型五隻をエレクトリックボート社に発注した。建造し、解体し、運搬して横須賀で組み立てたが、戦争には間に合わず、五隻は凱旋観艦式のみに参加した。並行してホ翁の改良型の図面を直接購入して川崎造船所で建造、六・七号艇となった。この六号艇は国産第一号であったが、残念ながら佐久間勉艇長殉職の悲劇を生んだ。

明治から大正にかけ、まず英国のビッカース社からホA型改良のC型五隻を購入。ついでフランス（一八八八年採用の先進国）シュナイダー社から複殻式でディーゼルの二隻を購入。

さらにイタリアのフィアット社と、やや大型のローレンチ型二隻を契約、大正九年（一九二〇）完成、同型三隻を国産した。これが呂一～五号である。なお、千トン以上の潜水艦が伊号、千トンから六百トンまでが呂号、波号は六百トン未満の潜水艦で、それまでの艇はすべて波号である。

大正七年、三菱神戸造船所は英国のビッカース社と契約、当時、もっとも実用的と評判の高かったL型二隻を建造、大正九年に竣工した。呂五一潜と呂五二潜である。L三型の呂五六潜は、発射管が四五から五三センチ四門に改められ、L四型から六門となり、大砲・主機械・電池などすべて国産化され、昭和初期まで十八隻つくられた。私が艦長をつとめた呂号六十八潜水艦（呂六八潜）は、この型最後の姥桜（うばざくら）で、第二次大戦の実戦にも参加し生き残った。

以上のように、わが海軍は当時の最新・最優秀の外国潜水艦を集め、設計・建造の技術を吸収、大正九年にはまったく独自の設計によって海軍中型（海中型。呂一一潜、呂一二潜）を完成した。

この艦は複殻（ふっこく）でディーゼルエンジンを積み、水上速力十九ノットで、当時世界最優速であった。ちなみにこのころ、八・八艦隊の計画が決まり、艦隊速力は二十ノットであった。この海中型は改良をかさねて新海中型をうみ、さらに海大型の基礎となる。このころの日本の潜水艦は、英国生まれのL型と、米・英・仏・伊の長所をとった海中型の並立時代であった。

さて、第一次大戦におけるドイツ潜水艦の活躍は目ざましく、U9やU21号のそれぞれ巡

左舷後部より見た呂68潜。大正14年竣工のL4型で、今井大尉も艦長をつとめた

洋戦艦三隻、戦艦二隻撃沈は有名である。ドイツが潜水艦を採用したのは、日本に一年遅れの一九〇六年であるが、開戦の一九一四年にはUボート五十余隻を保有していた。開戦後も毎月七隻の割合で増勢し、一九一七年に無制限潜水艦戦に踏み切るなど、海上交通破壊戦により商船約千二百万トンを撃沈、イギリスを飢餓の一歩手前まで追いつめた。これら戦火の大半は五百トン・二十八人乗りの小型Uボート三百隻によるものであった。

わが国は戦訓として前者の戦艦撃沈を重視し、後者の通商破壊戦を等閑視したことは、用兵思想、ひいては潜水艦技術の行方に大きな影響をおよぼしたが、これは後で述べる。

第一次大戦により「海を制するものは世界を制す」という事実が明らかとなり、列強は大艦巨砲の実現と、これに対抗する兵器として潜水艦と飛行機の整備に力を入れはじめた。

大正十一年（一九二二）、海上戦闘の立体化にともなう激烈な建艦競争に対し、ワシントンで軍縮会議が開かれ、戦艦と空母について米・英各五、日三、仏・伊各二に制限された。この条約後、各国は補助艦とりわけ潜水艦の建造に力を注ぎはじめた。そのため昭和五年（一九三〇）、ロンドンで補助艦の軍縮会議が開かれ、日本の対米英比率は大巡六〇パーセント、軽巡・駆逐艦七〇パーセント、潜水艦一〇〇パーセントと決められた。条約の有効期間は五年、潜水艦の総トン数枠は約五・三万トンなので、日本は旧艦の更新（新補充計画）のみを行なうこととなった。

話は戻るが、大正九年、戦勝国となった日本は、戦利品として七隻の大型ドイツ潜水艦を得た。これは技術的に見てきわめて重要な出来事で、新計画の巡洋潜水艦U142は伊一～五潜を産み、U117型は伊二一潜（伊号第二十一潜水艦）型四隻の機雷敷設艦となった。

米・英・仏・伊の技術を基礎に発展した日本の潜水艦は、新しくゲルマニア型の技術を加え、その後、わずか二十余年で世界に飛躍する技術的態勢をととのえた。そして昭和初期の潜水艦技術は、この巡潜型と海中型から発展した海大型の並立時代となったのである。

昭和十年（一九三五）、ロンドン条約は時間切れとなり、世界は第二次無制限建艦競争に突入した。日本は国際連盟を脱退。海軍は第二次補充計画を策定、潜水艦は巡潜型伊六潜など三隻、海大型伊六八潜など八隻、海中型は呂三三潜と呂三四潜の二隻で計十三隻の計画を立てた。そのころ、アメリカは多数の艦種を艦隊型に統一、量産態勢をととのえ、ドイツは軍備制限の破棄を宣言、デーニッツはふたたび三百隻の小型潜水艦隊の建設に努力中であっ

ロンドン条約によって生まれた急造艦「海中6型」の
呂33潜。排水量700トン、水上19ノット、発射管4門

た。

昭和十二年の支那事変の勃発により第三次補充計画（マル三）、昭和十四年にはさらに第四次補充計画（マル四）を策定、合計三十八隻が計画された。

内訳は旗艦用の巡潜甲型三隻、飛行機一機を積む乙型二十隻、艦首に発射管八門の丙型五隻、高速の新海大型十隻である。それらの艦の常備排水量は、甲型二九二〇トン、乙型二六〇〇、丙型二五五〇、海大七型一八五〇トンといずれも大型である。

日米開戦時にはこのうちの十四隻が竣工、総隻数六十四隻、九万七千トンで戦いに臨んだ。

ちなみに米海軍は日本が日中戦費に苦しむ間に、千六百トン級の艦隊型（フリートタイプ）を量産、就役間近をふくめ実に一一一隻、十六・八万トンで開戦を迎えた。

潜水艦の建造プロセス

財政や国防方針による建造計画にしたがい、軍令部では海軍戦略や作戦方針を立て、それに適する潜水艦の要求性能などを海軍省に提示する。海軍省では軍務局が総合調整窓口となり、艦政本部（艦本）にまわされる。艦本には総務、造船、機械、電気、水雷、砲熕、電波、航海、光学などの担当部署があり、造船・造機・造兵の技術将校や海軍技師、兵科・機関科将校が配置されていた。

昭和十八年には中将を長とする潜水艦部も組織された。このほか将官の一部で構成される海軍技術会議、技術の研究・実験を担当する海軍技術研究所などがあった。民間造船所、兵器製作所、大学などの技術協力があったのはいうまでもない。

さて軍令部から要求性能が出ると、概略の調整で何トンぐらいで可能か、場合によっては兵器・機関などを新規開発し、それを積むには何トン・どれだけの容積の船体が必要か、その船体で要求の性能を満たせるかなどが繰り返し検討され、造船の計画主任や担当者は基本設計に取りかかる。

その際、潜水艦設計でもっとも重要かつ煩雑なのは、重量配分とその位置、開放修理等をふくむ搭載容積の検討、水上・水中性能の安定と復原力の問題であろう。

潜航する場合、内殻（耐圧）と外殻（非耐圧）の間のメインタンクに海水を入れて潜るが、内殻が排除する海水の浮力と艦の全重量とが等しく、かつ前後も釣り合っている必要がある。水中重量ゼロ、釣合いゼロの状態をゼロゼロのツリムまたは「ツリムよし」という（もちろん海水比重や人員・搭載物件の増減、燃料・真水の消費など、そのつどツリム計算して補助タンクや釣合タンクで調整し、多少の誤差は潜舵・横舵で操縦する）。航空機が全重量を揚力により支えるのに対し、潜水艦は水中で停止できる特性がある。

水上安定のため、重心とメタセンター（傾心）の関係（GM）、水中の重心と浮力中心の位置（BM）が検討される。安定と将来の増設などを考慮して、余裕を持たせる。

基本設計ができると、建造予定の海軍工廠や三菱・川重・三井などのメーカーに送られる。工廠には艦本とほぼ同じ組織があって、詳細設計がなされ、いよいよキールを据えて着工だ。型の一番艦は呉工廠で全体または部分の実物大模型を木でつくり、配列が検討される。

進水間近になると、艤装員長や艤装員・員付が発令され、手伝うかたわら技術を習得し、要望や気づき事項を申し立て、艤装の万全を期す。公試がはじまると、工廠の潜水艦部長が責任者となり、水上運転、運動、速力、沈降試験、水中操舵、水中全力、発射、騒音測定、武器、電波などの試験がおこなわれ、重心査定をもって終了、手直し工事のうえ、竣工引渡しとなる。一番艦は荒天能力試験があり、以上が潜水艦建造のプロセスである。

ここで、軍令部（大本営海軍部）の要求性能が決まるまでの話にも触れておこう。

日露戦争後のアメリカは、満州鉄道など支那問題について対日干渉を強め、移民・土地所有の禁止など、事あるごとに圧力を加えてきた。「日米もし戦わば」の雰囲気のなかで、対米戦略を練るわが海軍は、フィリピン基地などに向かう米艦隊に対し、内南洋を日米艦隊の決戦場と想定。潜水艦は艦隊の補助兵力として、港湾監視・追躡触接、敵の主力艦隊に食いさがり、比率五から三へ洋上で撃滅することを要求され、これを漸減作戦と称した。

潜水艦は艦隊随伴用として、とくに水上高速が要求された。漸減作戦はいわば大艦巨砲主義の裏方であり、その主役の潜水艦戦備方針も技術開発の方向も、艦隊決戦体制に集中した。

潜水艦が予期の性能に近づいた結果、艦隊決戦における潜水艦への期待がふくらむ一方、巨大な軍令部の組織のなかで潜水艦担当者はわずかに二名であった。見方を変えれば、潜水艦にたいする要求性能は二名の潜水艦技術の専門家よりも、軍令部の総意として出されていた。技術にたいする要求性能は、大本営命令的な重みを持っていた。

軍務局の潜水艦担当も二名。そして日米開戦後まもなく、戦場の様相変化に気づいた若手艦長や学校教官らの意見が指揮系統を通して上げられたが、海軍省や軍令部までの距離は遠く、意見が通るようになったのは、実戦帰りが中央に配員された昭和十八年頃からだった。

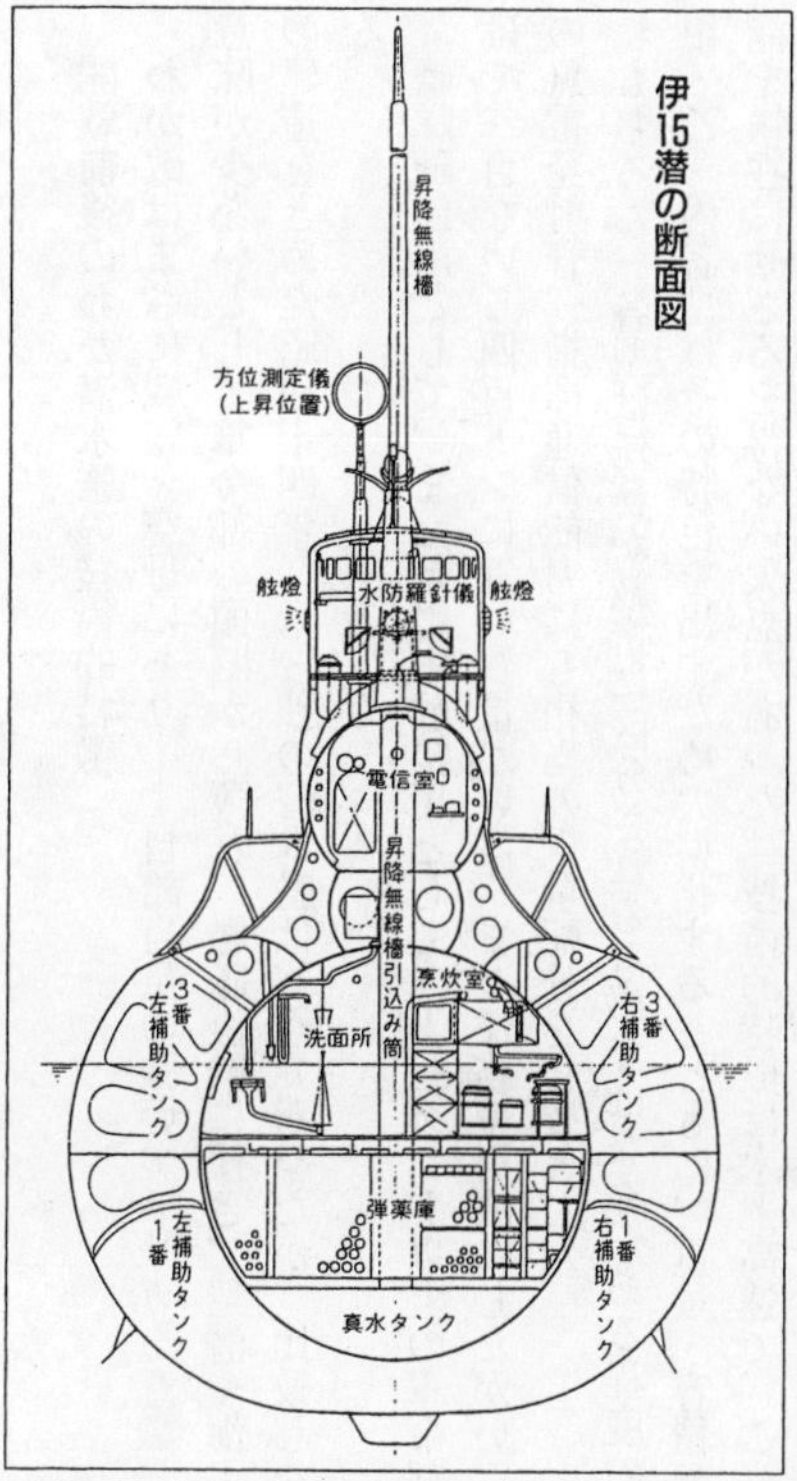

伊15潜の断面図

開戦前後のわが潜水艦の技術的特徴

わが敵はまさに戦艦・空母にあり——自給自足の強いアメリカを意識し、通商破壊戦など意味が少ないとして軍令部の頭脳から薄れ、艦隊決戦に傾き、巡潜や海大型のみ計三十八隻の建造をきめた昭和十四年、米・独の潜水艦はどうであったか、比較しながら見ることとする。

艦隊随伴用として、また敵艦隊触接用として二十三ノット以上の軍令部要求は、機関部だけで二百ないし四百トンに近い質量がいる。また任務や用法にしたがい、カタパルトや多数の魚雷発射管、指揮通信能力にも相当の重量配分を必要とした。

もちろん、各型は任務が厳密に区分されるものではなく、ある程度の多様性があるが、甲・乙・丙各型はその特色を出すため大型化するとともに、重量・容積配分において他の性能を犠牲にせざるを得ない欠点があった。技術的特徴は水上高速で、これがため大型化し、ふたたび高馬力機関搭載の悪循環をくり返した。

米潜水艦はフリートタイプ千六百トン級一本に絞ったが、この型はバランスのとれた多目的潜水艦で、水上速力をほどほどに(われの二割減、重量は五割減)、その重量を安全タンク(われにない)、航続距離、行動日数、搭載魚雷数(いずれもわれの約二割増)に当てていた。

ドイツ潜水艦は、海上交通破壊戦重視の伝統があり、一次大戦の五百トン型につづき、二次大戦でも七五〇トン型を七百隻も建造し、千四百万トンを撃沈、ふたたび英国を危殆に瀕せしめた。しかも軍艦に対しても相当の戦果を挙げている。小型ではあるが八十日の行動力があり、魚雷は日本の海大型十二本に対し二十八本、騒音対策は万全、安全潜航深度はじつに一五〇メートルという驚異的なものであった。潜水艦本来の長期単独行動、隠密行動、神出鬼没性を遺憾なく発揮でき、しかも敵の攻撃に対し強靭である特性を持っていた。

個艦の性能を比較した場合、わが潜水艦は飛行機の搭載、艦首八門の発射管、二十四ノットの水上高速、指揮通信能力どれ一つをとっても技術的に世界のトップレベルにあった。しかし特色を強調した結果、満載三千トンと大型化し、潜水艦としてややバランスを崩していた。他国にくらべ行動力、安全性、防禦力は少し不足していた。

作戦行動は往路・作戦・復路の三節があり、作戦地は二十日ぐらい。目標が多いと魚雷はすぐなくなる。瞬時の艦隊決戦では二撃分も積めば十分という思想の現われである。しかも帰還途上の浮上中の被害は意外に多い。潜水艦なる特性を捨て、水上高速突破を過大視した。

さらにここで特筆したいのは、その建造能力であった。開戦をはさんだ前後数年間の年間平均建造隻数は、日本の大型約十二隻に対し、米国約六十隻、ドイツは約一五〇隻であった。工業力の差、建造技術の差もさることながら、わが国の資源・資材の不足などのハンディを名人芸、奇抜な戦法で補う意識が強すぎた結果、あまりにも巧妙・高性能の潜水艦を狙いすぎた。現に量産困難な艦本二号十型複動主機械、九五式酸素魚雷は、開戦直後から生産が追いつかず、艦種の変更や代替魚雷の搭載を余儀なくされた。

日米関係が険悪となった昭和十四年から十六年にかけて、マル臨計画十八隻、マル進三十

建造途上の潜高大・伊207潜（左端）と伊208潜。左艦首部の4個の穴は発射管

三隻、開戦後、マル追三十二隻の潜水艦増勢計画が立てられた。海中型、海小型が中心で、ようやく隻数の増加が計画されたが、まだマル四計画艦さえ半分も完成していなかった。

さて、開戦直後のハワイ空襲による敵戦艦の撃破は、潜水艦にとって皮肉な結果となった。リング上から突然、相手が消え去ってしまったのだ。

ガ島の反攻作戦がはじまり、潜水艦による丸通作戦など、戦前では予想もしなかった様相を呈してきた。しかも大西洋で経験をつんだ連合軍対潜部隊は、レーダー、アスディック、ヘッジホッグ等の新兵器を採用。空母の直接護衛、ハンターキラー部隊の創出などが成功。わが潜水艦はシュノーケルの装備、水中高速潜の新造などで対処せざるを得なくなった。敵前での技術・戦備方針の大転換であった。

戦争中の建造はマル臨、マル進計画などの達成につとめたが、輸送潜二十四隻の飛び入りもあり、鋼材の不足もあって、実際に建造されたのは巡潜乙・同簡素化型（伊五四潜）十八隻、新海大型（伊一七六潜）十隻、海中型（呂三五潜）十八隻、沿岸防備用小型（呂一〇〇潜）十八隻、輸送丁型同改（伊三六一潜）十三隻、輸送小型（波一〇一潜）十一隻、燃料輸送型（伊三五一潜）一隻であった。

この他、パナマ運河攻撃などを主目的とした潜特型十八隻も計画されたが、完成はわずかに三隻、代艦二隻（伊一四潜など）であった。世界でも異例の潜水艦艦種見本市の感があった。潜特伊四〇〇型は、空母増強計画枠の一環として造られ、攻撃機三機をつむ排水量五三〇〇トン、航続距離三万八千浬という世界最大の潜水艦である。建造に長期間を要した。

昭和十八年、潜水艦の被害はますます増加、出撃した過半数が未帰還という異常事態にたいし、軍令部は会敵機会の増加と攻撃回避のため、水中速力を三倍、二十ノットの画期的潜水艦を要求した。特殊潜航艇を大型化した七十一号実験艦（二百余トン、二十一ノット、十四年完成）の技術をもとに、排水量千百トンの十八隻が計画された。

この伊二〇一潜（伊号第二百一潜水艦）型（俗称は潜高＝センタカ）は昭和十九年三月起工、八番艦まで着工され三隻が竣工、他は空襲で沈没か爆破された。私は昭和十九年八月、二番艦の艤装員長を拝命、二十年二月に竣工引渡し、空襲被弾修理・大改造を繰り返しながら鋭意戦力化に努力し、いざ出撃というときに終戦を迎えた。

九番艦以降は建造が中止され、さらに小型で三三〇トン級の波二〇一潜（波号第二百一潜水艦）型（潜高小、鋼材は特攻兵器の枠、水中速力十四ノット、乗員二十人）三十六隻を計画、終戦時に約十五隻が完成、完成間際が十隻あった。

このほか特潜蛟龍（六十トン、五名）前線配備一六〇隻、建造中一二〇隻。海龍（二十トン、二名）前線配備二二〇基、建造中二〇〇基の水中殴り込み部隊が本土沿岸に待機中であった。見本市が新顔の水中高速部隊に絞られた。これが変遷である。

以上のように建造予定は頻繁に変更され、つぎから次へと艦種を変えたことは、戦勢の推移、資材の不足などがあったとはいえ、この間の物資・工数の無駄を生じたことはまことに残念であった。

ドイツもこのころ、千六百トン・十八ノットの水中高速二一型と、三五〇トン・十三ノットの二三型に切り替えた。なお、ドイツの建造技術はきわめて斬新で興味深い。船体を数個のブロックに区分、五つの大きな河に浮かべた多数の台船の上でこのブロックを建造、機械なども出来るだけ積み込み、台船ごと組み立て建造所に曳航、クレーンで建造船台に移して溶接で芋継ぎ進水させる。一日一隻の量産体制であった。

船体および潜航装置の技術

潜水艦は一般に内殻と外殻があり、内殻は耐圧で鋼板も厚く加工しにくい。その外側の外殻を薄い鉄板でつくると、流線型にも加工でき、速力が出る。内・外殻の間は主にメインタンク（ＭＴ）、燃料タンク（ＦＯＴ）に使われる。潜高は左右上方だけ外殻のある半複殻式で、このメインタンクがきわめて小さいので水上予備浮力が少なく、凌波性に欠けていた。まためである。

燃料タンクも小さかったので、航続距離は五千浬と不足であった。水中速力を狙いすぎたためである。

内殻は強大な水圧に耐えねばならないが、球状が最も強いことは中学校で教えられた。しかし球状では速力が出ないし、物の納まりも悪い。そこで円筒の葉巻型が一般的である。現在は水上よりも水中抵抗を減らすため、前部が球で後ろに流れる涙滴型が多い。

円筒は真円で直径の小さいほど耐圧上よいが、前部の発射管と後ろの推進軸の貫通部の絞り方が難しい。楕円は圧力に弱いので、円を二つ、8の字形に並べて接合された。巡潜三型・丙型の発射管がそれで、潜特は内殻本体に適用され、幅六メートルと巨大である。伊二〇二潜では司令塔が楕円形であったため、深々度公試のさい、安全深度の十数メートル手前で歪みの限度を超え、緊急浮上して危うく難をまぬがれたことがあった。原理の無視である。

耐圧上、円筒の直径をあまり細くすると物が入らない。L型は外殻の中央に重量調整用の耐圧補助タンクを持っていた。横づけの場合など内殻を保護し、艦内スペースが節約できるので、他型もこれにならった。

円筒内の前後の重量配分は、蓄電池を前に機械を後部に置き、蓄電池の上部を居住区とするのが一般的であった。また安定のため、重いものは下に積むが、重心があまり下がらない場合は、バラストキールの鉛を増した。重心が浮力中心の下にあれば安定する。水上の安定は、水線部分の幅が広いほど有利なので、メインタンクの形状は張り出している。

内殻の強度は、直径のほかに材料やフレーム間隔によって決まる。多くの強度実験が行なわれ、円筒型の強度計算式もつくられたという。なお、実物模型の対爆実験も行なわれた。

内殻内の一般的配置は、前から発射管室、兵員室と水測室（下は電池室）、士官室（士官・艦長・司令・電測室、下は電池室）、発令所（潜航指揮、潜舵と横舵輪・亭炊所・冷凍冷蔵庫・厠とシャワー室）、機械室、電動機室、舵機室の七区画である。

空所を利用し諸タンクが約三十、各科倉庫が数個、管や動輪やバルブ多数。艦内配置は機能、住環境、重量配分、消費動向などから、誰が設計してもこれに近くなる。小型は区画が少ない。

発令所の上は司令塔（発射指揮、潜望鏡・電信室・操舵輪）、水が入る艦橋、見張用の天蓋、下には薄い甲板で仕切られた補機室、米麦庫などで四階建ての屋上つき。時に三階の場合もある。

各区画の間は六枚の耐圧隔壁で仕切られていて、七十センチほどの通路用マンホールが開けられている。この厚さ二十センチほどに補強されているマンホールに頭・右手・左足を同時に入れ、陸上障害物競技のようにヒョイと超えられれば、一人前の潜水艦乗り。

耐圧なのは衝突のような場合、被害をその区画だけに食い止めるため。隣接二区画だけならばメインタンクをブローすれば、何とか浮上できるように設計されている。ただし機械室をふくむと、大馬力を積んだので長く、大きすぎて浮上は難しい。米潜は電気推進のため機械室を前後の区画に分け、発電機を二台ずつ納めていた。

発射管室と機械室の二ヵ所の天井に、二重のハッチを持った脱出装置（ダイバースロック）があり、緊急時にはここに集まる。平素は出入り口である。話を内殻に戻そう。

L型の直径（安全深度）は四・八四（六十）、海大六型五・三（七十）、巡潜型五・八（百）、潜高型は四・九五（百十）メートルであった。のちに安全率を食って一割増しとなった。

材料は初期の艦は軟鋼であったが、海大七型、巡潜型、潜特型は高張力鋼が使用された。しかし、当時は高張力鋼の溶接が不能だったので、鋲構造が採用された。現在は溶接面の加工と、あらかじめ熱を与えることで溶接可能となり、安全深度は飛躍的に増大している。

昭和十八年、ドイツから七型二隻（さつき一号、呂五〇〇潜）とともに溶接可能の五十二キロ級高張力鋼が送られ、八幡で試作した。独潜の安全深度が一五〇メートルと深いことをうなずかせたが、この鋼材は日本では複雑な曲げ加工ができず、潜高型には採用されずに残念であった。

溶接技術は低かったが、しだいに信頼性が向上し、部分的に使用範囲が拡大された。内殻に全溶接が採用されたのは昭和十九年で、潜高、潜高小、輸送丁型改からであった。

さて、艦橋後部高所に荒天通風筒がある。主機械を運転するとき、ふつうは艦橋・司令塔ハッチを通って空気が機械室にいくが、荒天で艦橋ハッチが青波をかぶるような場合、ハッチを閉めてここから空気を取り入れる。これと次の通風系を利用して艦内通風を行なう方法もあった。

内殻内には前から後ろまで給気管と排気管が隔壁を貫通していて、隔壁弁を持っている。この弁を操作し、機械室の前のマンホールを閉め、空気を居住区各室を通し、発射管室で給排気管に入れ、機械室に直接送ると、居住区の空気は一気にきれいになる。

艦内には海水管系や空気管系が、血管や神経のように張りめぐらされていて、重要な装置だが、あまり専門的になるので要点だけ述べる。

海水管は消火、海水の移動、浸水、ビルジの排除など、十数種のポンプに繋がれる。空気管は艦内・外各二十本ほどの高圧気蓄器（二二五キロ、一本容量約四百リットル）を高圧弁柱に集める。浮上するときメインタンクのブローに使用するほか、須美式減圧弁によって七十キロに減圧して各部に配管する。魚雷発射や主機械の起動、揚弾機、マストの昇降、電力停止時の応急動力などとして各部に使われる。さらに五キロの雑用空気もつくられた。

空気の保有量は、メインタンクの総容積の約二・八倍であるが、空気圧縮ポンプの騒音が大きいので、使用に神経をつかう。飛行機が来るとそのつど潜航、浮上充電をくり返し、空気が心配になる。低圧排水ポンプができ、高圧空気を節約できるようになったので助かった。

上・下水道はなく、厠の汚水処理に苦労した。実習ではじめて乗った海大四型は、自分で汚水を手動ポンプで突き出す方式だった。深度四十メートル以上は相撲の横綱でも無理であろう。ときどき、浅くすると渋滞が起こる。昭和十四年から電動ポンプが付いたが、出口の戻り弁の故障が続出した。開戦のころ、ようやく耐圧の汚水タンクが積まれたので、まとめて高圧空気で排水した。ただし、潜航中はブロー空気の残圧を艦内に逃がすので、乗員一同は臭い仲となった。

真面目な話に戻そう。潜水艦技術の権威者である友永英夫造船大佐の発明に、自動懸吊装置と重油漏洩防止装置がある。友永大佐は潜水艦の技術交流のためドイツに派遣されていたが、敗勢のなか、独潜で日本に帰国の途中、ドイツの降伏を知り、自決された熱血の士である。

自動懸吊装置とは、潜航中、電力節約および被聴音防止のため、空気だけ使用、一切の電力を使わない深度保持装置である。二個の補助タンクのうち、一つは排水タンクで海水と高圧空気が入れてあり、弁を開くと海水が押し出される。他は注水タンクで、弁を開くと外の海水が入り、空気は艦内に抜ける。

この二つの弁は、遠隔制御式電磁弁で、調停圧力（指示深度）と外の水圧をうける受圧盤との差によって注水、または排水をおこなう。電気接点の接触と小型モーターで動く追及機構による切断の方法に苦心があり、また安全のため、注排水は自動的に少量ずつ区切っておこなわれた。使用者側はできるだけゼロゼロのツリムとし、実際深度と指令深度を近づけて発動すると、仮眠できるほどの安定状態が得られた。

つぎに重油漏洩防止装置とは、外殻にある燃料タンクが被弾して穴が開いたり、爆雷で鋲が緩んで油が外に漏れそうになったとき、これを防止する装置である。原理は油タンク内の圧力を外の海水圧力よりもつねに下げておくという簡単なものである。

燃料タンクは油水置換方式といって、海水で油を押し出して使用するので、つねに下は海水、上は燃料である。この海水部分から特殊ポンプでつねに海水を吸い込む。穴がない場合は海水押出管から海水が循環し、タンク内を一定のマイナス圧力に保つ。穴があけばそこから海水を吸い込み、それが循環して同様の負圧力となる。油が漏れ出す暇がない。

この小型の特殊遠心ポンプと均圧ポンプの開発に苦心したと聞くが、爆雷を受けると鋲がゆるみ、潜航しても油が海面に尾をひき、飛行機にやられることが多かった時代、どの程度の穴まで漏洩が防止できたか忘れたが、心強く、有難かったものである。

潜航関連装置では、浮上時、メインタンクの残水排除に低圧排水ポンプが開発されて、高圧空気が半分以下に節約された。さらに潜高ではドイツの技術で主機械の排気を利用し、低圧ポンプを撤去してしまった。機械の脊圧（〇・七キロ）を上げると、機械の効率が落ちる欠点があったが、のちにシュノーケルを積んだとき、排気を七メートル以内で海中に直接排出できた。

ビルジの処理だが、推進軸・舵軸などから深度にもよるが、毎時約一トンの漏水と、機械からの油漏れなどで艦底にビルジが溜まる。これをビルジポンプで外海にすてていたが、開戦後は空いた艦外燃料タンクにすて、ここの底から分離した海水だけをすてた。戦後、海水汚濁防止法が船舶に適用されたとき、この技術が応用された。

補助タンクの排水は、深さ三十までは大型の主排水、それ以上は能力が十分の一ながら圧力の高い補助ポンプを使う。両者ともピストン方式なので音が大きい。開戦後、新しく中圧でも使用でき、音の低い旋転式ポンプが開発され、主ポンプはこれに換装された。

負浮力タンク（ネガティブ）は急速潜航のとき、海水を入れてその重さで艦を海中に急速に引き込むためで、全没すれば高圧ブローで空とし、艦はゼロゼロのツリムに戻る。ブローが長すぎると空気が海面に出るので、ネガティブ内の水位を示すランプが付けられた。

潜水艦は水上状態からベントを開いて潜航するとき、浮力中心が下から上に急速に移動するので、重心とかさなる一瞬がある。反対のときもそうだが、復原力がなくなるので、要注意だ。荒天では潜航時にはネガティブを注水、浮上時には低圧排水を遅らせる処置がとられた。

艦首に浮力タンクがある。凌波性を増すメインタンクの一種ともいえるが、独立した高圧空気が配管され、潜航中、艦首が急速に突っ込みはじめたとき、これをブローして急を救う。米潜は三十トン程度の安全タンク（セイフティー）を持っていた。わが潜水艦にはないが、耐圧でつねに潜水状態にあり、緊急時にブローする。それだけ重量に余裕があった。

潜高は水中高速時の安定のため、艦尾の両舷に約三メートル張り出した横鰭（びれ）がある。

つぎに重量調整について、潜水艦は完工時に重心査定を受けるが、時がたつにつれ艦が重くなる。生活の垢のようなもので、これを不明重量といい、ときには数トンとなる。また巡潜型の補助タンクの容量不足の問題があり、私も伊号第二十六潜水艦（伊二六潜）の先任将校のときに経験した。

潜水艦は基本設計のさい、満載から軽荷状態まであらゆる状況を想定し、諸物件の位置を決め、バラストキール内の重量および位置を適切に調整する。重心査定後、出撃し、燃料や食料を消費し、魚雷を撃っても撃たなくても、その間、いつでも潜航し「ゼロゼロツリム」の状態をつくる。

そのとき、補助タンクと前後の釣合タンクに注・排水の余積があるように、とくに長時間被制圧時の漏水にそなえ、艦を軽めにするのが理想である。一方、タンクの水量が多くなり過ぎると、余分の死重量を持つので、その兼ね合いが難しい。自動懸吊用タンクの制約もある。こんなことを母港入港中、造船設計の連中と話し合う。この接触が大切だ。

さて、作戦行動中、三十数トンの糧食、二十四トンの真水、数十トンの艦内燃料や潤滑油は順調に消費して艦が軽くなるが、艦外燃料と魚雷はそうはいかない。

外殻燃料タンクは油水置換式なので、使えばつかうほど比重〇・八二の燃料が一・〇二五の海水に置き換わり、百トンにつき二十・五トンずつ艦が重くなる。三百トンでは六十一トンにもなる。艦外燃料タンクは後部が多く、艦内燃料使用で重量を相殺する計画だが、爆雷や大時化で鋲がゆるむと油をひくので、漏洩防止装置があっても、艦外から使うのが人情というもの。

魚雷も複雑だ。発射管付属装置として補水、補重タンク（後に水雷タンクに統一）がある。補水タンクは重量変化を防ぐため、発射前、発射管の前扉を開く前に、あらかじめこの海水を管と魚雷の隙間に注水、扉を開いたとき、空気が外に出るのを防ぐ。容量約四トン。

補重タンクは、一本一・七トンの魚雷を撃ったあとの重量を補うタンクである。出撃時は空で帰港時は満タンとなるのが原則。大きさは二十トン程度だが、アームが長いので、釣合い上の影響は大きい。三秒おき六門発射時の重量の動きは秒単位で変化するが、専門的になるので省略する。ただ小型では四門撃つと、艦首が海面に飛び出す心配があった。

糧食の米袋や缶詰の搭載位置は、前の居住区や発射管室に積む計算であるが、魚雷を二種類も持つと発射管室のスペースが必要で、後部に移すことになり、計画どおりにいかない。これらで巡潜型では作戦中、艦自身の重量、とくに艦尾が重くなるという現象をうんだ。伊二六潜がクェゼリンから横須賀入港のとき、この現象の申し継ぎをうけた。補助タンク残水はわずかに五トンに過ぎない。後部釣合タンクは空で前部釣合は五トン、便乗者や託送品があったが、これでは潜航不能の状態だ。さっそく、造船設計との調整に入った。

今回の工事はレーダー、逆探の搭載と、電池の爆雷対策（伊一六八潜の被爆雷による電池破損の教訓。爆圧は内殻や真水を通す）であり、艦が重いうえにさらに重量増しの工事である。しかも内地では鉛が不足しているので、鉛バラストを鉄セメントバラストに交換せよという。

さっそく不明重量の捜索と、右錨を錨鎖ごと陸揚げすることとなった。ドックに入り、鉄セメント（比重四？）をキールの前方を長く延長して搭載した。飛行艇への給油作戦があるので、一・八万リットル（約十二トン）を考慮して、若干復原性能が落ちたが、何とか重量に余裕をとることができた。

ところが、インド洋作戦で思いもよらぬことが起こった。チャンドラ・ボースの子分をカラチに揚陸させるため、インダス河口に近づいたとき、付近は赤く濁っていて、海水比重が一・〇一七と、何と〇・〇〇八も下がっている。三千トンの船では二十四トンの浮力減少である。敵に押さえ込まれればビルジも溜まり、深度増加につれ、艦体圧縮による浮力減少も考えると、数時間の潜航も怪しい。

艦長は意を決して、一時避退、ツリムを直して再起することとなった。艦内の燃料二十トンを、せっかく使った艦外燃料タンクに移してふたたび接近し、揚陸に成功した。鉄セメントには後日談があり、昭南で錫（すず）一二〇トンに変えられ、艦は内地に錫を運んだ。二回目の鉄セメントはレイテ沖に沈んでいる。

ふたたび船体に戻るが、昭和十八年だったか、いっこうに進まぬ潜水艦の建造進捗状況に対し、技術者・用兵者合同の艤装簡素化会議が開かれた。あまり使われぬものなどが槍玉にあがって、廃止されることとなった。缶口弁（ベント系の中間弁）、艦側弁（空気系のメインタンク入口弁）などだった。

メインタンク注排水のキングストン弁も議題になったが、潜輸型が中央の二個を残して廃止、廃止タンクの缶口弁は復活した。米・独とも艦外燃料タンク以外は付いていないようだ。反対に戦訓により、重要な外舷弁や深度計などには、安全のため二重に弁が増設されたのは有難かった。とくに三つの深度計の同時破損は、ときに致命傷になりかねない。

救難装置であるが、遭難潜水艦から浮かべた「ここに沈没潜水艦あり」の大きなブイの下にあるワイヤーを、救難艦のモンセンベル（昔の救難器、二名乗り）が巻き込んでいくと、艦の脱出装置の真上につく、ベルの空気をぬいて密着させ、三重のハッチを操作して、均圧したり海水を抜いたりして、八名ぐらいずつベルで脱出させる。これをくり返す。

攻撃、光学、測的、通信兵器などの技術

開戦時、わが海軍の水上艦艇は九三式、潜水艦は九五式魚雷という虎の子の酸素魚雷を持っていた。酸素魚雷は日本だけで、数ヵ国で過酸化水素魚雷を研究していたようだが、実用化されず、したがって日本の酸素は空気式とくらべて速力で二割増し、射程は二倍ほど長かった。

当時、外国水兵が丸坊主となり、ポマードと縁を切ったら要注意といわれていた。ポマードは燃える。私は軍艦筑摩（ちくま）（第二艦隊水雷担当艦）で九三式魚雷に関係していたが、九三と九五はサイズや部品の名称が異なるだけで、試験や調整方法などはまったく同じである。九五式魚雷は火薬量四〇五キロ、四十五ノット一万二千、四十九ノット九千メートル、重量一・六七トンである。長さは外国よりも約一メートル長く、火薬量も多い。

発射管は、初期には海水ポンプの水圧によるピストン押出し方式だったが、開戦時には全潜水艦が空気圧で直接押し出す九五式無気泡に換装された。これは発射とともに空気が管内に入り、ある点で断気弁によって空気を遮断し、魚雷の後部が管外に出る直前に浸水タンクという水と空気の分離器がひらき、海水はタンクに残り、空気は飛沫とともに艦内に放出する形式である。

浸水タンクはドラム缶ほどの大きさで、各管についている。発射圧力と断気圧力は調整でき、その差が発射空気である。全発射管を撃つと、潜高（せんたか）では艦内の気圧が一気に七十ミリも上昇した。耳が痛い。

さて、戦前の攻撃目標は戦艦・空母だったので、魚雷の調定深度六メートルで訓練していた。いざ開戦になると、小目標に深度三で撃つことがふえた。深度はゴムの水圧板と魚雷の前後傾斜で動く鉛の揺錘によって、自動的に横舵を動かす。魚雷が浅いと波の影響が強く、雷道が不規則となる。

魚雷には爆発尖があり、なかに湯飲み状の真鍮製の重い慣性体が入っていて、衝撃を受けるとこれが倒れ、玉が飛びだし爆発する。はじめは自爆の原因が不明だったが、これが鋭敏すぎて波の衝撃で作動するためだとわかった。感度を鈍感にして対処した。

艦艇起爆装置ともいうが、二式爆発尖（魚雷の頭から曳航、数メートル上に浮く凧のような金物で、これが目標に当たると、曳航索が緩み魚雷が爆発する）が開発された。アメリカも自爆問題に苦しんだようだが、磁気起爆や近接信管で解決したという。ドイツはスクリュー音めがけて走る高性能ホーミング電池魚雷を開発していた。一九四三年、この電池魚雷が陸に上がったのを米軍が捕獲、試作をはじめたという。

魚雷の進路はジャイロで決めるが、毎分二万回転で発動し、空気を吹きつけ、その回転を十数分間維持する。精度は千で数メーターだったので、高い技術水準だったと思う。

戦況が過酷となり、厳重に護衛された敵の機動部隊などを攻撃する場合、潜望鏡深度で観測し方位盤を発動、深度を深くしながら調定時隔後に魚雷が出ていく深々度発射が研究演練された。発射管強度に関係するが、深さ四十五メートルまで可能だった。

方位盤とは発射指揮の計算機である。発射前に雷速、自速、時隔を入力し、発射直前に的速、方位角、距離、照準角（潜望鏡の照準を自動追尾）を入れて発動する。計算結果は斜進

母艦長鯨に横付中の機雷潜・伊121潜。後甲板中央に見える機雷取入口の下方に機雷庫がある

角度（魚雷の進むべき方向を自動的に指示）、発射時の照準角度と命中までの射程である。円錐形カム利用のアナログ式で、時計組込の相当高いレベルの機械的計算機であった。

九五式魚雷にも若干の問題があった。酸素通路の弁はトリクレン（トリクロエチレン）で洗浄する必要があり、「発射はじめ」で起動弁を開くには、摩擦熱回避のため逸る気持を押さえ、数分かかる。

製作面での問題は、気室がニッケル鋼の塊から特殊機械でくりぬくため、量産がきかない。爆発の危険と量産困難の理由から、酸素濃度を三八パーセントに落とした九六式魚雷が採用されたが、気泡が出るので評判は悪かった。雷跡で回避される恐れがある。

九二式電池魚雷は、量産のきく無航跡

魚雷である。電池は薄い極板多数を詰めこんだ大容量の電池であったが、電圧を維持するため毎週充電する必要があり、とくに敵を発見してから電池温度を一度上げるのに七十分もかかった。公称雷速は三十ノットだが信頼性がなく、方位盤には雷速二十七を入力と指導されていた。

昭和十八年秋、伊二六潜のインド洋作戦のとき、九五式を十一本、九二式を六本積んでいったが、九二式は相手が十八ノット前後では射程五千でつかう気になれず、九五式命中後の処分用に使った。

電池魚雷の歴史は古く、大正末期にドイツから売り込みにきたというが、価格がベラ棒に高すぎたので、電池もモーターも十年がかりで自主開発したものだという。

機雷は伊一二一潜型の機雷潜艦尾の敷設筒から敷設される。数回の改良をへた八八式機雷は、自重約一トン、下瀬火薬一八〇キロ、係維機雷で最大索長は二五〇メートルである。ソ連ほか各国では、魚雷発射管から敷設できる沈底式機雷を開発していた模様である。

わが潜水艦の被害が増加し、魚雷の自爆問題が発生したとき、対駆逐艦反撃兵器として、一式機雷が開発された。火薬と海水電池と小型モーターとスクリュー（上下用）を持ち、深度器で海面下数メートルを浮き沈みする。上甲板に搭載され、レバーで放出される。

潜水艦用小型偵察機は、巡潜・巡潜甲型・乙型に各一機が搭載された。第一次大戦後、列強は飛行機搭載の研究開発をはじめたが、成功したのは日本だけである。九一式・九六式をへて零式小型水偵が百二十余機製作され、二次大戦に参加した。各艦は飛行機格納筒とカタパルトを持ち、浮上・組立後に射出する。戦況悪化で使用機会が減り、乙型の一部は格納筒をガソリンタンクに改造、二式大艇の洋上燃料補給作戦に使用した。環礁内などで会合、一・八万リットルの航空燃料を空気で押し出し、セロファンホースによって飛行艇に送った。伊四〇〇潜は最新の攻撃機三機を積んでいたが、格納庫は長さ三十メートルと巨大であった。飛行機を飛ばしたあと、その重量を注水するが、相当量の補助タンクの余積が必要である。晴嵐攻撃機は魚雷一本または八〇〇キロ爆弾一個を持つが、詳細は割愛したい。

固有兵器ではないが、特殊潜航艇や回天を積むことがある。内殻に人の通れる穴を開けるのは技術的に相当のことであるが、潜航したまま艦内から特潜（とくせん）や回天に乗り込むことができるようになり、戦果が飛躍的に向上した。上甲板に重量物を積むので、水上・水中の復原性能に注意が払われた。昭和二十年には輸送潜水艦にもこれらの搭載設備が設けられた。

魚雷と大砲は第一次大戦後、主役の座を争い、三〇サンチ砲二門をつんだ潜水艦も現われたが、発砲時に船体にヒビが入って失敗した。しかし、第二次大戦でもほとんどの艦は一四センチの大砲を残し、とくに戦争末期には機銃が多く積まれた、いまでは五三サンチの発射管から撃つミサイルとなった。大砲を水漬けすることは、技術的に見てまったく問題ない。

潜水艦の目である潜望鏡は、フランス、イタリア、ドイツから輸入されていたが、国際第一号はイタリアのガリレオ型を原型とした。その後、改良をかさね、開戦時には昼間用と夜間用とに大別された。昼間用の徳利型の先端部の直径は三十一ミリ、夜間用は対物鏡が大きいので少し太い。倍率とその変換、仰角・伏角には変遷があったが、昼間用は水平線をにらみ、夜間用は対空見張りも可能であった。一・五倍の倍率は片目で見ると実物大に見える。長さや直径で多くの種類があるが、長ければ襲撃時に船体が波の影響をうけにくく、飛行機からも見えにくい。しかも潜望鏡を降ろすだけで、直衛駆逐艦の艦底を潜ることができた。ただし、長いと水の抵抗によって低速でも振動し、観測不能となる欠点があった。潜望鏡には写真機が付属していて、他で方向を合わせ、潜航中でも撮影可能である。米国は日本に比し相対的に約二メートル長い頑丈な潜望鏡を持ち、戦後は整流板で抵抗を少なくしている。また、潜望鏡にはレーダーアンテナが組み込まれるようになった。ドイツ潜水艦のなかには着座式のほか、外側に方位盤機能を組み込んでいた。

潜望鏡の貫通部は技術的に難しく、水防でしかも軽くまわらなければならない。ベアリングの他、木綿製の太い紐を油と黒鉛の粉末液につけ、間に詰め込みグリースを圧力注入するが、なかなか重い。いまでは陸上のドアーのようなモーターがあり、これが補助するので軽い。

日本得意の夜戦用見張り兵器として一二センチの双眼望遠鏡を積んでいた。鏡の本体を耐圧とし、対物と対眼部分に耐圧蓋がついている。曇りの問題があった。

つぎは耳にあたる水中聴音機だが、昭和七年にドイツからと、何とアメリカから同時に輸入している。結局、ドイツの技術者を招いて完成した。九三式は艦首に十六個の補音器を並べ、方向精度は左右約五度、距離は集団音で二十から三十キロ、独行船では十五キロ程度だが、海中の音波の伝播状況によりムラがあった。音質により相手の種類がわかる。

いまでは水中音の周波数特性が研究され、まだわからないことが多いが、音の束の遠達性とか、海底や水面に反復反射する伝播性を利用するそうだ。距離をはかる探信儀（音波を出す）、水中で連絡する水中信号機については割愛する。

電波兵器のうち潜水艦レーダーは、昭和十七年秋、当時、私が航海長だった伊号第百五十八潜水艦（伊一五八潜）にはじめて取り付けられたが、機器本体の図体が大きく、司令室には納まり切れずに、私のベッドも占領された。導波管が浸水したり性能も悪く、とても使い物にはならなかった。

一年後、伊二六潜では一三号対空、二二号水上レーダーが装備されたが、性能的には未だしの感があった。さらに一年後、艦長だった伊二〇二潜にも取り付けられた。今度はスーパーヘトロダインの完成により、比較的安定した性能が得られた。機器も小型化し、二二号は導波管と電磁ラッパを一個として送受信に共用する方式が採用され、しかも昇降したので、水中抵抗を減少した。一三号は通信用の短波マストに取り付けられ、もちろん昇降可能である。

伊予灘で訓練行動中に、一三号は空母や沖縄からの編隊を百マイル付近でとらえ、警戒警報よりも早いことがあった。指示画面などはいまから見ると、まことにお粗末であったが、白く光ってピンピンと踊るように動く画面には、なんとなく神秘なものを感じた。

逆探という電波探知機は、横浜に寄港したドイツ仮想巡洋艦からヒントを得て研究をはじめ、昭和十八年秋に潜水艦に装備された。艦橋の四隅に受波機があり、概略の方向がわかるが、伊二六潜では敵機のレーダー使用法に慣れるにしたがい、電波の感度によって概略の距離がわかるようになった。

こんな兵器がもっと早く出て来ていたらと思ううち、敵さんもさるもの、サンチ波レーダーを使うようになり、いままでのメーター波探知機には入らない。

昭和二十年春にサンチ波用逆探知機が開発された。大きな王冠のようなアンテナは、はじめは艦橋への持ち運び式で、電線が艦橋ハッチを通っていたので、急速潜航時間が数秒のびた。が、終戦前には水防が完成し、艦橋トップに固定された。

聴音機といい探知機といい、隠密性が要求される潜水艦にとって、自ら発射するアクティブ兵器よりも、受け身のパッシブ兵器の方が重視されるのは必然である。戦前は方位測定機（ホコタン）が活用されたが、今次作戦中は利用機会が少なかった。

兵器ではないが、ソーナー探知防止のため、防探塗料が開発塗布された。ゴムを混入した塗料と聞いていたが、実験した艦は塗料がボロボロに剥げていた記憶がある。レーダー防止の塗料はあまり効果がなく、艦橋側面の傾斜を変えるのがいくらか効くというので、天蓋を撤去、外に開いた朝顔型に改造した艦もあった。

通信兵器は、潜水艦は単艦で日本から遠く離れて行動するので、重視された。型にもよるが、上甲板に相当長い二本の長波用起倒式アンテナマストを装備した。潜航中は倒すが、甲板上のアンテナや碍子（がいし）が海水でおどり、切断破損のトラブルが多かったという。やがて昇降式短波マストが開発され、短波無線の到達距離が電離層で予想外に遠大なことがわかったので、昭和十二年ごろの計画艦から長波マストは装備されなくなり、在来艦も換装された。

同時に無線兵器の装備方針が定められ、潜水艦にはつぎの兵器が搭載されるようになった。

送信機＝特三号一台。呂型は特四号、旗艦潜は他に短三号

受信機＝特受信機三または四。旗艦潜八台

特とは長短波兼用のことであるが、具体的には、搭載された九九式送信機は長波・短波各三波を一挙動で転換できた。受信機は九二式改三で、長波帯は二〇～一・五〇〇、短波帯は一・三〇〇～二万ＫＨ。

潜水艦通信の特徴の一つに、超長波（ＶＬＦ）通信がある。波長一七・四ＫＨで送信所は愛知県の依佐美、送信機出力七五〇キロワットであった。受信側は九二式改三に、前置増幅器をつけて受信可能となった。インド洋のアラビア沖でも比較的良好に受信できた。ＶＬＦの特徴は電波が水中に入ることだが、近い所では海面下五～四メートル、インド洋でも二～一メートルであった。東通の毎時の定時放送を聞けば、最新の情報を受信できた。

なお、アイディア程度であったが、送受信とも時間の圧縮通信が研究されていた。

機械や電気、騒音対策の技術

機関は潜水艦の心臓部で、主機械、電気、補助機械に大別される。

潜水艦を輸入すると、機関は当然装備されているので、わが技術も外国技術を基礎にして発展したといえる。波一〇潜をフランスから輸入したときからディーゼルを採用したことは、

すでに述べたが、この一三〇〇馬力のシュナイダー型は失敗作だった。

普仏戦争に勝ったドイツは機械技術でも優秀だったので、第一次大戦で活躍したマン社および直後に開発されたズルザー社製（以下ラ式及びズ式という）の機械を輸入した。他に英国L型のビッカース社（ビ式）改良型の製作をつづけていたのも、前に述べた。

海軍独自設計第一号の呂一一潜が十九ノットの世界記録を出した機械も、じつは輸入のズ式一三〇〇馬力で、船体を無理にスリム化して実現した。大正九年のことであった。

さて、その後、これら三形式の機械はわが手で研究改善が行なわれ、実艦に装備された。ズ式二号は呂二八潜など十九隻、三号三四〇〇馬力は伊六〇潜など十三隻、ラ式一号は機雷潜、二号三千馬力は伊一潜〜伊五潜など八隻、合計四十四隻である。ビ式十八隻をふくめ純日本製は一台もないが、機械の国際見本市の観がある。

改良時代の十年間は順調であったわけではない。ラ式は強烈な危険振動、ビ式は鈍重、ズ式は冷却海水の漏洩、ピストンヘッドの焼損、入子首部の亀裂など大きな故障が続発した。よって昭和のはじめ、マン社の技師を招請、純国産化の道を探ることになった。

国産化の動きは、昭和三年の六〇型機械、四年の単動四七型、六年には複動の四：四七型機械を研究試作した。実験が繰り返され、昭和九年、純国産の「艦本式一号内燃機械」五千馬力がついに完成、伊六八潜に搭載された。

伊六八潜は内南洋方面の高速航続力運転試験を実施、二十三・八ノットで、おおむね良好の結果を得たが、改善すべき点も多かった。一号の要目はシリンダー径四七〇ミリ、行程四九〇ミリ、長さ八・七メートル、一基の重さ五十トンである。

昭和十年、条約の期限が切れ大型潜の建造、大馬力機械の製作が要求され、「二号内燃機械」がつくられた。

シリンダー直径は同じだが十筒を積み、ピストン行程五三〇ミリ、七千馬力、本体重量九十八トン、甲型潜水艦では機関重量じつに三八〇トンと心臓が肥大化した。それを支える船体は大型化し、燃料も余計に必要となる。司令部要員もあり、すべてに影響がおよんだ。

ちなみに、日本の巡潜一万四千馬力、二十三・五ノットに対し、米潜は六千馬力、十九・五ノットであった。

外国技術を基礎に二十年の歳月をかけ、世界最大・最強の主機械を開発実用化した苦労は大変だったろうが、結果、戦後まもなく造船王国を築きあげた事実に感動を覚える。このころ、ドイツの豆戦艦がディーゼルを積み、戦艦大和のディーゼル化計画もあった。艦本機械開発の間に起こった数十件の事故や故障にたいし、関係技術者の血のにじむような努力は、海軍潜水艦史に十数頁にわたり述べられているが、要旨は次のとおりである。

艦本機械は横須賀工廠造機部でつくられたが、構造設計図はもちろん、部材その他も自らつくらねばならなかった。

各種の新機軸が取り入れられた。材料にしても、機械の亀裂・折損・焼損・発錆などの事故にたいし、部分に適合したニッケルやモリブデンなどの合金・窒化鋼などが開発された。同じ鋼材でも特殊鋳鉄・鋳鋼・鍛鋼・不銹鋼などが使い分けられた。加工技術も開発され、

400馬力ディーゼル搭載の潜高小・波205潜の機関室

試験・計測を行なうにも計測機からつくる必要があった。燃料や潤滑油なども研究された。そして実用化の努力が実ってきた直後に日米開戦を迎えた。

五年間で二十基、改良半ばの量産できない艦本二号体制を救ったのが、艦本二十二号機械であった。

昭和五年、海中型主機を目標に単動四衝機械の研究試作がおこなわれ、八年ごろにメドがつき、二十二号として民間に製造が委託された。このころ、マン社から輸入した過給気装置付の機械を二十三号と命名、駆潜艇用、乙八型は潜輸（伊三六一潜）用として三菱横浜で量産。この二つの機械の長所を取り入れたのが、二十二号十型過給気付の二六〇〇馬力である。

呂三五潜型をはじめ伊二五一潜（航空燃料輸送艦）、巡潜甲・乙の改型、伊四〇〇潜型などに搭載された。巡潜改型は速力が二十三・五から十七・七ノットに落ちたが、航続距離は一万四千から二万浬に伸びた。

伊四〇〇潜は四基を積み、二基ずつをフルカンギヤーでつなぎ十八・七ノット、航続距離三万八千浬を得た。心臓がようやく正常に戻ったようだ。

なお、ビ社は水上艦の発電機にも使われていたが、改良して艦本二十四号として採用、呂一〇〇潜型の主機械一千馬力となった。中速四〇〇馬力は潜高小、潜輸小用である。

昭和十九年に建造の潜高は、機械重量をさらに軽減する必要を生じ、マン社から輸入のうえ国産化した。この機械はヨーロッパ横断鉄道用に開発されたもので、各部材に大量のアルミが使われており、過給気装置付の一五〇〇馬力。従来の機械の馬力当たりの重量が二十六〜二十二キロ（?）なのに対し、十二キロといちじるしく軽い。

伊二〇二潜で運転中、クランク室からシャフトが足を出す事故が起こったが、材質と加工の不良、極限的設計が原因といわれた。

さて、潜水艦の航走に電気推進方式がある。アメリカがこれで、主機械は積まず、四基の発電機の電力で電動機をまわして水上航走する。この一五〇〇馬力の高速ディーゼル発電機は、潜水艦のほか水上艦、陸上部隊、国内にも採用され、国として統一し、大量生産したという。

日本では主機械—クラッチA—発電・電動機—クラッチB—推進機軸の直結方式であった。停泊充電ではAを入れBを切る。水上航走ではA・Bともに入れる。潜航の場合はAを切り

Bを入れる。クラッチの設計・製作・加工・装備などに苦労があったという。

電気推進方式は発電機と電動機がいるので、兼用式とくらべ機械室がやや長くなる。さて、ディーゼルエンジンの宿命として、ある回転数付近で捩れ振動を起こす。これを危険回転というが、運転はここの回転をできるだけすばやく通過する必要があった。水上航走中、その速力は使えない。電気推進方式は、多数の発電機の個々について注意すればよく、問題ない。また直結方式は運転停止後のクラッチの切り替えに微妙なタイミングと時間が必要であった。さらに急速潜航の際、モーターを一時停止せねばならない欠点があった。

機械とともに燃料の研究がおこなわれ、効率化と淡煙運転が目標であった。もっとも油の量も大問題で、終戦まぎわには朝鮮の清津に大豆油を積みにいった艦もある。私の伊二〇二潜も七月に積んだ油には米からつくった白しめ油が混入され、薄い紫色の煙を見て、食料まで使うのかと暗然たる気持になった。

電動機は二二〇ボルトであまり問題はなかったが、冷却方式に苦労があったという。馬力は中型六〇〇、海大型九〇〇、巡甲一三〇〇、乙・丙型一千馬力である。潜高は水中高速の要求に対し、一二五〇馬力四基を片舷二基ずつ串形に連結した。水中五千、水上三千馬力とアンバランスだったので、充電能力に不足を生じた。高速でないと効率が悪い設計なので、最低速力は四機直列運転で三・二ノットと早すぎ、潜望鏡が白波を立てた。

電動機は、電圧を上げるか回転を増やすことによって小型軽量化がはかられたが、スクリューとの連結で、減速比率が小さく、推進器音被探知のきっかけとなったが、あとで述べる。

発電、充電、照明などをつかさどる主管制盤については割愛したい。

電池については、自動車の経験の多いアメリカに比べて歴史が浅く、機械同様、まず輸入に頼った。鉛系の二次電池で、初期はチュードル型とクロライド型であったが、重すぎるので、ペースト式（一号型）、一部はエボナイトクラッド式（二号型）に変わった。

大正五年、横須賀工廠造兵部内に二次電池工場ができ、やがて昭和十一年に電池実験部も建設され、一号型を中心に実験された。日本電池・湯浅電池も協力製作した。

電池技術の基本からはじめ、電池の使用回数（充電から充電までが一回）をいかに増やすか、陽極板や陰極板の研究がおこなわれた結果、十年で二十回が約三五〇回になった。鉛粉製造機械も開発された。水素ガス爆発試験（爆発は大気圧、摂氏二十五度、ガス濃度七・八パーセントで確認）を実施。その後、改善が加えられ、艦型に応じた各種電池がつくられた。

一方、昭和五年、ドイツのチュードル社がポロス電池なるものを開発した。これは従来の木製隔離板をゴム微穴板やガラス繊維隔離板に変えることによって、極板を薄くすることを可能にした。これをもとに日本は特殊潜航艇や電池魚雷の構想をすすめ、大学やゴム会社なども協力、大容量二次電池を開発した。

昭和九年にはまず特殊潜航艇用に特A型を、十四年の高速実験艦七十一号には特Bを、さらに改良を加えた特D型を積んだ特殊潜航艇五隻は開戦劈頭、ハワイに向かった。特Dは従来の六ミリ程度の両極板を二ミリ程度に薄くして、多数の極板を詰めこんだ大容量電池であるが、充電時に水素ガスで沸騰する欠陥があった。

シュノーケル装置（右側柱状）を備えた伊400潜の艦橋。ラッパ状22号電探の前に13号電探

潜高建造が決まると、この特D型二〇八八基をそのまま搭載した。電池室に四段に積み込まれた様子は壮観だった。ただ不安定で、充電中、水素ガスが沸溢を起こして電池液が下に流れてショート、五百基が爆発・火災を起こした。

なお、特Dは寿命が八十回と短かった。また水素に酸素を加えて水にする水素ガス吸収装置の触媒として、白金が使われた。

伊二〇七潜用として三百回の特E型を試作、さらに昭和十九年暮れには特H（蛟龍用）、二十年春には一号三十三型甲（潜高小用）の比較的安定した電池を完成している。

ドイツは魚雷用に銀電池を開発していたらしい。また、ワルター博士は主機械に過酸化水素を燃料とするワルタータービンを試作し、水中でもこれで走ることにしていたが、完成直前に敗戦にいたった。

戦後、イギリスはこの技術を押さえ、実験艦を数隻建造したが、研究半ばで原子力潜水艦が出てきたので、これに置き換えた。

シュノーケルは、ドイツの技術をもとに昭和十九年に装備された。吸気筒・排気筒はドイツは起倒式だが、わが方は昇降式。吸気頭部弁が液をかぶると浮子弁がしまり、機械は艦内空気で運転するので、気圧が急に下がる。波が引くと空気が入って急上昇する。鼓膜が強くないと勤まらない。

潜水艦補機について、主機械運転関係として冷却水・潤滑油・燃料・軸受け注油各ポンプなどがある。その他、機械室内には蒸化器、通風の給気・排気ファン、電池排気ファン、油清浄機、ブロワーなど。機械室の外にも多くの補機があるが、発令所の下に補機室があり、六百馬力程度のディーゼル補助発動機二機が置かれ、主機が小型になった艦では充電能力をおぎなった。

シュノーケル装備艦では水中充電装置と呼ばれた。その他、ここには各区画の浸水を排水する主排水ポンプ（補助タンク排水にも使用）、補助タンクを注・排水する補助ポンプ、冷凍庫・患者氷用の冷凍機、艦内冷房用の冷房機、冷気機、舵取機や潜望鏡を上下させるなどの油圧発生機、メインタンクを完全排水する低圧排水ポンプなどがある。

発射管室には潜舵機械・揚錨機・揚貨機のほか釣合タンクや水雷タンクを排水するポンプなどがある。後部の舵機室には縦舵・横舵の舵機のほか釣合ポンプ、二二五キロの高圧空気をつくるコンプレッサーが二台、万能工作機械などがあった。

アメリカやドイツは日本の五倍ほどの油圧アキュムレータを持ち、油圧ジャンネや圧力筒を使い分け、また海水は配管によってポンプを少なくし、兼用を多くしていた。日本は開戦初期、油圧の被害が続出、モーターや空気回転器に代わったが、騒音に悩んだ。これを要するに、わが潜水艦機関技術はいまの新興工業国、発展途上国なみであったといえる。

ここで潜水艦技術としての騒音防止問題、用兵者側としての被聴音防止対策にも触れておかねばなるまい。

二次大戦中のわが潜水艦の喪失隻数は一二七隻である。戦後、米海軍の調査によれば、日本潜水艦を撃沈した米兵力と日本の隻数は、航空機が二十隻、潜水艦が二十一隻、水上艦艇が七十隻となっている。残りの十六隻は米海軍でもわからない。

この資料からは、発見の端緒や撃沈の状況は不明であるが、航空機のそれは水上目標をレーダー探知で発見、潜水艦は水上航走中の主機械を聴音、水上艦艇はハックの総合力で発見し、潜航中をアクティブソーナー探知か聴音探知した可能性が大きい。しかも聴音は、潜航中の補助機械類の運転音かスクリュー音を聴知した可能性が最も大である。

騒音について、戦前のわが潜水艦乗りはあまり問題にしていなかったようだが、開戦後、しばらくしてハンターキラーグループによる被害が増えはじめたことから、にわかに重要視されはじめた。直接護衛の艦は走りながらの聴音なので能力も低下し、船団前路だけを探信警戒すればよい。ハックは潜水艦狩りなので、組となってあらゆる手段で捜索し、不審な目標があると、ある艦は停止して執拗に聞き耳を立ててくる。いままでと様相がまったく違ってきたのだ。

潜水艦は静かだと思い込んでいた日本の各艦は、どんな機械が騒音源なのか不安になってきた。伊三三潜、伊一七一潜、呂三六潜、呂一〇〇潜など数艦で自主的に測定を行なったし、昭和十九年ころからは新造艦は公試として騒音測定を行なうようになった。

手もとの不完全なメモによると、騒音には艦種によって随分ちがうが、傾向として、小型艦は推進器音が自艦発生音中、最大である。大型艦は空気圧縮機、主排水・補助排水ポンプのピストン音、油圧発生器、舵取機械、発射管の操作音などが大きく、推進器音はその下位にあった。ちなみに、三ノットの推進器の毎分の回転数は次のとおりである。

呂一〇〇潜＝一九五回転、呂三六潜＝一一五、伊二〇一潜＝九十、伊一七潜＝五十五回転。

水上艦による被害七十隻のうち、小型や中型が多いのは、推進器音でやられたと思われてならない。重量を軽くするため回転を上げたとすれば、結果として不幸なことであった。推進器はキャビティション（鳴音）といって、回転すると翼に気泡が発生して音を出すが、高速回転となるとこの傾向がいちじるしい。十数年前に某社が翼をけずる機械をソ連に輸出して問題になったが、いまでは発生音を押さえることが潜水艦の至上命令になっている。

ドイツは主機はもちろん、主要な補機にはシュイングメタルを敷いて発生音が艦外に漏れるのを防止していたほか、静かな油圧を多用していた。潜高(せんたか)も主な補助機械には防振ゴムを敷いたが、軸でつながれている機械は軸振れを起こすので、敷かれなかった。

戦後、アメリカのシュノーケル潜水艦は、水中に出す主機械の排気を艦の外側に配管し、艦をバブルの膜によって包みこみ、航走音を消すことを実験していたという。

居住・糧食・保健・医務衛生などの技術

広い意味での潜水艦技術として、乗員の居住、糧食、保健などの問題がある。ペナン基地で隣りに係留したドイツの七五〇トン型を見学したときの驚きの一つに、ベッドがあった。仕切りの隔壁の下方に足先を入れる奥行き二十五センチほどの箱がはめ込まれ、これが隣人の作りつけ枕になっていた。四列だと一メートルは短くなるはずだ。

上構内に整然と並んだ耐圧魚雷格納筒、大きな油圧貯蔵筒、騒音発生源にしく防振ゴム、手間のかからぬ食事など一見バラバラだが、そこに潜水艦にたいする統一した理念と彼らの合理主義を感じた。限られた鉄筒内で重量と容積をいかに合理的におさめるかが、潜水艦技術の基本である。

日本の居住性も魚雷を抱いて寝るほどで、めぐまれた環境ではなかったが、糧食や保健面をふくめ相当の注意は払われていた。フレオンガス式冷房(冷却水が暖かいとあまり効かない)、紫外線を発生する太陽灯、熱くならない蛍光灯などは潜水艦のために開発された。

真水と食料は生活の基本だが、巡潜で約二十四トンの真水は貴重品、百人で六十日暮らすと、一人一日四リットル、これで米を炊き、味噌汁をつくり、食器も洗う。洗面はおろか歯を磨く水もおぼつかない。

当然、海水からの造水装置が必要だが、ここにも電池という大敵がいた。蒸留水は電池液一週間に連続二日、蒸化機を動かし、人間様もその恩恵に浴するのだが、百人全部がシャワーとはいかず、七日に一度が良いところである。飲み水は真水に蒸留水を加えるが、濃すぎると下痢を起こす。蒸留水で下痢を起こさない薬を発明すれば、ノーベル賞ものである。宇宙シャトルの水のリサイクルは面白い。

洗濯は干場もなくできないので、出向時には新品のシャツ五枚、ふんどし十枚ほどを持って乗る。ときどき裏返して反復使うが、限度がくると捨てる。木綿も大切だが、油の一滴は血の一滴の時代、この電気式蒸化機の能力と効率化はきわめて重要な技術的課題であった。

閑話休題。氷の冷蔵庫が主流の時代、潜水艦糧食にも幾多の技術的問題点があった。潜水艦糧食の歴史は、脚気（かっけ）予防（高温多湿の艦橋では精製米が長持ちする）に対するビタミンB1の錠剤と味噌汁混入からはじまる。多くの変遷をへて昭和六年、糧食制度が確立され、三十種類ほどの品目別の摂取量が決められ、総カロリーは四三八〇であった。

これをもとに三分の一程度を収納する米麦庫、味噌醤油庫、冷凍庫、冷蔵庫などの大きさが決まる。冷蔵・冷凍技術は未熟、機械も大きく力量不足。残りの三分の二は艦内通路におく。

長期行動が本格的に行なわれたのは昭和九年の南洋演習であったが、期間はまだ三十日程度と短かったという。

しかし、潜水艦糧食にたいする研究熱も高まり、人体実験やデータの収集などがはじまった。その結果、狭い高温多湿の艦内で、人間の北京ダックをつくるよりも、高蛋白・低カロリーこそ潜水艦糧食の基本であるとする認識が生まれた。二八〇〇カロリーを適当とする案も出された。

研究機関（経理・軍医・潜水学校、軍需部、衣糧廠）は民間の協力を得て、主として保存食についての研究をおこなった。十数種の肉や魚、野菜の水煮、卵の粉末、餅などの缶詰、漬け物、乾燥野菜、湯を加えるだけのウドンなどがつくられた。インスタントらーめんの世界的技術はこんな研究から生まれたという。

戦争中、大型艦は六十日行動が常態となり、訪独潜水艦は九十日分で約四十五トン積んだ。通路の他いたるところ缶詰と米袋であふれ、歩くところの高さが一三〇センチと聞いた。燃料はマダガスカル沖での同僚潜水艦からの洋上補給である。

食料は日がたつにつれて、葉物、冷蔵物、じゃが芋・玉葱・ごぼうなどの根菜類、干物、冷凍物の順になくなり、三十日過ぎるとお米と味噌・醤油と缶詰だけの生活がはじまる。そんなとき、甲板に打ち上げられる飛び魚、シャワー室の片隅でつくる青豆のモヤシが珍味となった。食欲が減退し、ふだんはうまい缶詰も鉄の臭いが鼻をつき、どの肉も味は同じ、ほとんど食べられない。ただ梅干し、切干し大根、ガンズケ・塩辛のような缶詰が好まれた。

ドイツは黒パンを十日ごとに艦内で焼くほか、燻製のサラミ、チーズ、塩の効いたバター、じゃが芋の水煮が主食であった。ビタミンＣ補給のためレモンを大量に積んだという。

戦後、アメリカの潜水艦に二週間ほど乗せてもらったことがあるが、彼らの食事は朝六時、夜八時の二食であった。十一時から午後四時までは食卓に良質・豊富なサンドイッチの材料とミルクが置いてあり、コーヒーは飲み放題、各自が好きなだけつくって食べていた。二回が標準らしい。コールドミールと呼んでいたが、この間、全然火は使わない。ミルクは例の三角型四面体の紙製容器で、約三百個が六角形にコンパクトに包装されていた。

日本の烹炊器具はすべて電気だが、ご飯の蒸気が高温多湿の原因の一つといわれた。食生活の違いはあるが、大陸国家の安価な肉や乳製品の保存加工技術にはかなわない。

各種のビタミンは糖衣錠で配られるが、外の甘いところだけ食べて、なかを捨てる不心得者がいた。飲み水は駅で見かける器具が艦内二ヵ所に設けられ、食塩の錠剤が置いてあり、よく売れた。艦内は熱く、とくに潜航直後の機械室は四十度を軽く超え、熱が艦内に拡散する。虫歯予防のチューインガムがあったが、生ゴムが代用品となり、歯に付着して困った。

標準献立表で六十日分の献立が立てられたが、参考にはなるが戦況、天候、体調などで実情にそぐわないことも多かった。

海上自衛隊では乗員も少なく、冷凍庫も大きくなり、材料は陸上で前処理され、スペースと手間が節約できる。これが献立表によって毎日の使用量ごとに（品目ごとでなく）段ボール箱に梱包され、冷凍庫の扉の奥の方から順番に格納される。艦内温度は低くなり、湿度も下がったので、庫外も長持ちし、昔にくらべ隔世の感がある。

私の乗艦であった潜高は計画定員四十三名と省力化がはかられたが、二直では疲労はなはだしく、レーダーの増設もあり、五十六名に増員され、居住に苦労した。それでも機関科は二直であった。艦長室の木枠のベッドは私の肩幅が入らぬくらい。しかも海図や時計の（艦の天測位置の基準）置場であった。この辺になると技術というよりもトピックス的になるので、先を急ごう。

潜水艦は温度三十四度前後、湿度百パーセントのほか換気不十分で、炭酸ガスは空気中の約十倍、すなわち〇・四パーセント程度である。潜航中は表のような限られた空気なので、炭酸ガスの濃度は増す。

型式	一人当たりの空気（立方メートル）	炭酸ガス上昇率（時間当たり%の順）
伊四〇〇	二〇	〇・一二〜〇・一八
伊一七六	一七	〇・一五〜〇・二四
伊一五	一九	〇・一二〜〇・一九
伊三五	一三	〇・二〇〜〇・三〇
伊二〇一	一二	〇・二一〜〇・三一
蛟龍	七	〇・二六〜〇・四〇

炭酸ガスの発生は激動時は多く、睡眠時は少ない。二パーセントで眠くなり、三で頭痛、五で危険、七で即死。長時間潜航になると眠くなるので、当直員以外は寝かせるに限る。炭酸ガス検知器は昭和十八年になって配られた。酸素はボンベを積み、放出器から放出する。

炭酸ガス吸収装置は、固体の苛性ソーダを粉砕し、空気清浄缶につめて装置にとりつける。三十分で異状に発熱するので、昭和十九年、散布式吸収材（人絹パルプを苛性ソーダに浸し、膨張後に粉砕したもの）に改められた。床に散布するが、あとの掃除が大変だった。

電池が破壊され、電池液と海水が混合するとクロリンガス（塩素）が発生する。個人の防毒マスクで防いだが、効かないらしい。爆雷を受けたとき、これがいちばん怖かった。

世界一の潜水艦という過信と慢心

以上、ほとんど駆け足で昔の潜水艦技術を見てきた。お気づきのように、海軍全体が大和・武蔵を頂点に、大艦巨砲主義にひきずられ、艦隊決戦用潜水艦をねらいすぎた。

大正十年以来、外国の技術をとりいれ、わずか二十年の間に創意工夫をこらして独特の潜水艦をつくり出した。水上速力、飛行偵察能力、八門の攻撃能力、指揮通信能力、水中速力、攻撃機三機の爆撃能力、酸素魚雷など、どれ一つをとっても世界に冠たるものがあった。

しかし、不可能かも知れないが、残念ながらこれらが、一つのシステムの中に織り込まれてはいなかった。潜水艦部隊のチームとしていくら立派であっても、潜水艦は元来、個艦で行動すべき兵器体系なのである。バランスよく技術の粋を集めるべき個艦が、一部その特徴を誇張するあまり、他の分野に犠牲をしいた面がなかったか。とくにこれが潜航深度などの安全面、行動力、防禦面、居住性その他にしわ寄せしていったと感じられてならない。

なぜそうなったのか。日・米危機がささやかれるなかで、用兵者・技術者・技術管理者が感ずる焦りにも似た使命感、艦隊決戦の生起を願う幻影、それがなくなった挫折感と対応策。悪くいえば、担当分野で近視眼的に、新を追い奇を求める功名心、量より質を求める海軍の前近代的な伝統、過酷な要求性能を出すことにたいする不感症、部分的に特殊性能が達成されたことにたいする技術管理者の慢心と増長、ひとりの頭のなかで特殊性能をダブらせ、世界一の潜水艦だと過信した指導部の錯覚――そんなものがあったのではなかろうか。

現に、くろしお受取要員に対し、米海軍の一士官は健闘を称えながらも、日本の潜水艦用法の誤り、技術管理の貧困、個艦の意外な脆さ、安全軽視などを指摘したという。

加えて、日本の基礎的技術の不成熟、精密工作機械の不足、ラジオや車も普及していない国民の技術レベルの低さ、熟練工の徴用、資材の欠如、材料の粗悪さ、どれをとっても世界の一流とは言いがたく、不十分な姿で開戦を迎えざるを得なかったのは残念である。

技術は平常、いくらトップを目指してもかまわない。むしろそうすべきである。が、それをシステムとしてまとめる場合、やはり不具者であってはならない。最高の技術を追求したあまり、量産技術と両立しなかった。また、用兵者のバランス感覚を満足させ得なかった。大艦巨砲の権化、戦艦大和が、万里の長城、ピラミッドとともに世界の三大馬鹿とされたことがある。善悪は別として、潜水艦が世界に冠たる某特殊性能だけ突出した状況は、これと軌を一にしている。

技術に門外漢の私が随分と一方的なこと、失礼な言葉を申し述べたかもしれない。それにしても水上二十三、水中十九ノットで突っ走った爽快さ、九五式魚雷で撃沈し、一同快哉を叫んだ艦内の数回の情景はいまでも忘れられない。先輩、同僚など潜水艦万余の英霊を偲び、往時の潜水艦技術を回想するとき、まことに感慨深いものがある。

特殊攻撃機「晴嵐」とマンモス潜水艦

潜水空母「伊四〇〇潜」と搭載機によるパナマ運河爆破構想の顚末

晴嵐設計担当・元海軍大尉　内村藤一

飛行機と潜水艦とを組み合わせる――海軍や空軍になにがしかの関心を持つ少年だったら、すぐに考えつきそうなこのアイデアは、各国の海軍もまた、ひとしく関心をいだいていたようである。

しかし、このアイデアを実行にうつすことはともかく、それを完全に実用の域にまでもちこみ、独特の用法を確立するのはもちろん、実際に作戦行動を行なったのは、世界中でわが海軍のみであった。そのうえ、そうした用兵思想をさらに一段飛躍させ、トコトンまでおしつめて破天荒ともいうべき潜水航空母艦まで、実現したのである。

まったく、わが海軍こそ飛行機と潜水艦の有機的な結合に成功し、それで作戦した史上ただ一つの例だといってよかろう。その独創性に、われわれは今なお大きな誇りを感ずるのである。

とはいえ、潜水艦に飛行機を搭載したのは、わが海軍が世界最初ではない。大正の末期、ドイツのハインケル航空会社は潜水艦搭載用と称する、おそろしくゲテモノの小型機を試作した。もちろんその頃のドイツは、第一次大戦の敗戦国として厳しく軍備を制限され、肝心の潜水艦などは一隻も持ってはいなかった。

この小型機にいちはやく注目して、これを購入したのがわが海軍で、大正十二年のことである。たぶんドイツは第一次大戦中に、すでに潜水艦の飛行機搭載のアイデアを持ち、あるていどの研究は進めていたと思われる。

この小型機は、ハインケル式潜水艦用水上機と称され、ジーメンスの六十馬力エンジンを装備した単座、複葉、双浮舟の水上機で、全幅七・二メートル、全長五・七三メートル、全高二・五九メートル、自重三三六キロ、総重量四六五キロというかわいい機体であった。最大速度は公称八十六ノット、五十ノットの巡航で約二時間の航続性能を有していた。

分解して潜水艦への格納、そしてなるべく短時間での組立発進ができるように、その複葉の主翼などは翼間支柱のない片持ち構造で、浮舟の支柱もまるで魚雷の搭載台みたいな、W型をしたトラスのパイプ構造のものであった。

進取の気性と先見の明

なにしろ当時は、海軍航空は文字どおりの幼年期で、イギリスからのセンピル航空教育使節団さえ帰ってまもない頃のことであった。同使節団のもたらしたアブロ練習機やスパローホーク戦闘機、パンサー艦偵、ソッピース・クック雷撃機などが、いっぱしの新鋭機として衆目を集めていた時代である。

また肝心の潜水艦にしてからが、ようやくわが海軍独自の海大一型、すなわち初めての一等潜水艦伊号第五十一潜水艦が建造中であったにすぎない。このような時期に、はやくもこうした潜水艦搭載用の小型機の研究に手をそめるとは、わが海軍伝統のことながら、その進取の気性と先見の明に、当時の兵器行政指導者に対して敬意を表せざるをえない。

しかし、潜水艦も飛行機も、前に述べたような当時の幼年期にあっては、その凌波性などというものは期待できない、たかが六十馬力の、しかも単座機では、単なる基礎研究にとどまり、一歩を進めた合同演習など、とてもできた相談ではなかった。こうして本機は、単に研究用に供されただけだった。

諸外国でも、潜水艦への飛行機搭載については、はやくから注目していたものとみえる。果然、イギリス海軍では昭和のはじめ、Ｍ２号という潜水艦の艦首に射出機をつけ、小型機を射出発進させることに成功した。この写真は宣伝の意味をかねて世界中にバラまかれ、いかにも誇らしげに報道されたものである。

その実、これは単に実験に成功したというだけのもので、当時のイギリス海軍の兵形、潜水艦用兵思想の関係などから、ろくに育ちもしないままに萎えしぼみ、消え失せてしまった。

ワシントン条約で主力艦の劣勢をしいられた日本は、その活路を潜水艦――その兵器としての若さという点では、わが国も英米も経験において差はないとみられていた――に見出し、独自の艦型と用法とを必死になって開拓していたわが海軍を、このイギリスのチャチなＭ２

号と小型機との写真は大きく刺激した。

海軍ではさっそく、ハインケル機での研究結果をいかし、また潜水艦用の揚収装置や射出機の技術にも見通しがついたので、横廠の新鋭技術陣の佐波次郎機関少佐（のち少将）に命じて、本格的な潜水艦用小型機の試作に乗りだしたのである。

佐波少佐は、鈴木為文技師などと力をあわせて、主翼、胴体、浮舟を別々にして、小さな潜水艦の格納筒に収容でき、いざとなれば十五分間ぐらいで組立発進できる、きわめて小型の水上機をまとめあげた。

世界をリードした日本海軍

この飛行機は下翼が上翼より少し短い複葉機で、双浮舟式。その分解組立は、すべてピンの抜き差しで出来るようになっており、水平尾翼は胴体につけたまま、下方に折り畳めるようになっていた。高さに制限があるので、垂直尾翼は普通の飛行機のように上方に高く延ばすことができず、これでは横安定に困るので、下方にも延ばした形をとった。

構造は鋼管溶接の骨格に羽布張りで、エンジンはモングースの一三〇馬力を装備したが、のちには神風二型一三〇馬力にかえられた。乗員は一名、全幅八メートル、全長六・六九メートル、全高二・八七メートル、自重五七〇キロ、総重量七五〇キロ、最大速度は九十ノットで、六十ノットの巡航で四時間半の航続性能をもっていた。

この飛行機（横廠式二号水偵）こそは、わが国はじめての潜水艦用の実用機である。昭和六年の九月、呉軍港で当時の新鋭、海大一型の伊号第五十一潜水艦（伊五一潜）から発着試験を行ない、非常な好成績をおさめた。そして制式採用となり、九一式小型水上偵察機とよばれることになり、横廠と川西とで生産を行なった。そしてE6K1のコードネームで、十機が生産された。

九一式小偵と伊五一潜の実績は、当時、世界無比をモットーとして励んでいたわが潜水艦用兵者に大きな影響をあたえた。

ひきつづいて機雷潜である伊二一潜級の一艦でも実用試験を重ねる一方、新造の巡潜伊号第五潜水艦（伊五潜）には、はじめから飛行機搭載施設が設けられた。

伊五潜こそは、潜水艦と飛行機の結合を実用にもちこんだ世界最初のものである。しかも潜水艦としても、世界に類のない独創的な用兵思想の体現者として、最高峰をゆくものであった。この後、この改良型たる伊六潜、さらにこれも世界に類をみない旗艦潜水艦――巡潜三型たる、伊七潜、伊八潜にいたって、飛行機の収納施設も発進施設も、大幅の進歩をとげたのである。

わが海軍はここに文字どおり、世界でただひとつ、潜水艦と飛行機の有機的結合に成功し、完全に実用技術を大成した海軍となった。世界の海軍の歴史に、これはまったく例を見ないことである。

ところで、イギリス海軍の試みが文字どおりの子供だましに終わったことはすでに述べたが、アメリカ海軍でも同じような時期に、若干の試みはあった。しかし潜水艦そのものがきわめて冷遇され、技術に自信がないうえに、世界無比の大型空母サラトガ、レキシントンの就役や、マーチンの急降下爆撃機の乱舞にすっかり気をよくしていたアメリカでは、この種の着眼にはあまり熱がはいらず、ほとんど結果らしいものも得られぬうちに諦めてしまった。

フランス海軍でも、イギリスのX一号をしのぐ世界最大の潜水艦として、自他ともにゆるした八インチ砲搭載の怪物、昭和六年に竣工したスールクフ（水上二八八〇トン、水中四三〇〇トン）に、水上機を一機搭載していることを明らかにした。しかし、これこそ名ばかりのもので、昭和八年、ブレスト軍港内での実験で死者を出してからは、その格納筒に飛行機が入れられたことは遂になかったのである。

飛行機と潜水艦との組み合わせ——これこそ劣勢海軍の弱点をおぎない、広大な太平洋海域での決戦という、わが海軍のおかれた独自の兵形のもとに、独創的な着眼と、用兵者と技術者の不屈の努力と精進によって、わが国のみで可能となった事実なのである。

単葉の複座機に

一方、潜水艦の方も進歩した。無条約時代に入ると、計画される巡潜のうち丙型をのぞく甲型、乙型には、すべて飛行機が搭載され、カタパルトが装備された。飛行機の方も実用に入り、練度が進むにつれて、玩具（おもちゃ）のような単座機では、その実用性もきわめて限られたものになってしまうことが痛感された。

九六式小型水上偵察機（E9W1）は、この要望にこたえて生まれた最初の複座機で、昭和八年の実計にもとづく九試小偵である。試作は渡辺製作所（のちの九州飛行機）があたった。

エンジンは天風の三〇〇馬力。複葉複座の双浮舟機で、やはり鋼管骨組の羽布張りであるが、垂直尾翼を高くとれぬための横すべり安定の問題を解決するため、垂直尾翼の上端を折畳式とした。全幅は十・一メートル、全長八メートル。総重量も一二五〇キロとずいぶん大きくなったが、そのうえ後方偵察席には七・七ミリ旋回機銃一を武装した。

本機は複座で、航法もいちだんと能力をまし、巡潜の作戦能力の円熟とあいまって、開戦直後まで大いに活躍した。総生産機数は三十三機である。

本機の後継機として作られたものに、十二試の零式小型水上偵察機（E14Y1）がある。この機にいたって、ついに単葉機となった。設計は空技廠の山田三人技師らのスタッフで、生産はやはり九州飛行機があたった。

零式小偵は天風一二型三四〇馬力の単葉双浮舟型の複座機で、全幅十一メートル、全長八・五四メートル、総重量は一四五〇キロ、過荷では一六〇〇キロに達し、七・七ミリ旋回機銃一のほかに、少量の爆装が可能であった。最大速度は一三三ノット。九十ノットの巡航でよく四七〇浬の航続性能を有していた。

特長のあるイボイボつきのカウリングや、胴体下方にものばされ、胴体上面には縦ビレのように前に張り出した垂直安定板などで、読者にも親しみの多い機体であろう。

唯一の米本土空襲

零式小型水偵は巡潜甲型、乙型、すなわち伊九潜から伊三五潜にいたるすべてに搭載され、開戦時から活躍した。総生産は一二六機にも達した。昭和十八年の夏、伊八潜によるドイツ連絡便で、同艦搭載の本機がブレスト軍港に陸揚げされ、ドイツ海空軍の注目をあびたものである。

巡潜との協同作戦による偵察行動は、北はアリューシャン、アラスカから、南はオーストラリア、ニュージーランド、豪州メルボルン南方タスマニア島、果ては西方マダガスカル島まで、きわめて広い範囲にわたった。マダガスカル島の特殊潜航艇攻撃のための事前事後の偵察、北西ハワイ諸島フレンチフリゲートの偵察などは、有名である。

なかでもハワイ空襲ののち、昭和十六年十二月十七日の早暁、伊七潜の搭載機はよく真珠湾の決死的偵察を敢行し、南雲艦隊の戦果を確認した偉大な実績がある。越えて昭和十七年一月、伊九潜搭載機が再度の真珠湾偵察に成功している。

しかし、潜水艦搭載機の行動で、まさに空前絶後のものとして記憶さるべきものは、米本土の爆撃行であろう。しかも、これこそ今次大戦中で、わが国の実行した唯一の米本土への空襲である。

これは特別に、この目的のみをもって計画された作戦で、さきにオーストラリアからニュージーランドにかけ、単機よく六ヵ所もの強行偵察を敢行した技量抜群の名コンビ、伊二五潜の田上明次艦長（当時中佐）と藤田信雄掌飛行長（当時兵曹長）の腕に期待をかけたものであった。

零式小偵もわざわざ特別に、七六キロ爆弾二発の懸吊架を増備したものになっていた。

昭和十七年八月十五日、横須賀を出撃した伊二五潜は、九月に入ってアメリカ本土オレゴン州沿岸に進出し、藤田飛曹長の操縦によって、ブランコ岬付近の森林地帯に、九月九日と二十九日の二回にわたって七六キロ焼夷弾二個ずつを投下し、山火事を起こさせ、二度の出撃とともに無事帰投した。

季節による同地方の山火事の被害の情報にもとづき、神経戦をねらっての、いささか投機的な作戦とはいえ、ともかく史上唯一の米本土空襲となったものである。

さて、飛行機と潜水艦の組み合わせによる作戦行動としては、前述のような搭載によるもののほかに、飛行艇への補給がある。

凌波性のゆたかな飛行艇を、前進地点に洋上着水させ、これに待ち合わせた潜水艦から燃料や爆薬の補給を行なおうというのも、これまたわが海軍のみが発案し実行に移したもので、開戦直前には、この用途専用の特殊潜水艦たる補給潜水艦伊三五一潜（伊号第三百五十一潜水艦）と伊三五二潜の二隻の建造が計画中であった。

もっとも、じっさいに補給潜水艦（潜補）の建造に着手されたのは昭和十八年五月で、完成は二十年に入ってからになってしまった。

じっさいに、この潜水艦と飛行艇による作戦が実行されたのは、昭和十七年春のことであって、第一潜水戦隊の三隻の潜水艦(伊一五潜、伊一九潜、伊二六潜)は、ところもあろうに、北西ハワイ諸島中のフレンチフリゲート環礁にこっそりと進出し、当時の最新鋭たる二式飛行艇二機が待機した。ここで補給をうけた二機の飛行艇は、大胆にも三月四日夜、真珠湾に空襲を行ない、再度の戦果をあげた。これはK作戦と呼称された。

その後、ミッドウェー作戦にさきだち、機雷潜(伊一二一潜~伊一二三潜)を補給用に改造して同種の強行事前偵察が計画されたが、敵も前回にこりてフレンチフリゲート(ミッドウェー南東方)に水上機母艦を常駐させたため、実行できなかった。結果的には、敵情不明のまま作戦行動に入って、ミッドウェーの悲劇をまねいたのである。

作戦時の厳しい制約

このように飛行機と潜水艦の有機的結合に、独立独歩の境地を開拓していたわが海軍が、それを一歩すすめて、潜水空母の実現を計画したのも、当然のことといえよう。まさに当時の日本海軍こそ、このような破天荒ともいうべき計画を確実に実行にうつしうるための、完全な技術上の自信をもつ唯一の存在だったのである。

強行偵察艦たる巡丙型の大淀、仁淀。それに搭載する特殊水偵の紫雲(E15K1)の計画。それにドイツ仕込みの革新的な技術によって、海軍の航空技術にさらに一歩の前進を約束するかのような十三試艦爆——のちの彗星——の、極小の機体とすばらしい高性能。それにくわえてようやく円熟の域に達してきた巡潜と搭載機の用法。

これらの事実がわが海軍をして、その隠密性と長大な航続力を利して、敵制圧海域の深奥部に進出し、搭載機を飛ばして驚天動地の奇襲攻撃をくわえるという、独創的な計画の実行にふみきらせたとしても、そこには何の不思議もないところであった。

しかし、潜水艦に搭載した小型機を行動させるとはいっても、その点について満々の自信と実績をもっていたわが海軍でさえ、そこには厳しい制約があった。いや、実績をつむほどに、搭載機の行動そのものには、およそ縦横無尽などというにはほど遠い大変な不便と危険のあることを、わが海軍だけが知っていたともいえよう。

まず搭載機にはスペースの関係から、その大きさに厳しい制約がある。結果的には単に飛行機というだけの、偵察能力や航法能力もひどく貧弱な、一種の軽飛行機じみたものになってしまう。その発進にも、カタパルトはまずよいとして、飛行機である以上は、飛行可能な条件にするためには、事前の入念な整備も欠かせなければ、母潜が浮上して飛行機が組み立てあがっても、暖気運転に十分な時間をとらねばならない。

軽飛行機にすぎない小型機での航法というものが、どんなに困難なものであるかは、ここで述べるまでもあるまい。よしや超人的な能力と経験をもつパイロットによって、なんとかこの種の行動が実行されたとしても、さて帰投するべき母潜は、隠密性がその生命である。場合によっては会合はまったく不可能ということも、大いにありうる。

首尾よく母潜にめぐりあえたとしても、小型機での洋上着水は、また非凡な技量がいる。しかもその機体を母潜に揚収し寸秒を争って分解格納し、そして急速潜航にうつる。これらすべてのことが、敵の制圧海面内でやらねばならぬことだ。もし行動中に、敵の哨戒機や艦艇に発見されたら、もはや万事休すと思わねばならない。

藤田飛曹長の果敢な行動にしてからが、帰投に際しては、母潜が海面に流していた油の漂うのを認め、それをたどって帰投したものである。このことがら自体が、油をひいて自己の存在を暴露するなど、潜水艦としては、零点にちかい不始末といわねばならない。

帰投したとしても、浮上して収容に努力している潜水艦ほど弱いものはない。それこそ八方破れ、反撃の手段もない無力さである。危険を感じ、乗員のみを収容して機体の揚収は断念し、これは海面にすてるとか破壊して沈没させ、母潜は急速潜航で難をのがれるなどのことは、実戦の戦例としては当たり前のことといって差しつかえないありさまであった。

潜特と強襲攻撃機

このような使用の経験をもとにして、潜特（特型潜水艦）と特殊攻撃機とが計画された。用兵者としても、百方論議の末であるといってよかった。

潜特の軍令部要求が正式に発せられたのは、輝かしい緒戦の戦勝に酔う昭和十七年の一月十三日であった。艦本と航本の概案の回答は三月末で、五月には早くも本会議に持ちこんだ。

今日の原子力ミサイル潜水艦でこそ、五、六千トン台は普通とはいっても、当時としては、この数字がいかに破天荒なものだったか、思いなかばにすぎるものがある。とくに目立つのは航続距離で、十四ノットなら実に四万二千浬、重油のみで一七五〇トンにもなり、全世界

九七大艇と会合中の伊122潜。開戦後、機雷潜を補給用に改造、第二次K作戦が計画された

のどの海域へも往復可能はもちろん、そのうえで十分の作戦行動の能力を持つものである。

これに対する技術的解答のひとつとして、本艦には、わが国はじめての潜航中の充電装置――シュノーケルが採用された。ほかにもこれまでの潜水艦用小型機には見られぬ三・五トンの能力をもつ起倒式大クレーンや大型の格納庫、その発進設備など、どのひとつをとっても、いままでの技術では間に合わぬものばかりである。

はじめの建造予定隻数は、改⑤計画（昭和十七年七月、ミッドウェー敗戦による建艦計画の新改変）で十八隻ときまった。

新規に専用機を

これに配する特殊攻撃機は、最初は彗星（D4Y1）の改造型が考えられた。しかし検討の結果は、むしろ新規に専用機を試作した方がよいと決断され、ここに昭和十六年の実計による十七試特殊攻撃機M6A1、のちの「晴嵐」および「南山」が計画されることになったのである（コードネームとしては、南山の方が晴嵐より先である）。

本機のコード番号のMは、特殊機を示すものであるが、従来、このM号は文字どおりの研究機につけられていたのみで、このような用途にもちいる恐るべき性格の機体にあたえられることは、前例がなかった。もって、わが海軍の意気込みが知られよう。

この飛行機の設計と試作には、愛知航空機があたった。主任設計者は尾崎紀男技師で、また途中で浮舟つきの水上機案が確定してからは、小池富男技師も浮舟設計を担当した。

潜水艦搭載用として、なるべく小型に折畳および分解ができ、かつ急速に分解組立ができるよう要求されたことはもちろんであるが、反面、強力な強襲用攻撃機として、魚雷一または八〇〇キロの爆弾が搭載でき、後席に一三ミリ旋回機銃の武装などをくわえた。

また、双浮舟はいったん必要な場合（実戦ではむしろこの方が常態）には、これを投げすてることにより、一層の高速が得られるようにした。その場合、横の安定の問題の解決策として、浮舟と同時に垂直尾翼の上端部分もまた、投棄できるように計画された。

〝忙しい〟飛行機

機体そのものとしては、これまで愛知で製造していた零式水偵よりやや小型の程度で、とりたてて言うほどのことはない。しかし、潜水艦搭載用としての折畳機構と寸度制限には、設計者のなみなみならぬ苦心がひそんでいた。

まず主翼はちょうど付け根から、後桁上面の金具を中心にして、取付金具のピン一本さえはずせば、前縁を下方に九〇度回転し、かつ翼端が後方に九〇度回転して、胴体にそってピッタリ畳まれるようになっていた。これはすべて機外からの油圧で操作される。

また水平尾翼は、胴体中心線から〇・九メートルのところで下方に折り畳み、垂直尾翼も上部から二十一センチばかり横に折れまがるようになっており、かつ浮舟の投棄時には同時にこの部分も脱落し、横の安定性をほどよく保つようになっていた。浮舟は完全にはずれるようになっていた。

敵の制海内での夜間作業にそなえ、必要なピンや金具類には、すべて夜行塗料がほどこされていた。いまもなお思い出すのであるが、大の男がこうした分解折畳や引出し組立に、必死の形相すさまじく、一秒をあらそって訓練をくりかえしたことである。

飛行機が配属されてきたころは、不馴れもあり、またお定まりの油圧機構の不具合などから、機付長がパイプ（号笛）をツバで詰まらせ真っ赤になってわめきたてても、どうかすると三十分近くかかることが珍しくなかった。

それが、練習を積むとおそろしいもので、まず浮舟の取り付けは十人がかりで四十五秒、はずすのは二十秒でやれるようになった。また主翼の方は展張に五十七秒、畳むのもピン抜きに二十五秒、折畳完了までには油圧作動の関係もあってやや長かったが、それでも五分十秒しかからぬようになった。
尾翼関係では展張に一分〇二秒、折畳に二分二十秒でやれるのが標準となったと記憶している。なお、翼関係の所要人員は浮舟より少なく、四人で全部をやりおえることができた。しかし、とにかく忙しい飛行機ではあった。

設計開始は、すでに述べたように昭和十七年はじめであるが、製作は愛知航空機の名古屋永徳本社の試作第三工場ですすめられ、昭和十八年十一月に第一号機が完成した。この間、実物大のモックアップが呉工廠に送られ、建造中の伊四〇〇潜（伊号第四百潜水艦）で現物検討がおこなわれた。

初期の機体には、熱田一二型（AE1A）発動機を装備したものもごく少数あり、プロペラ直径もわずかに小さくて、三メートルちょうどであった。

液冷エンジンに面くらう

なお、昭和十九年初頭に浮舟をなくし、垂直尾翼上端のカッとばし部分もとり去り、かわって引込脚を装備した機体が、横空や空技廠の要求で、ただ一機だけ特別に製造され、これは計画当初の名にかえって南山と名づけられた。

戦後一部に、本機は浮舟をカッとばし、のちの飛行性の慣熟のためにつくられ、晴嵐の乗員訓練に用いられたなどと伝えられているようである。たしかに浮舟投棄後の飛行性をこの南山で検討し、また晴嵐の部隊たる六三一空のもよりの陸上基地に、ときどき飛来したこと

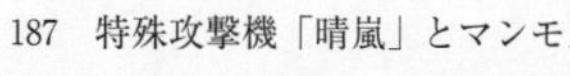

特殊攻撃機「晴嵐」。主翼尾翼折畳式、単発２座双浮舟で、魚雷か爆弾を抱いて急降下できた

もあるが、本機はほとんど横空におかれてあり、練習用に供された事実はない。

　晴嵐が浮舟を投棄した場合は、当然のことながら性能は相当よくなる。実測された例はないが、推算では最大速度は三〇二ノット（高度四千メートルで）と、ほぼ流星艦攻や彗星一二型なみの高速で、グラマンＦ６Ｆに匹敵すると予想されていた。また偵察状態での航続距離は、約一一〇〇浬ていどが見込まれていた。

　飛行機としての晴嵐は、彗星ほど難しい機体ではなかった。しかし実働性ゆたかな零式水偵や、ちっぽけな零式小型水偵からまわってきた連中は、最初はずいぶん手こずっていたようである。特に熱田三二型（ＡＥ１Ｐ）装備機は、性能では瑞雲（Ｅ16Ａ１）水上爆撃機をもしのいでいた（もっとも上昇率はやや落ちる）。

このまごつきや面くらいの原因のほとんどは、エンジンがなれ親しんだ空冷から、液冷にかわったことにある。機首がなくなってしまったかのような前方視界の良さもさることながら、水冷却器のカウルフラップの調整や、液温というものが余分にくわわるうえに、お定まりの熱田発動機の整備難と故障である。

パイロットにとって、エンジンの好調だけが命の綱である以上は、そのエンジンのために、実働率の低い本機に対してかなりブツクサと文句がそそがれたものである。

ともかくも本機の生産は、昭和十九年には急ピッチで進められ、十九年中に四十四機、二十年には三十四機の生産が要求されていた。実際に完成したのは十八年の一機をはじめとして、十九年に十機、二十年に入っての十七機と、総計二十八機にすぎなかった。

昭和二十年ともなると、激化するB29の空襲で、愛知航空機は徹底的にいためつけられ、生産も自然消滅していったのである。

伊四〇〇潜型空母

さて、姉妹艦十八隻という潜特の建艦計画も、戦況のうつり変わりによって、大幅な変動が生じていた。そもそもは開戦いらいの戦訓にもとづき、潜水艦の用法の根本的な錯誤(さくご)をあらためて通商破壊戦に全力をそそぎ、潜特みたいな超ゲテモノが現在の戦局にどのていど寄与するかわからないという考え方が、部内で有力になったからである。

昭和十八年が明けて、軍令部に潜水艦部が店びらきする頃になると、これまでの実績から、危険なわりに効果のすくない巡潜の小型機搭載の全廃がきまり、つづいて潜特の隻数は、半分の九隻にへらされた。

第一艦の伊四〇〇潜（艦長＝日下敏夫中佐）は昭和十八年一月、呉で起工され、つづいて伊四〇一潜（艦長＝南部伸清少佐）と四〇二潜（艦長＝中村乙二少佐）は佐世保で起工された。呉ではさらに伊四〇四潜が起工され、川崎重工の泉州で伊四〇三潜が着手された。結局、非公式ながらこの五隻をもって潜特の建造を打ちきることが、決定的になったといってよい。ところがさらに、このうちの川重の伊四〇三潜は、昭和十八年秋には工事中止となり解体された。また呉の第二艦伊四〇四潜は船台上で建造され、昭和二十年八月の完成見込みであったが、空襲激化のため二十年六月以降は工事を中断し、付近の島かげに疎開中に爆撃をうけて、七月末に沈没してしまった。

結局のところ、完成したのは昭和十九年末の伊四〇〇潜、二十年春の四〇一潜、初夏の四〇二潜の三隻にすぎなかった。

予定隻数の削減は、別の方面に影響をおよぼした。まず単艦の搭載機数を初めの二機から三機に増すことになった。これはできぬことではないが、かなり無理があり、実際には第三番機は継子（ままこ）あつかいで、はじめの二機の発進後かなりの時間をかけねば発進できない始末となった。

また潜特の隻数を補うため、建造中の巡潜二隻、甲型の伊一三潜（艦長＝大橋勝夫中佐）と伊一四潜（艦長＝清水鶴造中佐）の両艦が、晴嵐二機の搭載能力をもつよう急いで設計を変更して建造された。ほかに伊一五潜、伊一潜（二代目）も同型として建造中であったが、完成にいたらなかった。もっとも巡潜に晴嵐搭載などはむりな話で、設計は大変更になり、完成した伊一三と伊一四の両潜もかなり使いにくく、不十分なものとなってしまった。

いずれにせよ、この五隻が、わが国いや世界史上での、潜水空母のすべてである。完成した伊四〇〇級潜特の要目は、要求とはいくらか異なったものとなった。

定員は潜水艦要員一三〇名と、航空要員二十四名である。性能的にはこのような巨艦ながら、急速潜航も一分を切ったし、水中旋回半径も小さく、なによりもシュノーケルによって、露頂状態で主機械（ディーゼル）が使えるのがありがたかった。航空機用としての魚雷は四本、八〇〇キロ爆弾三発、二五〇キロ爆弾十二発が積まれていた（前部発射管室内）。

本艦での晴嵐の働きをちょっと述べてみよう。艦橋直前の直径四・二メートル、長さ三十・五メートルの大格納筒の中に、爆弾や魚雷を抱いたままのかたちで翼を畳み、浮舟をはずされた晴嵐が三機、いずれもカタパルト用の滑走車にのせられて眠っている。この滑走車の前部支柱は、この状態では前に倒され、機体の姿勢は射出時よりも低くなっている。

格納筒の左舷からは、温水用と滑油用の二種の管が艦内からのびてきており、これで艦内で温めた滑油や冷却水を晴嵐のエンジンに補給することにより、いざ発進という前に、長い時間をかけてエンジンのウォーミングアップをやらないで済むようになっている。

艦首寄りから一番機と二番機、その天井には三番機用の浮舟が二本吊るされ、その奥には三番機、いちばん奥には補用品と整備器具庫がある。もちろん主格納筒と艦内とは、ハッチによって潜航中も連絡できる。

格納筒の前端は、頑丈な水密扉であるが、この前から艦首の方へむけて、長大な四式一号十型カタパルトが、発射間隔四分、射出速度六十八ノットの高性能を誇るかのように、三度だけ前上がりにのびている。主格納筒の下側、つまり艦橋の両側には、左右二本の浮舟格納筒があり、主格納筒と同じ水密扉で閉じられ、それぞれ二本ずつ、一番機と二番機の浮舟を格納している。

艦が浮上して発進命令がくだると、まず水密扉がひらかれるが、この開閉のとき飛行機移動用のレールが邪魔になるので、このさい、レールの一部分は床ごと油圧で沈下し、扉が開閉しおわると、またせり上がるようになっている。

滑走台車にのせられた晴嵐は、一番機と二番機はすぐさま格納筒の外へひきだされ、滑走台車の前部支柱は起こされて、発進姿勢に機首をもちあげる。この位置にそれぞれ艦内からは高圧油のパイプが引かれてあり、これを晴嵐の機体のジョイントにさしこむと、油圧が使えるようになり、主翼はみるみる展張しだす。

一方、浮舟格納筒からは浮舟がひきだされ、それぞれ十人の手で、またたく間に機体に装着される。エンジンはもう始動をはじめる。

と、思うまもなく、一番機はドカンと発射される。その残した滑走台車は、カタパルトの旋回盤にのせられ、すぐさま舷側に片づけられる。つづいて四分後には、二番機が発射される。

直径 4.2m、長さ 30.5m、晴嵐 3 機収容、伊 400 潜の格納筒。半開の水密扉の左下は射出機軌条

ところが、三番機となるとこうは行かない。まずはじめの二機が発進しないことには、天井に吊った浮舟がとり出せないからである。そして二機発進をまって、やっと主翼展張用の油圧にありつける。結局、二番機発進後、少なくとも十五分たたないと三番機は発進できない。はじめの予定の二機を、三機に途中で設計がえした当然の無理である。

雄大な攻撃目標

晴嵐の航空隊を、第六三一航空隊という。正式に開隊されたのは昭和十九年十二月十五日で、鹿島で編成されていたのが呉基地に配備され、潜水艦の第一線部隊たる第六艦隊の指揮下にはいった。

はじめは機数も六機にすぎず、補用機さえなかったけれども、しだいに機数もふえ実働率も向上して、昭和二十年三月五日には屋代島にうつった。つづいて四月二日には福山基地にうつり、完成した呉の伊四〇〇潜との連合訓練の段階にこぎつけた。搭乗員はもちろん選りぬきのベテランばかりで、なかには文字どおり潜水艦用小型水偵はえぬきともいうべき、歴戦の武功にかがやく高橋一雄少尉とか、藤田信雄少尉などがいた。

潜水艦の方は伊四〇〇潜、伊四〇一潜、伊一三潜、伊一四潜の四隻で第一潜水隊が編成された。司令にはこれまた歴戦の有泉龍之助大佐が着任し、同時に福山にある六三一空の司令をも兼任した。

各潜水艦の個艦訓練も三月末にはおわり、晴嵐との連合訓練は瀬戸内海西部をつかって、一段と激しさを増していった。

はじめに攻撃目標としてあげられたのは、パナマ運河である。当時、ルントシュテット攻勢もむなしく、ナチスドイツは敗退をかさね、本国は主戦場と化して断末魔にあえいでいた。その暁には、欧州水域にある連合軍の水上兵力は、すべて極東海面に集中されるのは必至であり、そうした兵力移動にはパナマ運河が用いられるであろう。この動きを阻むには、この地点への挺進奇襲しかない。

この考えのもとに作戦計画が立案され、ドイツの降服を機に採択されて、その実施は昭和二十年六月に出撃と定められた。そのあらましは、第一潜水隊四隻の十機の晴嵐をもって、パナマ運河の太平洋岸に面するミラフロレスロック群を攻撃破壊し、その使用を一時的でも不能にしようとするものであった。

周知の通り、ガツン湖と両大洋間の水位差と、多数のロック（閘門）によってエスカレートしているパナマ運河の構造は、このロックの破壊には大きな弱点をもっている。しかし、ロックの破壊とはいっても、イギリスの用いたダムバスター爆弾のような綿密な構想と研究があったわけではなく、とにかく魚雷と爆弾をもちいてロック機構に損害を生ぜしめようというもので、しかも晴嵐の体あたり攻撃が予定された。

すなわち、いちばん初めにもどる特殊攻撃機である。揚収を無視した浮舟なしの発進で、そのうえ生還を期しえない必死の片道攻撃行である。作戦行動海面での帰投機の揚収が、ほとんど見込みなしと判断されたためである。

ところが、これだけの作戦を実行するための第一潜水隊にたいして補給する燃料のストックが、当時のわが国には、もはやなかった。一艦一七五〇トンの重油を要する潜特に対し、呉軍港の重油ストックは、わずかに二千トンというひどい実状だったのである。どうしても外地のわが手に残っている要港施設のストックを頼むしかない。

このため伊四〇一潜は、大連にある重油を積み込むため四月上旬に呉を出航したが、不幸にも山口県宇部の近くの姫島沖で、B29のバラまいておいた磁気機雷にふれ、損傷こそ軽微だったが航海続行を断念して、呉に帰投してきてしまった。かわって伊四〇〇潜が出かけた。この航海はまさにスリルにみちたもので、同艦が関門海峡をめざして航行中、先をすすむ商船がやにわに触雷して沈没した。と、思うまもなく今度は海峡直前で、後方を進んでいたほかの商船が、これまた触雷で沈没する始末。それがわずか一時間たらずの間の出来事である。

まさに、薄氷をふむ思いとはこのことながら、ツイていた同艦は触雷することもなく大連につき、しこたま重油を詰め込んだうえ、またもやカスリ傷ひとつ負わずに、ぶじ呉に帰投してきたものである。伊一三と伊一四の両潜は朝鮮の鎮海で、おなじく補給に成功した。

しかし、こんな状況で、いたるところにバラまかれた磁気機雷の恐怖から、絶対安全なはずの瀬戸内海が最も危険な血の池地獄になってしまい、まともな訓練さえできなくなってしまった。

そこで第一潜水隊はやむなく瀬戸内海をひきはらい、日本海能登の七尾湾に訓練基地を移動し、六三一空飛行隊も同地区にうつって、総合訓練にはげむことになった。

主眼はもちろん、隠密接敵から浮上発進、ロック攻撃法、超低空の航法などのほかに、航続力の低い伊一三と伊一四の両潜に、潜特から行なう燃料の補給訓練もふくまれていた。損傷した伊四〇一潜は修理を終わり、呉軍港の重油タンクを、それこそいよいよ空(から)っぽにして補給をうけ、本隊に合流してきた。

二転三転の攻撃目標

だが、この悲壮な意気込みのもとでの猛訓練も、成果はなかなか捗々(はかばか)しくは進まなかった。その原因の第一は、晴嵐の実働率の低さと補給難である。

熱田エンジンの故障続発もさることながら、メーカーの愛知は数次にわたる空襲で大損害をうけ、事実上、晴嵐の生産は中絶に近かったのである。そしてこの作戦用の、たった十機の晴嵐すら「絶対確実」に働けそうな機体をそろえること自体が、たいへん困難なありさまであった。

もうひとつは、敵の妨害である。軍極秘に計画し建造しても、この恐るべき奇襲兵器の情報は、国内に張りめぐらされたスパイ網を通じて、かなり早くからアメリカの察知するところとなっていた。

潜特の建造そのものにしてからが、安穏に進んだわけではない。秘匿(ひとく)するために、工事関係者は惨澹たる苦心をした。たとえば工事中の潜特に変な覆(おお)いをつけたり、進水して艤装中には、わざと擬装の煙突や砲塔まがいのものをつけたりして、艦型をくらますことにつとめたのである。

第一潜水隊の編成後も、島かげに接岸して付近から伐り出した木の枝や葉を山のように盛りあげてカムフラージュしたり、空襲の報があれば奥の手の潜航沈底したりして、敵の眼をくらますのに懸命だった。こんなにまでしてさえ、ついに伊四〇四潜は敵機の餌食になってしまったのである。

七尾へ移ったことも、いつかは敵の探知するところとなった。一夜、七尾港はB29の猛爆撃をうけ潰滅した。付近海面には、ところきらわず磁気機雷がまかれた。そればかりではない。潜特の訓練待機港とみられる各地は、執拗な空襲に次からつぎとさらされた。

昭和二十年の初夏から、さしあたって作戦上ほとんど戦略的意義がなく、町としてもろくな軍需工業も施設も持っていないような罪のない町、裏日本沿岸の酒田、伏木、敦賀などの各都市が、常識はずれの大空襲をこうむって大打撃をうけたのも、じつをいえば、この潜水空母部隊のまきぞえだったのである。

一方、ナチスドイツは完全にほろび、欧州水域の連合国海上兵力の極東指向部隊は、ぞくぞくとパナマを通って極東水域に集中されてしまい、たとえ六月に作戦を発動したとしても、伊一三潜などへの補給も見込んで、一ヵ月を要するような遠征行では、ほとんど時機も価値も失すると見られるようになった。

こうしてパナマ攻撃計画はついに放棄され、かわってやり甲斐ある仕事として、わが本土への無慈悲な無差別爆撃に一矢をむくいようと、あらたに米西海岸のサンフランシスコ、ロサンゼルスへの奇襲攻撃計画がもくろまれた。しかし、このような捨てばちな計画のかわりに、あくまで当面の戦局打開のための作戦が重要であるとされ、とりあげられたのは、敵進攻の大策源地たる西太平洋ウルシー環礁（パラオ北東方、グアム南西方の西カロリン群島）の攻撃計画であった。

この計画の骨子は、伊四〇〇潜と伊四〇一潜の二隻、六機の晴嵐で、ウルシー在泊中の敵機動部隊に特攻攻撃をくわえる。そのため伊一三潜と伊一四潜の二隻は、晴嵐のかわりに彩雲を各二機ずつ、敵中に孤立しながらなお基地施設や能力を残しているトラック島まであらかじめ輸送し、この四機の偵察機をもって、ウルシーの事前偵察や索敵を行なう。もしウルシーで会敵できなければ、潜特はシンガポールに向かい、補給して待機する——というのであった。

七月に入り、潜特は最後の準備に舞鶴へ入港した。同月中旬、彩雲を二機ずつ積んで、伊一三潜と伊一四潜は大湊を発ってトラックに向かった。

八月に入り、伊一四潜から、首尾よくトラックに達し彩雲の揚陸に成功した旨の知らせがあった。しかし、大橋勝夫中佐の伊一三潜からは、ついに何の通報もなかった。のちに判明したところによると、大湊を発ってわずか三日目の十六日、奥羽沖を行動中に敵機動部隊の空襲をうけ、潜特と行を共にすべき雄図むなしく、撃沈されてしまっていたのであった。

巨艦の悲しい末路

潜特の出撃近きを探知するや、果然、敵は機動部隊艦載機の大群をもって、舞鶴地区に攻撃をかけてきた。舞鶴をはじめ、栗田(くんだ)、宮津、峯山の各要地は七月三十日、仮借ない猛爆をうけ、大損害をこうむった。しかし、沿岸遠く大湊に避退した潜特二艦は無事だった。

悲報あいつぐうちに、ついに時は来た。その日、六艦隊長官の親しく見送る中を、生還を期せぬ六機の晴嵐と潜特は、被爆する本土をあとに、一路ウルシーに向かった。有泉龍之助司令直率(旗艦伊四〇一潜)のもと、八月十七日の攻撃を予定しつつである。この攻撃隊の名は、神龍隊――。

八月十四日。両艦は定められた配備点につき、三日後の驚天動地の決死攻撃を準備しつつあった。その有泉司令にもたらされた電報は、なんと、終戦の詔勅と、内地への帰還命令であったのだ。

この一年の間、ひそかに磨いてきた孤剣は、ついに振りおろされる寸前に力が萎えたのである。思えば昭和十七年から、いや多年にわたって世界にただひとつ、黙々とつみかさねてきた特殊技術は、ついに日の目をみることなく終わった。

すべての壮図むなしく横須賀に向かう伊四〇一潜の司令室で、横須賀入港を目前にして司令の有泉大佐は拳銃でわが命を絶った。同艦長の南部伸清少佐は、司令の遺体を水葬礼をもって相模灘の底ふかく葬った。

昭和二十一年春、佐世保を出て外洋に向かう異様な二隻の巨艦があった。その岸壁には多数の人間がちぎれそうに帽をふり、そのどの眼にも涙があふれていた。この二艦こそ、僚艦の伊四〇一潜を参考資料としてアメリカにつれ去られ、さびしく残った伊四〇〇潜と、もう一隻、終戦前に完成しながらも、呉で整備と訓練中、ついに戦列にくわわる機を逸して、丸腰のまま終戦を迎えた伊四〇二潜の二艦であった。

この両艦は、今度こそはふたたび帰らぬ首途（かどで）についたのだ。占領軍の命令によって、自沈処分を命ぜられたこの二隻は、僚艦伊四〇一潜をアメリカへ回航させた人たちの、その一部の手により、荒海の墓場へ、今こそ引かれてゆくのだった。

二隻の巨大潜水艦の司令塔といわず、潜望鏡といわず、その人たちの手によってかざられた花が、いっぱいに咲きにおっていた。花咲く潜望鏡を押したてて、薄倖（はっこう）の二艦は永遠の眠りに旅立った。

晴嵐と潜特——こうした破天荒なくわだての始末が、このように終わったことについて、とかくの論議をなす者もいる。結果論的にみるならば、それはたしかにタイミングのずれた、貧乏国のやりくりに似合わぬ高価な玩具(おもちゃ)であったかもしれない。

しかし、未成熟な日本の用兵思想と、戦局の急テンポな展開との間のズレによって生じたこの種の例は、それこそ枚挙(まいきょ)にいとまのないほどである。

試製景雲(けいうん)（R2Y1／高速陸上偵察機）しかり、陸軍空母の秋津丸や熊野丸、B29分捕りのサイパン空挺隊しかりである。だからといって、いたずらに乏しい国力を冗費し、戦局になんら寄与しなかったからという点のみから、これらを責めるのはいささか酷にすぎると思われる。

単に奇策の戦果をあげたからとて、第一次大戦のルックネル船長や、第二次大戦のオットー・スコルツェニー中佐の便衣(べんい)隊の業績をほめちぎり、わが不運の奇兵をけなしつけるのは、決して当をえたものではない。高価な玩具。しかしそこには、あまりにも少年じみた、空想科学小説を地で行ったような、美しい夢があるのではないか。

私はこうして海底の恐怖から脱出した

爆雷の恐怖と奇跡。呂一〇〇潜ソロモン血戦記

当時「呂一〇〇潜」機関科員・海軍上等機関兵曹　中川新一

開戦後、日本海軍はドイツUボートのような、沿岸防禦用に小型潜水艦を多数建造することになった。それは味方の重要根拠地の沖合数百浬（かいり）に散開して、来攻する敵艦隊を水中から迎撃するのが主任務であった。

伊号潜水艦の一五〇〇トンから二五〇〇トンにくらべ、この小型潜水艦は基準排水量五二五トンで、乗員はわずか三十八名（伊号は約百名）で、私はその第一艦である艤装中の呂号第百潜水艦（呂一〇〇潜）に乗組を命ぜられたのである。そのころソロモン方面の戦局は、いちだんと苛烈さをましてきたので、呉海軍工廠で完成後は、その方面の任務についたのである。

中川新一上機曹

昭和十八年二月十四日のことだった。ラバウル基地を出撃した呂一〇〇潜は、ポートモレスビーの敵艦船を攻撃のため、その南々西四十浬（かいり）に到着した。午後四時ごろであった。艦内

がにわかに騒然となり、聴音機がなにか音源をとらえたというのである。つづいて艦内に緊急ベルが鳴りひびいた。

「総員配置につけ！」

これは呂一〇〇潜がこの方面の任務を命ぜられて最初の出撃でもあったので、張りきっている乗員は「到着そうそうに敵発見とは幸先がよいぞ」とばかり、居住区にいた者も、各自の配置にとんで行きながら、白の鉢巻をぎゅっと頭の後ろで締めあげる。

「敵は駆逐艦一隻！」私の配置である機械室にも、伝令の声がつたわってくる。また「駆逐艦の後ろに商船一隻！」と。

その商船は二、三千トン級の中型船で、一本煙突の貨物船であるとのこと。しめた！　攻撃目標はこれである。発射管におさまっている魚雷が、この商船に向かって突進していくのも間近い。艦長が潜望鏡で発見したとき、敵駆逐艦は四、五千メートルの距離にいた。そして貨物船は駆逐艦の約千メートル後方につづいている。艦長は、じっと敵の接近を待った。

海はおだやかであった。油を流した海という言葉そのものであった。だが、この静穏は襲撃にとっては、かえって有難くなかったのである。というのは潜望鏡を水面にだすと、わずか二ノット半の最微速でも、いくらか白波が立つ。それに海面がおだやかでも、やはり外洋であった。珊瑚海のうねりが大きく脈動している。

「魚雷戦用意！」艦長はそう命じながら、潜望鏡を上げ下げしながら敵船との正横距離（目標の真横を見るときの距離）をなすように、艦を外方に移動させる。「強速（五ノット）！」

ラバウル湾内の潜水艦基地で、出撃準備中の呂100潜と同型の呂109潜

　艦内は静かである。乗員のすべてが無言で、艦長の指示を耳をすまして待っていると、敵はしだいに近づいてくる。

「音源、感五」（最高感度）聴音員も声をしのばせているようである。

　そのとき突然、つねになく艦長のさしせまった声が艦内にひびいた。それは、われわれの予期もしない号令であった。

「深さ七十五、急げッ！」「爆雷防禦！」

　これは思わぬ錯誤からであった。艦長が最後に潜望鏡観測をおこなったとき、敵貨物船の距離は二千メートル、魚雷発射は敵の針路にたいして直角に射ちこむのが理想であるので、そのときは正横距離に近く、つまり本艦は早めに発射を要する位置にいたわけである。

　発射を決心した艦長が駆逐艦に潜望鏡を向けたとき、さすが豪胆で知られた坂本金美艦長もギクリとした。

敵駆逐艦が艦首をこちらに向けて、まっしぐらに白波を立てて突進してきたのである。そしてマストには、青地に白い円を抜いた三角旗（望楼旗）がひらめいている。わが海軍では望楼（見張所）と呼ぶときに使う旗も、敵にとっては潜水艦発見を意味するものらしい。

急速潜航の頭上で爆雷が炸裂

敵駆逐艦は、わずか四百メートルの距離にせまっていたのである。潜望鏡をのぞく艦長の目に、その姿が視野いっぱいに映った。それは本艦があと二、三秒で魚雷を発射するときであった。

――どうしたわけか？　それはうねりのために、深度を保持するのが困難であったのだろう。しかも大きなうねりがあって、その谷間がやってきたとき、潜望鏡はもとより、艦橋の天蓋の一部まで水面に露出してしまったのであろうか。そう推定するよりほかはない状況であった。小型潜水艦の軽小性のせいなのか。

艦は前にぐーっと傾く。深度計の針の動きを見つめる誰の顔も、死刑宣告寸前の被告のような不安におののく。四十メートル。本艦の安全潜航深度は七十五メートルなので、大型潜のように百メートルまで潜入できないのである。

四十三メートル。そのとき、グワッ、グワーン！　最初の爆雷が頭上で炸裂した。それは威圧のために押しつぶされそうな音響であった。その衝撃によって、艦内の白ペンキがパサッと肩に落ちた。そして電灯が点滅した。電灯の点滅をくりかえしながら、艦は沈降していく。もちろんスクリューは停止！

こんどは数発が一度に爆発した。第一回より正確である。一回目は点滅だけですんだ電灯も、こんどは一斉に吹き消されて、瞬時に艦内は暗黒となった。

「モーター室、浸水！」

爆雷のショックとこの浸水によって、艦のツリム（釣合い）は打ちくだかれて、重くなった艦尾がずるずるとすべり落ち、艦にアップ（仰角）がかかりはじめた。いまの深度は？それがわれわれの最大の関心である。スクリューをまわして艦に速力をつけると、潜舵、横舵を使えるので、この仰角を修正して安全を保つことは不可能なことではないけれども、いまは一切の音を立てるわけにはいかないのだ。

「重要配置いがいの者は裸足になって発令所に集合せよ」先任将校の声である。人員の移動によって釣合いをとろうという考えだ。応急灯がパッと点じた。おぼろな光ですかしてみれば、深度計は一〇五メートルを指している。

さっそく私もこの人間バラストにくわわった。ディーゼル配置の者は、潜航中はたいした仕事もない。艦内靴をぬぐと、発令所のリノリュウムが足の裏でへんに生あたたかい。

乗員は意外にも冷静を保っていた。息が苦しい。艦内の気蓄器のバルブも、爆雷の衝撃によって緩んだのであろう。気圧計の水銀がグンと上がって頂端にとどこうとしている。

その苦しさに輪をかけたのが、艦内の温度である。空気冷却装置はもとより、モーターによる冷却装置はいっさい停止した現在では、艦内温度は上がりっ放しで、全員が苦しそうに肩で息をしている。先任将校もあえぎながら指揮をとっている。

一緒に靖国神社へ行こうぜ

深度はいぜんとして一〇五メートル。これ以下に落ちたら、爆雷よりも水圧でぺしゃんこに船体を押しつぶされてしまうだろう。

後部が重くなったのは、推進器軸が軸管となって艦外へつらぬき出ているが、爆雷のショックで軸管のパッキングに緩みが生じ、そこから浸水したためであった。その海水がしだいに後部にたまって艦の重さを増していったのである。機関長が発令所にやってきたので、初めてこの事情がわかった。艦長は機関長の顔をみると、

「機関長、電池はあるか」と、蓄電池の放電状態をきいた。「あとわずかしかありません」

機関長は、申し訳なさそうに心細い返事をする。発令所に後部区画から十数人が移動して

きたものの、まだアップがかかったままである。

「士官室に移れ」ちょっと艦長が下がったと安心するうちに、また後部が下りはじめる。

「前部兵員室へ」

ついには、最前部へ。そこは発射管室である。だれの額にも脂汗（あぶらあせ）が、応急灯のにぶい光を

反射している。

潜水艦は魚雷を発射するときが一番強いのである。こうなっては手も足もでない。やられ

南東方面で作戦中、米軍機の爆撃を回避すべく高速回頭中の呂100潜級の潜水艦

っ放しで、これが潜水艦のみじめなところだ。だが、気力だけは盛んだが、発射管室に押し込められたわれわれは、もう行きどころがないので、ひとかたまりになってうずくまった。

なすこともないとなると、誰の気分も自然と沈滞してくる。シュンとなった心に反して、呼吸だけがひとりはずんでいる。

しばらくするうちに、不思議にツリムが安定してきた。のみならず、爆雷の投下もいつしか絶えた。だが、まだ駆逐艦が海面で爪をみがいているのは必定である。呼吸するのが精いっぱいの現在ではあるが、こんなときでも、沈黙に支配されるのはたまらない。

「これで最後かな……」先任伍長が話しだす。とぎれとぎれであるが、落ち着いた声である。「みんな一緒に靖国神社に行こうぜ。死んでも俺が、下士官兵を引率して行くぞ……」

するといと誰もが笑い声を立てた。こういう時にはささいなこと、つまらぬ冗談にも笑いのはけ口を求めるものである。人間心理というものか。それとも耐えがたい重苦しさから逃れようとする欲求か。しかし、私は笑わなかった。この最後という言葉を忌みきらったわけではない。

先任伍長の言葉を耳にしながらも、一方では他のことを考えていた。先任伍長は私と同郷であった。笑わない私を見て、彼はなかばなじるような調子で言った。

「中川兵曹、駄々をこねると一緒の汽車に乗せてってやらないぞ」

駄々をこねた、というわけではなかったが、つい笑いの機を失したというのが真相だった。

気泡を見て去った敵艦

発令所からの伝声管が、苦しそうな声で命令を伝えてきた。「各自、好きな糧食をとって食べてよし」

そう許されてみたものの、私の頭にはこれといって食べたいものも浮かばなかった。誰かが、室内につまれた缶詰箱の中から、パイナップルの缶をさがし出してきて、口を切ると、それをまわしてよこした。その一片を口に入れて噛みしめてみたが、べつにうまいとも思わなかった。

絞首台におもむく寸前の死刑囚も、その際には菓子が出されるということだが、このパイナップルと同様な味がすることであろう。

私はふだんから、人生の終焉というものには、詩的な気持をいだいていた。それが悲哀にせよ、勇壮にせよ、死にはもっと情緒的なものが流れるにちがいないと。

ところが現実に、もう逃れるすべもない、生のどんづまりに追い込まれてみて、なんとあっけないものだと思った。そこには詩的なものの存在も、本心からの笑いのひとかけらも入る余地もない、まことに無味乾燥な死。それとも、戦争という一つの型にはまった死という、既成服を着せられて死んで行こうとするからであろうか。だが、不思議と死の恐怖というものがない。

これは私が決して強がりをいうのではない。人間だれしも、こうした、絶対に逃れることのできない状況に追い込まれたなら、こんな心境になるのではなかろうか。死の恐怖というものは、生と死のさかい、つまり生への執着が恐怖となってあらわれるのだと思うのである。

やがて時計は午後七時をまわった。上の海面には闇がおとずれかけているはずである。艦内の気圧はすごく高い。普通一〇三〇ミリバールで高気圧というのに、艦内気圧計は一三〇〇ミリバールを示している。

幸いに聴音員は、その後の敵艦の動きについてなにも報告してこない。敵艦の爆雷庫がからになったのか？　それとも日没をすぎたので引きあげたのか。

果たして駆逐艦が去ったのかどうか、それを確かめようにもわれわれは目を失っていた。というのは潜望鏡が昼間用、夜間用の両用ともレンズを破壊されて、盲目となっていたのである。そこで、聴音の耳だけをたよりに、一か八かのバクチを試みるよりほかはなかった。

「浮上決行――」

「よかった！　敵はいなかった」

呼吸はたちまち、おだやかな平常の調子に変わって、涼しい空気が機械室にいきおいよく流れ込んでくる。なにはともあれ、ふーっと温かい溜め息が腹の底からつき上げてきた。

浮上してみて、そこに奇跡があったことを知った。

奇跡というのは、艦外の上部構造物のなかに魚雷射出用の高圧空気気蓄器が取り付けてある。それが第二回目の爆雷が直上で炸裂したので、そのパイプの根もとがふっ飛んでしまったのだ。青い海面に真っ白い気泡がもくもくと噴出する。せっかく海中深く身を隠していたのだが、ここにいますよと、わざわざ位置を示しながら沈没をまぬがれたのは、僥倖(ぎょうこう)というよりほかはない。

これがまた、一面では艦の生命を救った結果となったのである。ものすごく噴出する高圧空気の気泡を上から見て、敵艦も、日本の潜水艦一隻を確実に撃沈したものと思ったのであろう。そして夜がおとずれたので、身の危険を感じて引きあげたものと思われる。

しかし、本艦はこれで死神の手から逃れたわけではなかった。その後、ブイン輸送に従事中、沈没の憂き目をみている。いまなお戦友の遺体を乗せたまま、ソロモンの海底ふかく眠っている。

呂五〇潜ルソン東方沖出撃記

使いやすく実用的といわれた中型潜水艦の哨戒襲撃行

当時「呂五〇潜」軍医長・海軍軍医中尉　浜口凱雄

昭和十九年十一月八日、当時、呉海軍病院に勤務していた私は、第六艦隊司令部付の転勤命令をうけ、十日、呉軍港にいる旗艦の潜水母艦「筑紫丸」に着任した。そして、第三十四潜水隊司令の承命服務として、就役まもない呂号第五十潜水艦（以下は呂五〇潜と略す）の初代軍医長を命じられたのである。

呂五〇潜は昭和十九年七月に艤装を完了した排水量一二〇〇トンの中型潜水艦で、第十一潜水戦隊で各種のテストを受け、私が着任する数日前に第三十四潜水隊に配属されたばかりであった。ただちに乗艦すると、艦内は臨戦準備でごったがえしていた。

明くる十一日は、私の職掌である医薬品の搭載に忙殺されていたが、午後になって、第六艦隊長官の三輪茂義中将の巡視が、姉妹艦の呂四九潜とあわせておこなわれた。

十二日からは、最後の訓練航海が伊予灘で五日間にわたっておこなわれた。私ははじめての潜水艦勤務のため、最初はいくぶんまごついたが、海には以前から自信があったのですぐに馴れ、海底の静けさに大きな安心感をおぼえた。

その間にも、僚艦呂四九潜の出撃を瀬戸内海で見送り、われわれもすぐに続くからと、決死の覚悟になおも身をひきしめるのであった。

この頃になると、日米の決戦はフィリピンをめぐる攻防戦がいよいよ激しさをまし、連合軍はルソン島上陸を開始しようとしていた。一方、これに対抗すべきわが海上艦隊や航空隊は、圧倒的な敵兵力の前に制圧されており、われわれ潜水部隊の責任は非常に重くなっていたのである。

そんなあわただしい中ではあったが、呉のある料亭で私の歓迎会や壮行会がひらかれ、士官室の空気にも知らずしらずのうちに慣れていった。

私が軍医学校にいたころ、分隊監事が歴戦の潜水艦乗りの真田軍医大尉(比島で戦死)であったため、私たちの分隊からは潜水艦の軍医長を志願するものが、もっとも多かった。しかし、私より先に潜水艦に赴任した七人の軍医長のうち、すでに四人が艦と運命を共にして海の藻屑となっていた。生き残ったわれわれは、この恨みはかならず晴らしてやろうと意気込むのであった。

出撃前夜の十八日、私は呉潜水艦基地の一室で、二度と帰れぬかも知れぬ故国での最後の一夜を惜しんだ。万一の場合を考えて私物を整理したが、不思議にも遺書を書く気にはなれなかった。見上げると、銀河が悲しいまでに澄みきった空に流れている。

目をつぶると、なつかしい肉親や友人たちの姿が瞼(まぶた)に去来するが、出撃を明日にひかえた緊張の疲れからか、いつのまにか眠っていた。

汗と油にまみれた初出撃

昭和十九年十一月十九日、空は高くすみわたり、われわれの壮途を祝すかのようであった。呂五〇潜にとって、これが初めての出撃であり、私もまた初陣である。呉工廠総務部前の桟橋に係留される本艦に、長官はじめ艦隊参謀らが来艦して、はげましの訓示をおくった。

やがて出港用意のラッパがひびくと、『南無八幡大菩薩』と墨痕もあざやかな幟（のぼり）をつけた潜望鏡がするするとのびて、秋風にひるがえった。立石航海長が鶴岡八幡宮からもらってきた「お守り」をひめた白鉢巻を総員がキリッとしめ、当直員はそれぞれの配置につき、非番員だけが甲板に整列した。

防寒服をまとって艦橋に立つ木村正男艦長が、落ちついた低音（バス）で号令をくだした。

「両舷、前進微速！」

呂五〇潜は、ブルンブルンという快いエンジン音に身をゆすりながら、ゆっくりと僚艦からはなれていく。

「モヤイはなせ！」先任将校の鈴木大尉の甲高い声がひびくと、前後甲板に整列する非番員がいっせいに綱をひいて走ると、またすぐに元の位置にもどる。呉工廠の桟橋や僚艦の甲板には、戦友たちが黒山のようになって激励の言葉をかけてくれた。

どこからか『轟沈』の力強い合唱がわきおこり、送る者も、送られる者も力いっぱいに手を振り、帽子を振るのであった。こう書くと、一見はなやかな出撃風景であるが、実際はみな汗と重油でまっ黒に汚れ、何となくうす汚い出撃であった。

「取舵（とりかじ）いっぱい」で艦首を港口にむけると、呂五〇潜は徐々に速力を増していく。停泊中の各艦の甲板からも、さかんに帽子を振っている。港の出口まで、後になり先になりしてわれわれを見送る三輪長官の内火艇とも別れるときがくると、われわれはみな狂ったように帽子を振った。

呉の軍港も見えなくなり、早瀬の瀬戸をすぎるころには、非番員たちもそれぞれの配置へ帰っていた。そして十二時三十分、「総員集合」の号令で後甲板にあつまり、波静かな内海で艦長より出撃に際しての訓示と所感がのべられた。つづいて先任将校や航海長より、各種の注意事項および本艦の行動予定が伝達された。

こうして、呂五〇潜にあたえられた任務が、フィリピン近海における哨戒であることを知ったのである。当時、十月十七日に米軍がレイテ島に上陸を敢行し、それにともなってレイテ島の入口付近で日米艦隊が激突し、わが方がそうとうな被害をこうむったことは知っていた。しかし、その戦いで瑞鶴、瑞鳳、千代田、千歳の四空母をはじめ、戦艦の扶桑、山城、武蔵など、水上艦艇のほとんどが撃沈されてしまったことは知らなかった。

作戦命令の伝達がおわると、ただちに「合戦準備」が命じられ、艦橋ハッチだけをのこして、ほかのすべてのハッチが閉ざされた。もうこれからは帰投するまで、哨戒員以外はいっさい太陽はもちろん、月にも、星にも、大気にも接することができないのだ。

艦橋で思いきり深呼吸をしながら、だんだんと遠のいていく瀬戸内の山々や、猛訓練に明けくれた佐伯湾をながめ、感慨無量の思いで司令塔のハッチからラッタルを降りて艦内に入った。これからは軍医長として、七十五名の乗組員たちの健康を守る責任があるのだ。

初体験の爆雷攻撃

豊後水道を通過するころから、艦はかなりガブリだした。目的のフィリピン沖まで、敵に見つからないかぎり水上航走で急行するという。呂五〇潜の速力は、水上十九ノット、水中八ノットで海中型と呼ばれた。

十一月二十日の午前十時半ごろ、突然けたたましい警急ベルが鳴りひびき、呂五〇潜は急速潜航にうつった。ディーゼルは止められ、ここちよい電気モーターのうなりにかわって、艦ははやくも五十メートルの海底にあった。司令塔より「敵潜の潜望鏡を発見」という艦長の殺気だった声がつたわってくる。豊後水道をこえれば、すでに敵の潜水艦が警戒網をはって、われわれの出撃を見張っているのだ。

聴音室から「感度二」を伝えられたが、どうやら敵に発見されることなく、これをやり過ごすことができたようだった。水上航走から海面下への全没までわずか二十七秒という猛訓練の結果を、充分に発揮したのである。

潜航三十分、ふたたび浮上して水上航走をつづけたが、それから二時間くらいして、彼我不明の水偵を発見、急速潜航した。こうして、潜航のまま昼食をとったが、食事中、木村艦

長は笑いながら、

「忙しくなるぞ、この調子では早く哨戒区まで行きたいね」といった。士官室では初陣の血祭りをもとめて、なごやかな空気にあふれていた。

二十二日午前八時四十五分、水上航走で南下中、突如として敵の水上偵察機が六千メートルほどの高度にうかぶ雲間からあらわれ、呂五〇潜に急降下してきた。

「両舷停止！　潜航いそげ！」哨戒長の怒号がとび、あわただしい警急ベルと同時に艦は急速潜航した。深度四十メートルまで潜航したとき、爆発音が二回、海底にとどろいた。

初めてうける爆雷攻撃であったが、さいわいにして被害もなく、敵機の去るのを待って浮上した。こうして艦は台湾沖を南下し、目的地まであと三百浬（約五五五キロ）とせまった。

二十三日にも、また敵哨戒機の攻撃をうけ、いまや日中の水上航走は危険であることを思い知らされ、この日は日没まで潜航ときまった。乗組員たちは当直員をのこして、すべてベッドに横になった。海底はじつに静かである。

軍医長としての最大の任務は、艦内衛生の注意である。潜航後は一時間ごとに酸素、炭酸ガス、温度、湿度などを測定する。潜航八時間目に、炭酸ガス二・六九パーセント（正常な空気では〇・〇三パーセント）となった。

酸素ボンベも炭酸ガス吸着剤もまだつかわないが、暑苦しさに汗で身体がベトベトになってしまう。

夕食後、潜航十時間で静かな海底から暗夜の海上に浮上した。潜航中は苦しかったが、浮

呂50潜。司令塔を高くし長さ8mの潜望鏡2本を装備した

上してしまえば、流れこむ空気の美味さに何もかも忘れてしまう。乗組員たちは交代で司令塔の下にあつまってタバコを喫った。

哨戒区であるルソン島の東方海面まで、あとわずかとなったため、二十四日からは長時間潜航にうつった。艦は敵の制海権内にはいりつつあり、いつ発見されるかもわからない状況にあるからである。日の出前にもぐって、日没後に浮上する苦しい毎日が、これからつづくのであった。

しかし潜航すると、かえってわれわれは安心感でホッとした。海底の静けさの中で、モーターのうなりのみが気持よくひびき、非番員は艦内の暑苦しさも忘れて、いつのまにか眠りこんでしまうのだった。

ルソン島沖の初凱歌

十一月二十五日午前五時二十八分、突如ひびきわたる、急速潜航のけたたましい警急ベルに飛び起きた。

「べべべ、ベントをひらけ！」

そうとうに泡を食ったような先任将校の大声が、司令塔から聞こえる。ダウン三五度の急角度潜航に、頭上のラジオがすべり落ちてきた。艦はまたたくまに潜航をおこない、ちょうど厠(かわや)(便所)に入っていた艦長が、あわてて司令塔へ走っていく。敵の駆逐艦一隻が、暁闇のなかから呂五〇潜のすぐ前方を横ぎったらしい。

こいつを初陣の血祭りにしようと、総員は息づまるような思いで攻撃命令を待った。一時間ほど海底からこの駆逐艦を追ったが、どうやら逃がしてしまったらしい。激しい緊張からとき放された乗組員は、なおも警戒をつづけながら、交代で朝食をとった。

一方、士官室では「こんなところに駆逐艦が一隻だけとは怪しい」と艦長を中心に海図をひろげ、作戦に懸命のようである。

ふたたび駆逐艦三隻のスクリュー音が聞かれ、聴音室からは「感度二」と報告された。ついに好機がおとずれたのである。われわれは敵の機動部隊か、輸送船団の航路上にいるのだ。つづいて電探室から、

「一二〇キロ北方、機動部隊ないし輸送船団の上空直衛機らしきものを探知」と知らせてきた。ジリジリした気持で、息をつめてわれわれは待った。

五時間後、ついにスクリューの集団音をとらえた。感度は二から三、三から四へと高くなる。ついに敵艦隊とぶつかったのである。

十一時二十分、「総員配置につけッ」の命令がでる。潜望鏡がラモン湾の沖で敵機動部隊を発見したのだ。私は高鳴る鼓動をおさえることができなかった。

「爆雷戦防禦、魚雷戦用意、戦闘魚雷戦!」木村艦長のすさまじい号令が、矢つぎ早にとぶ。

一瞬、艦内は静寂につつまれ、だれ一人として配置から身動きもしない。

「射てッ！」

十二時十一分であった。はじめて聞く「九五式酸素魚雷」の快調な発射音が四つ、つづけざまにひびいて、敵艦隊めがけて突進してゆくのがわかる。

艦内は静まりかえり、みなの目は砂時計をにらむ。やがて、不気味な衝撃音が三回と爆発音一回が聞こえ、その後、轟然と誘爆音が海底にひびく。ただちに戦果を確認するため、瞬時だけ露頂し、また海底に沈んだ。

すでに敵は、われわれを必死になって捜索しているはずである。いまにも敵の制圧爆雷がやってくると考えると、思わず冷や汗が腋の下からスーッとにじみ出る。そして、言葉にならぬ目差しで、私の配置の士官室内で暗号長や若い電信員たちと見つめ合った。

しばらくはなんの音も聞こえなかったが、突如、聴音室から恐怖の報せがもたらされた。

「右舷三〇度、感一、感二、感三。だんだん近づきます」

敵駆逐艦の爆雷攻撃を考えると、息づまりそうになる。

「感四、感四、感五、全周感度いっぱい、感度いっぱい、艦上を通過します。艦上通過！」

その瞬間、シュルシュルという駆逐艦のスクリュー音と、トタン屋根を夕立がたたくような探信儀の音がして、敵駆逐艦が頭上を通過するのがわかる。呂五〇潜は八十メートルの海底にいる。いま爆雷攻撃をうけたらあぶない。思わず目を閉じたまま、歯をくいしばった。

ドドーンドーンという、百雷が一度に落ちたような爆雷の爆発音が聞こえ、つづいて艦はビリビリッと震動する。しかし、電球が割れないところをみると、どうやら至近弾ではなさそうだ。三隻の駆逐艦がつぎつぎと頭上を通過していくが、どうやら敵は、われわれの潜伏位置をつかみかねているようだ。

駆逐艦から投下される爆雷の爆発音が遠雷のように聞こえる。四千から五千メートルくらい離れているな、と話していると、またもスクリュー音が近づいてきた。しかし、これも頭上を通過していった。

こうして敵の爆雷攻撃は夕方までつづけられたが、ついに至近弾は一発も受けなかった。遠雷を思わせる爆雷音を聞きながら、若い兵員たちはしきりに熱糧食をほおばっている。やがて、海底に静寂がもどり日没後二時間がすぎたころ、艦長の元気な声がひびきわたった。

「爆雷戦防禦、要具おさめ、浮きあがれッ！」いよいよ浮上だ。「メインタンクブロー」ダッダッと艦は二、三度、大きく横にゆれると、力強いディーゼル音にかわった。浮上直前、艦内の炭酸ガス濃度は三パーセントにまであがったが、緊張のためか苦しいとも思わなかった。しかし、艦橋から流れこむ新鮮な空気を胸いっぱいに吸いこんだとき、生きる喜びをしみじみと味わったのである。

缶詰の赤飯で初陣の凱歌を祝しているとき、木村艦長は、今日一日の生死をかけた戦いを回想して、ポツリポツリと語るのであった。

「戦艦を先頭に、空母三隻、周囲に駆逐艦八隻がいる、いわゆる輪形陣がはっきり潜望鏡にうつったのは、感三から感四のころで、二度目に露頂したときであった。護衛艦の下を潜航し、三度目に潜望鏡をあげたときは、八百メートルくらいの近距離にワスプ型空母が飛行機を収容中であった。あまりの近距離に、思わず〝射てッ〟の号令をかけたが、距離も方向も告げる暇がなかった」

その夜のうちにラモン湾を一時、東へ避退した呂五〇潜は、翌日は海底で休養した。ラジオのスイッチをいれると、ちょうどニュースの時間で、本艦の戦果が発表されていた。

『わが潜水艦は十一月二十五日、ルソン島東方海面において敵機動部隊を攻撃し、中型航空母艦ならびに駆逐艦各一隻を撃沈せり』

この放送を聞いて、私の胸はうれしさで一杯になった。しかし、この戦果をあげた潜水艦に私が乗っていようとは、故郷の父母は知るよしもないだろう。

海底で聞く〝赤城の子守唄〟

その後も呂五〇潜はルソン島沖で哨戒任務についていた。毎日、昼は海底に潜航し、日没後に浮上するという、夜と昼がさかさまになった生活がつづく。

こうした単調な生活のなかで、乗員たちの楽しみのひとつにレコード鑑賞があった。これは私の仕事でもあり、出撃の前日に広島で買いあつめた三十数枚のレコードを毎日のようにかけた。レコードのなかには、暑さや湿気のために曲がりくねったものや、壊れたものもあったが、いちばん貴重な娯楽品だった。乗組員は、ワカナの漫才や東海林(しょうじ)太郎の「赤城の子守唄」ばかり聞かされるので、すっかり覚えこんでしまった。水兵たちはみな舞鶴海兵団の出身なので、ズーズー弁の漫才がわれわれを喜ばせてくれた。

このほか、乗組員たちの楽しみに夜食があった。主計長の乗っていないわが呂五〇潜では、軍医長の私が夜食の献立を炊事室の主計兵曹に指示しなければならなかった。そして、その夜食もうどん、みつ豆のようなあっさりした、しかも消化のよいものに注意しなければならなかった。

呉出港後、十日もすぎると果物や野菜はすでになく、栄養がかたよらないように、私は強制的にビタミン剤を服用させた。夜食に「うどん」と士官室の黒板に書くと、いちばん喜ぶのは機関長であった。そして、夜食の時間になると士官室にあつまり、艦長をのぞいてはみな独身者ばかりなので、呉の料理屋の娘さんの話などに花が咲いていた。

そんなとき、隣りの哨戒区でがんばっていた呂四九潜が、急速潜航におくれて、敵の駆逐艦にジャンピングワイヤーを切断され、さらに聴音機も破壊されたため、呉の司令部から帰投命令がでた。

やがて十二月八日、三度目の開戦記念日をむかえた。昭和十六年の開戦時より破竹の勢いで太平洋を席巻した無敵の帝国海軍も、去る十月二十五日のレイテ海戦で壊滅的な打撃をうけて比島付近から後退、いまやこの近海にいるのは、われわれ潜水艦部隊だけである。歴戦の戦艦武蔵、扶桑、金剛は撃沈され、長門は損傷して呉に引きあげたらしい。大和は瀬戸内海に残存、空母もほとんど役に立たず、頼むは潜水艦と航空機のみになっているのだ。

艦長の話によると、必殺の人間魚雷「回天」の第一陣「菊水隊」が、十一月二十日、すなわちわが呂五〇潜が呉を出撃した翌日に、伊三六潜、伊三七潜、伊四七潜の三隻から発進して特攻を敢行、多大の戦果をあげたという。しかし、伊三七潜だけは消息をたち、回天とともに撃沈されたものと思われた。

その夜、司令部から帰投命令がでた。出撃いらい二十一日、燃料も残り少なくなっている。乗員はみな不精髭（ひげ）で顔中が髭だらけになっており、私は水虫に悩まされていた。しかし、敵の機動部隊がふたたびフィリピンに近づきつつあるらしく、しきりに電波探信儀に感じられるので、明日もまた索敵することになった。

明けて十二月九日、緊張した最後の索敵がつづけられたが、敵影はついに発見できなかった。夜になって浮上すると、出撃以来のひどいガブリで、卓上の食器が右に左に暴れまわっていた。

こうして呂五〇潜は初陣の任務をおえて、帰路についたのである。しかし、事故はこのような長い緊張から解放された気のゆるみから起こるものだ。一人の不注意は総員、そして潜水艦一隻を海底から浮上できなくする。われわれ潜水艦乗りは、全員戦死か全員生還のどちらかである。海底から一部の者だけが助かる可能性は考えられないのだ。

だから、なおもわれわれは気をひきしめて、故国へといそいだ。十二月十五日、豊後水道の東口を通過して伊予灘へはいった。

「合戦準備、要具おさめ、ハッチひらけ！」

赤さびたハッチからおどり出て、甲板にとび出した。一ヵ月ぶりにふれる外気のすがすがしさは、忘れることができなかった。生きる喜び、空気のうまさが身にしみた。夕暮れがせまる内海の山々、あおぎ見る冬空の星のまたたきは、まぎれもなく祖国の姿であった。

その夜は佐伯湾に仮泊して、明くる十六日、一ヵ月の作戦をおえて、なつかしい母港・呉へ帰ってきた。呉工廠前の桟橋に横付けされると、すぐに艦隊軍医長やクラスの者たちがとびこんできて、抱き合いながら再会と生還を喜びあったのである。

ふたたび壮途につく

フィリピン方面での作戦をおえたのち、呂五〇潜はドックへ入ったので、軍医長の仕事はひまになった。とはいえ再度の出撃にそなえて戦備作業がつづいている。私は乗員の身体検査や薬品の積み込みに呉海軍病院へかよった。呉病院では福井信立院長や、私を指導してくれた竹村軍医少佐によくお世話になった。

やがて年もあらたまり、昭和二十年を迎えた。私のような若年の軍医長では、作戦がどうなっているのか、さっぱりわからない。わが第六艦隊の司令部も、筑紫丸から旧潜水学校跡に上陸していた。一方、戦況の方は、フィリピン西方のリンガエンに敵が上陸しはじめており、基地隊の空気も重苦しい。

そんなとき、本艦のドック入りを利用して、交代で帰郷が許された。このつぎの出撃では、まず生還は期し得ないので、一日でも父母に逢いたかった。

敵を求めて出撃する呂50潜。昭和20年2月、
呂50潜は比島東方洋上でLST577を撃沈した

一月一日、偶然にも帰省中の弟たちとも会うことができて、私は家族全員で新春を祝った。そして、もはや二度と生きて故郷へ帰ることはできまいと、断腸の思いで両親に別れをつげ、あわただしく墓参休暇から呉にかえった。

呉へもどってしばらくすると、呂五〇潜もドックを出て、ふたたび猛訓練がはじまった。柱島から佐伯湾に出て、急速潜航や魚雷発射の訓練が連日つづいた。私はラッタルから飛びこんで足をねんざした者や、打撲傷の処置におわれたが、大した怪我もなく訓練はつづけられた。

内海での訓練中に、潜水空母の伊四〇〇潜とはじめて出会った。排水量五五〇〇トン、攻撃機三機をつみ、潜航したまま太平洋を三往復できるという話はうすうす聞いていたが、目のあたりにして、その巨大さに驚かされた。
それにくらべて、私の乗り組んでいる呂五〇潜の何と小さいことか。

しかし、われわれ七十五名の乗組員は、初陣いらい一家族のように辛苦を共にしているので、他のどの艦よりも安心感が強かった。訓練がおわって上甲板に出れば、内海の島々は冬の太陽の残光に暮れゆき、航跡がはるか彼方に消えていくのであった。訓練期間中にも、回天特攻隊の悲壮な出撃を何回も見送った。出撃中の僚艦からもいろいろの情報がはいったが、その半分は母港に帰ってこなかった。僚艦の呂四六潜が戦艦一隻を撃沈という無線がはいった。しかし、先日出撃を見送った呂五五潜はかえらず、軍医学校でおなじ分隊であった高野軍医が乗り組む伊四八潜も、消息を絶ってしまった。

いよいよ次は私の番かと思えば、枕元に聞こえる波濤の音が耳につき、眠れぬ夜もあった。そして出撃も間近にせまり、身のまわりの整理をおこなった。第一回目の出撃のときは、遺書を書く気にもなれず余裕があったが、今度の出撃は生還を期しえない不安感を、どうしても否めなかったのである。私はその心をノートに記した。

『父上、母上、いよいよ別離の日がまいりました。二十五年間、私をこれまでに育(はぐく)んで下さったご恩は何時までも忘れません。今まで恩顧をうけた森上先生はじめ郷土の人々のご健康を祈りつつ出撃します。身体の調子も至極順調、呂五〇潜とともに海底よりふたたび浮上せざる死地に至ってもまったく男子の本懐、お召しとあらば、皇軍の一人として、誓って恥じざる覚悟にいます。祖国の安泰を念じつつ……』

覚悟はきまった。しかし、本心、苦しい覚悟だった。国力を疑うことなく、ひたむきに戦い、すでに戦死した同僚の方が幸福であったかも知れない。

出撃をひかえ、呂五〇潜が装備する八〇ミリ高角砲一門、二五ミリ連装機銃二基用の弾薬をはじめ、必殺の魚雷十本、それに糧食が艦内につみこまれ、食事などは並べられた缶詰の上にすわって食べなければならなかった。

一月二十三日、いよいよ二度目の出撃である。十二時十五分に司令長官の三輪茂義中将が幕僚とともに来艦され、後甲板に用意された檀上に立って、一同に訓示をあたえた。

こうして訓示がおわると、「出発用意」のラッパが嚠喨（りゅうりょう）と鳴りひびいた。司令塔に立つ木村艦長より、

「出港用意、錨を上げッ！」との号令がひびく。「両舷前進、微速」

刻一刻、岸壁をはなれる呂五〇潜の潜望鏡に、初陣のときとおなじく『南無八幡大菩薩』の幟が、するすると上がる。司令部の内火艇をはじめ、桟橋や泊地に在泊中の各艦、そして岸壁にあつまる多くの人々の熱烈な見送りをうけて、呂五〇潜は二度目の壮途についたのであった。

突っこんできた米駆逐艦

出撃の夜は安下庄沖で仮宿し、翌日から、呂五〇潜は南下をはじめた。ところで呂五〇潜

は、まだ今回の作戦命令を受けていなかった。台湾沖へ達したときに、司令部から無線で命令を伝達してくるらしい。現在の戦局から推理して、つぎの三つのうちの一つが命令されると考えられた。

一、前回の出撃とおなじく、フィリピン東方海面における敵補給路の遮断

二、レイテ島に近づき、敵艦船の背後を攻撃

三、比島（アパリ、バドリオ）より、台湾へのパイロットの輸送

「捷」号作戦にともなう航空戦の敗北は、潜水艦でパイロットを転進させるという悲しむべき様相を呈したのである。出撃前の長官の訓示でも、祖国の興亡はここ数旬のうちにきまる、といわれていた。われわれは、いまや海の先兵として敵の制海権内に突入するのである。

しかし、悲壮な戦局とはうらはらに、私には悲壮な感じもなければ、案外淡々とした気持で、食欲も旺盛であった。十六ノットの水上航走で快調に南下し、奄美大島もすぎたころ、士官室で寝ころんでいると、前部兵員室から「裏町人生」のレコードが流れてきて、娑婆をなつかしく思い出した。

一月二十八日には、台湾とフィリピンとの間に横たわるバシー海峡にさしかかり、翌日からは長時間潜航にうつって敵艦船をもとめ、索敵を開始した。そして二月二日の午前九時半、ついに敵艦を探知した。

「ディーゼル音、感二」単艦でレイテ方面へ向かっているらしい。「魚雷戦用意！」

だんだんと感度があがり、艦内の緊張も高まっていく。潜望鏡でも艦影をとらえた。ジグザグ航走で射程距離まで接近したが、病院船であったため、艦長は攻撃を断念した。

その後、一時間ほどして、またも船団らしいスクリュー音がキャッチされはじめた。さっそく聴音室で耳をすませていると、どうやら駆逐艦らしい。数隻はいるようだ。レシーバーにはっきりとスクリュー音が伝わってくる。

艦内は静寂そのもので、聴音室ではダイヤルが左右にまわされる。右舷からスクリュー音が近づいてくる。露頂だ。

「戦闘魚雷戦！」艦長のおちついた声が、伝声管からひびいた。まさに息づまる瞬間である。そのとき、突如として、「左舷感三！」

誰しもがドキッとした。いままで聞こえなかったスクリューの音が、左から突っ込んできたのだ。あぶない、呂五〇潜は急速潜航で深度八十メートルまで沈んだ。敵艦は感四から感五へと近づき、本艦の頭上を通過してゆき、無気味なスクリュー音が走り去っていった。

スクリュー音が近づくとき、われわれは胸を押しつぶされそうな、不安な一秒一秒であった。しかし、幸いにも敵はわれわれを探知できなかったらしく、爆雷攻撃もおこなわず、パラオの方向へ去ってしまった。

翌日もディーゼルおよびタービン音よりなる船団をキャッチし、至近距離一千メートルまで近づいたが、旧式の駆逐艦と海防艦よりなる敵の哨戒群と確認され、あんなボロ艦と心中してはたまらないので、襲撃を中止した。また、哨戒機がさかんに飛んでいるらしく、電探にしきりに入ってくる。

死の恐怖におそわれて

二月十一日午前八時四十分、待望の輸送船団らしいタービン音をとらえた。ただちに「爆雷戦防禦」の号令がだされて、各区は厳重に防水扉が閉められた。私は前部兵員室にゆき、聴音機で耳をすませていた。深度四十メートル、両舷第一戦速で追跡にうつっている。気持のよいピッチングで、しだいに接敵する。聴音機のダイヤルは、右に左に動く。感度は二から三に上昇した。

午前九時、感度四。無数のタービン音と、それにまじってディーゼルのスクリュー音が、レシーバーいっぱいに聞こえる。五分後、「戦闘魚雷戦」の号令がかかる。潜望鏡が露頂したのだ。

「第四射法、発射用意、射てッ!」

矢つぎ早に艦長の命令がくだる。四本の魚雷は、規則ただしい間隔をおいて快適に発射された。全神経を魚雷の発射音に集中し、あとは命中を神に祈るのみであった。

息づまる緊張のなかに何秒かが経過した。ドシッ、ドシッ、ダッダーン! と海底をゆるがすような動揺がつたわってきた。思わず司令塔からも、兵員室からも「やった、ばんざい!」と大声で叫ぶ声が聞こえる。

「いまのは一万トン級輸送船に命中。轟沈」ざわめきのなかで、艦長の報告が伝声管からつたえられてくる。敵駆逐艦の爆雷攻撃をさけるため、艦は急角度で深々度へ潜航する。そして、その間にも艦長の報告はつづく。「海上はスコール、露頂したら、目前に大型輸送船の横腹が見えた。距離八〇〇で発射、轟沈。駆逐艦がおるから注意しろ」

冷却器などの音源になるものは、すべて停止した。また、艦内を歩いても音がしないように、毛皮を敷いた。そして不気味な静寂を保ったまま、退避をはじめた。

それから数時間、海上はすでに日が暮れていたが、なおも敵の爆雷攻撃がつづけられ、遠雷のような爆発音がひびく。日没もすぎ、潜航十三時間ともなれば、艦内の空気はにごって呼吸困難となり、頭痛がしてくる。みな一刻も早く、新鮮な空気を吸いたい。

「潜航やめ、浮上用意！」の号令がかけられた。こんどは聴音手から「周囲に感度なし」の報告がきた。さあ浮上だ。

闇夜の海上に浮かびあがった呂五〇潜は、北にむかって水上航走中、用意していた戦果を打電した。ところが、これが失敗だった。敵はスクリューを止めて、われわれの浮上を待ちかまえていたのだ。

われわれの発した電波によって方位を測定され、敵駆逐艦群の探照灯で、いきなり照射されたのである。たちまち緊急ベルがけたたましく鳴りはじめ、哨戒員が脱兎のごとく艦橋からすべりこんできた。

「急速潜航！」哨戒長の先任将校が、興奮しながら艦長に報告した。

しかし、本艦が潜航をはじめるころには、右舷から敵駆逐艦につっこまれ、後甲板から艦

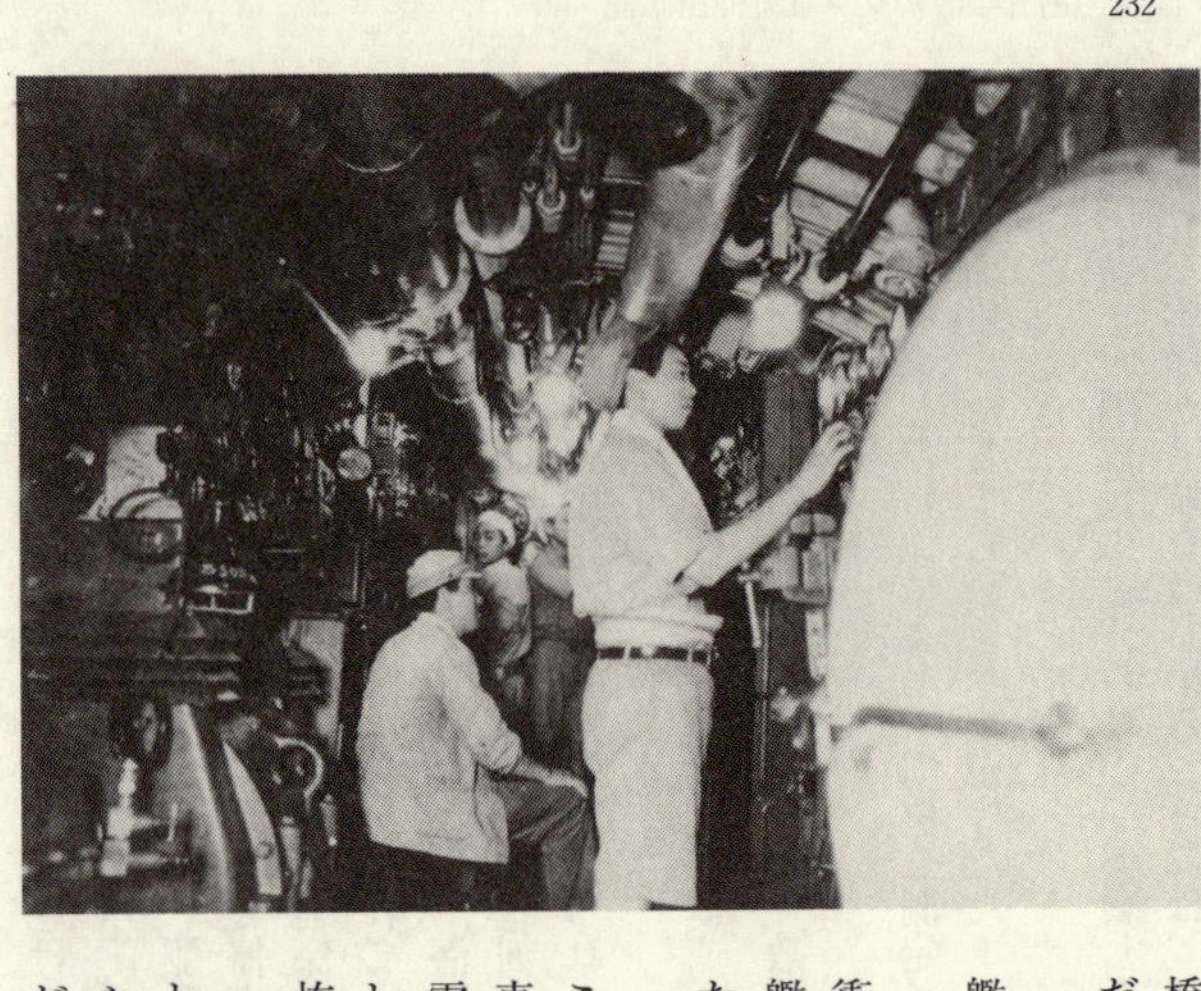

橋にかけて、まばゆいばかりの探照灯に照らしだされてしまった。

全員が顔面蒼白となり、無言のままである。

艦は二十メートルから三十メートルへ潜航する。一分後、呂五〇潜は裂かれるような、物すごい衝撃をうけた。敵の爆雷攻撃がはじまったのだ。艦は左右に大きくゆれて、天井につるしてあったさまざまな機械類が落ちてくる。

また、耐震装置のついている電灯のカバーが、こっぱみじんに破れとんで、艦内は一瞬にして真っ暗闇となった。海底深く潜航していても、電灯さえついていれば、希望も持てたであろう。しかし、その電灯が消えてしまうと、不安と恐怖が急速に覆いかぶさってきて、声も出ない。

深度八十メートル、反転してやってくるぞ、と思った瞬間、不気味なスクリュー音が近づくやいなや「ドカン、ドカン！」と猛烈な至近弾が、潜水艦を前後左右にゆさぶる。

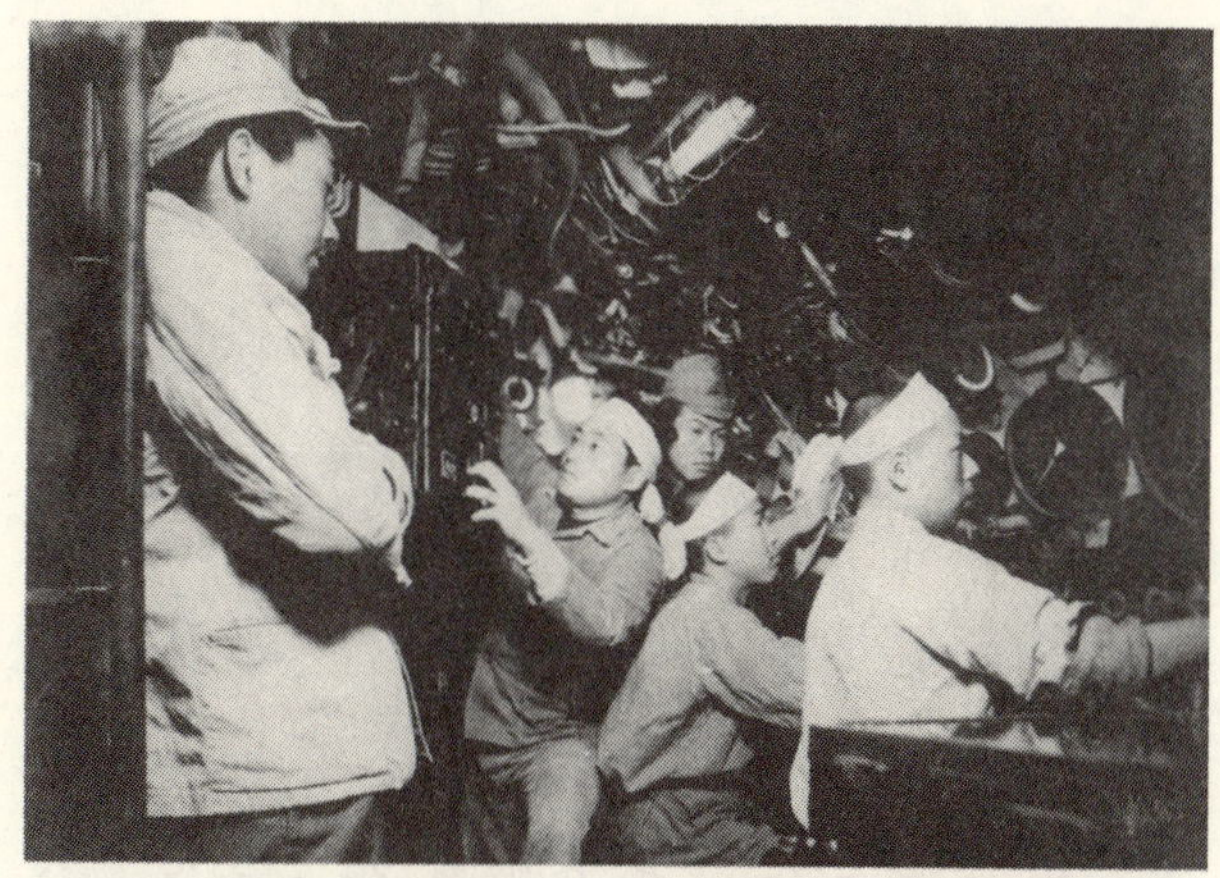

写真3点とも呂50潜の艦内状況。通商破壊や沿岸防禦に最も実用的だったといわれ、18隻建造された中型（呂35潜級）のうち、制圧をかいくぐって終戦を迎えたのは本艦のみだった

まるで爆雷の火薬の匂いまでが鼻につくような錯覚におちいる。しかも、ミシッ、ミシッと艦がきしみ、気が気ではない。

二回目の爆雷攻撃がおわったのち、ただちに応急電源に切りかえて、電球がとりかえられた。ボーッと電灯がところどころに点滅し、やがて薄明るくなった。とにかく、まだ本艦はぶじなのだ。

明るくなった艦内を見ると、計器という計器が散乱し、時計もラジオも粉みじんにくだけて、惨憺たる光景である。前部発射管室の海原看護兵と伝声管で連絡をとったが、たいした外傷者はいないという。全員が生きている。しかし、ホッとする暇もなく、またも、「駆逐艦左二〇度、近づきます」と聴音室からの報告がくると同時に、ふたたび爆雷攻撃の嵐にみまわれた。敵駆逐艦が反転して、つぎの制圧をうけるまでの数分間は、いままでに経験したことのない死の恐怖におそわれて、いても立ってもいられない気持になる。

「面舵、両舷前進微速」防水扉をへだてた司令塔から、木村艦長のいつもと変わらぬ声が聞こえてきたとき、何と勇気づけられたことであろうか。

しばしの海底の静けさも、いきなりはじまった爆雷攻撃に破られた。艦は木の葉のように揺れ、ラッタルにしがみついたとき、鼻をつく異様な刺激性のガスに気づいた。消毒用のフォルマリンのビンが割れたのである。目が刺激されて涙がでるし、のどが痛い。すぐに全員が防毒マスクを着用した。

そんなとき、聴音室の内橋先任伍長がうれしい報告をしてきた。

「艦長、敵は駆逐艦一隻、あとしばらくのご辛抱です」

敵の爆雷も残り少ないと計算したらしい。しかし、深度計がこわれてしまっているため、現在、どれくらいの深度にいるのかわからない。水圧から計算して、深度一二〇メートルくらいという。安全深度八十メートルの呂五〇潜が、自滅もせずによく耐えたものである。

午後十一時三十分、やっと駆逐艦も去ったらしく、海底はまた前とおなじ静けさにもどった。午前零時三十分、「潜航やめ、ただ今より浮上する。メインタンクブロー」

さあ浮きあがれ、浮きあがってくれ。このときほど、神仏に念じたことはない。モーターからディーゼルに切りかえられ、呂五〇潜は大きく波に揺れながら、水上航走にうつった。「敵影なし」早くも艦橋におどりでた哨戒長の第一声がひびく。からくも生死の境をのがれたわが呂五〇潜は、北へ北へと戦場を離脱したのである。

懐かしき故国への帰還

翌日、昨夜からの悪戦苦闘にもかかわらず、乗組員たちは一睡もせずに被害箇所の修理にとりかかった。どこかのタンクがやられたらしく、航走にはさしつかえがないものの、艦は左へ傾斜したままで、なかなかバランスがとれない。

日がのぼるとともに呂五〇潜は潜航にうつったが、まだ安心はできなかった。艦の位置はレイテとマリアナの中間にあり、昨日の戦いが嘘のように静かな海底である。夜になってふたたび浮上、緊張したまま水上航走で北方へむかった。

明くる二月十三日、艦隊司令部より呂五〇潜にたいし、比島〜台湾間の「アパリ輸送作戦」に従事せよとの無線連絡が入った。士官室では終日、このための作戦会議がひらかれたが、重苦しい空気にとざされるのを、どうしようもなかった。

夜になって浮上後、ふたたび艦はフィリピンをめざした。そんなとき、哨戒員が艦橋から五、六貫（一貫は三・七五キロ）ほどもある鉄の輪を見つけてきた。一昨日の戦いで、われわれに地獄の苦しみを味わわせた敵の爆雷の破片であった。みなは、冷や汗をかく思いで見つめたのである。

二月十四日に、十一日夜の戦闘状況を司令部へ打電したところ、ただちに呉へ帰投せよ、という返事が入った。こうして呂五〇潜は、一路母港へと急ぐことになった。ここ数日は、夢も見ることのなかった故郷であるが、いざ帰投命令がでると故国への愛着の念を禁じがたいものがある。いっさいのことを忘れて、ひたすら祖国のためを思い、幾千里の海の彼方で作戦に従事していても、やはり故郷のことを忘れられるはずがなかった。

やがて台湾沖にさしかかったころ、米機動部隊による沖縄来襲の公算大なり、という電令により、さっそく索敵をおこなったが、ついに敵影を発見することができなかった。また、あと数日で母港に着くので、司令部へ提出する書類づくりにとりかかった。

わが軍医科の戦訓としては、作戦行動中に盲腸患者などがでたときに、腹部消毒のために使用するフォルマリン・アルコールの積み込みに注意する点を強調した。先日の戦いでは、敵の爆雷攻撃によって、チェストに格納してあったフォルマリンのビンが割れて、ガスが艦内に充満し、乗員は防毒マスクをつけなければならなかった。私は炭酸ガスの吸着剤であるアルカリセルロースを散布したが、その効果は神に祈るほかなかったのだ。

二月十七日、艦は台湾沖を快調に北上する。昼間の長時間潜航も今日でおわりとなり、いよいよ内地へ接近したことを感じる。士官も兵員も、髭がぼうぼうに伸びて、髭面のなかから眼光のみが光っている。故国へ帰れるわれわれの喜びとは裏腹に、硫黄島の戦況、東京の大空襲と悲観的な情報ばかりが入ってくる。

十八日からは、昼夜とも水上航走となり、沖縄東方にさしかかった。このころになると急に涼しくなり、汗と油によごれた防暑服をぬいだ。

今日は、昨日とちがい、うれしい情報があった。それは増沢清司艦長が指揮をとる呂一〇九潜が、大型空母一、巡洋艦一、駆逐艦一を撃沈する戦果をあげたという。呂一〇九潜（沿岸防備用として建造された小型／二〇三頁、三五二頁写真参照）は本艦より一まわり小さく、排水量は五二五トン、あの艦でよくやったものである。それにつけても、呉で訓練中に何回も出撃を見送った人間魚雷「回天」特攻隊の壮挙はどうなったであろうか気にかかった。

いよいよ内地へ近づき、十九日の夕刻には九州の山々が見えるのではないかと、心がはずんでくる。そんな気持でいる昼下がり、突然、雲間から艦上機が急降下してくるのを発見した。内地に近いことから、味方の局地戦闘機「雷電」かと思っていると、猛然と攻撃をしかけ、呂五〇潜は間一髪で急速潜航したが、至近弾三発が海底にとどろきわたり、艦をはげしく揺さぶった。

何とか攻撃をかわしはしたものの、士官室の掛時計のガラスがこっぱみじんとなり、せっかく整理した艦内は、またしても計器類が散乱して、目もあてられぬ惨状となった。さいわいにして浸水箇所はなかったが、故国を目前にして思わぬ冷や汗をかかされてしまった。

その後、呂五〇潜は一時間ほど潜航をつづけたのち浮上し、北上した。夕暮れ近くになって、味方の陸攻一機が南下するのが望見された。さらに日没直前、敵が敷設したものか、浮流機雷を発見したので、これを銃撃で処分したが、ものすごい爆発音と震動におどろかされた。知らずに触雷しようものなら、悲惨な結果をみたことはたしかであろう。ともかく、あわただしい一日であった。

二月二十日午前九時、豊後水道を通過した。母港へ刻一刻と近づいているのだ。

「合戦準備、要具おさめ」ハッチをひらくやいなや、艦橋へおどりでた。内海の山々が近づいてくる。ふたたび見ることは思いもよらなかった祖国の姿であった。私は寒気に吹きさらされながら、いつまでも艦橋にたたずんでいた。

午後三時三十分、停泊中の各艦に迎えられながら、呉工廠総務部前の桟橋に横付けされ、死の恐怖にみちた約一ヵ月の作戦行動もついに終わったのである。司令部から内火艇で参謀以下、各科の幕僚が来艦し、木村艦長から今回の作戦の概略を聞いたのち、被害箇所を視察した。とくにレイテ沖で爆雷攻撃をうけたメインタンクのくぼんだ部分や、艦橋にひっかかっていた爆雷の破片におどろいていた。

母港に帰りついた喜びに緊張がとかれると、私は心身ともに疲れはて、すぐにベッドにもぐりこんだ。しかし、夜半にふと目をさますと、まだ敵地にいるような錯覚におそわれ、工廠のクレーンの音やリベットのひびきにも、爆雷攻撃の恐怖を思いだして慄然とするのであった。

呂五〇潜は呉へ帰投したものの、どのドックも満員のため、舞鶴へ回航されることになった。そこで翌日に呉を出港、二十二日に舞鶴へ入港して、ただちにドックへ入った。

先ごろの作戦で損傷をうけた箇所の修理がはじまったが、三月一日をもって、私が司令部付に復帰したことを連絡してきた。こうして、木村艦長をはじめ、二回の作戦で生死を共にした乗組員と別れをおしみつつ、呂五〇潜をはなれた。

その後も呂五〇潜は出撃したが、武運にめぐまれていたのか終戦まで戦いぬき、第三十四潜水隊で生き残ったただ一隻の潜水艦となった。しかし木村艦長は、出撃直前に肋膜炎で入院した徳永正彦艦長にかわって呂四六潜に乗り込み、沖縄作戦に出撃したが、ついに未帰還となられたのである。

英主力艦撃沈までの隠密作戦秘録

あえて縁の下の力持ちにあまんじる索敵潜水艦の苦闘

当時 第三十潜水隊司令・海軍大佐 寺岡正雄

作戦にかんする大本営からの軍機極秘書類は、各艦の士官が直接、鎮守府で受けとり、出港後、開封の指令あるときまでは厳封のまま艦内に保管される。太平洋戦争のときがそうであった。すでに艦体、兵器、機関などの出撃準備いっさいをととのえ、パラオに向かって佐世保を出港したのは、昭和十六年十一月二十三日であった。

巡洋艦由良(ゆら)を旗艦とする第五潜水戦隊は、第二十九潜水隊(伊六二潜、伊六四潜)第三十潜水隊(伊六五潜、伊六六潜)および母艦りおでじゃねいろ丸の陣容で、私は第三十潜水隊の司令として、伊六五潜(伊号第六十五潜水艦)に乗っていた。

出港後は隠密行動をとり、戦隊内でいろいろ訓練をかさね、作戦計画について検討し、また敵東洋艦隊の各艦艇の写真艦型、情報をくりかえし研究した。われわれに与えられた任務は、開戦直前からフィリピン方面の監視であった。

パラオを補給基地として、フィリピンの各要地に配備される予定であったが、入港の二日前に、つぎの無電命令をうけた。——第五潜水戦隊をフィリピン部隊よりのぞき、南方部隊に編入す。同隊は海南島三亜に急行せよ、と。

戦隊は急ぎ反転し、足のおそい母艦を続航させることにして、十六ノットの速力で三亜に向かい、十二月五日の午前中に入港することができた。これより先の航海中に、十二月八日午前八時を開戦日時とする〝ニイタカヤマノボレ〟の暗号電報をうけとった。

三亜についてみると、上陸支援部隊などは出撃せるもの、あるいは今にも出動しようとするものなどが入りまじり、港内は緊張につつまれて、なにかとあわただしい。午後、母艦の到着とともに急ぎ補給に従い、夜半にいたって終了し、新しい作戦任務にこたえる打ち合わせもすませた。

レパルスに誤りなし

明くる六日の午前、出撃部隊の殿軍（しんがり）として泊地から錨を上げた。

一般に潜水部隊はまっさきに飛びだし、遠くへ派遣されるのが普通である。ところが予定変更のため、開戦時の配備にぎりぎりまで遅れたので、この変則態勢となったのである。泊地には待機の主隊と、補給部隊だけが残った。

初陣に胸おどらせながら、私は伊六五潜と伊六六潜をひきいて戦場に向かった。ちょうど北東の季節風にあたり、外洋は風波高く、ガンルームの寝台に休憩していた一士官が、ものすごいローリングのため投げ出されたくらいであった。

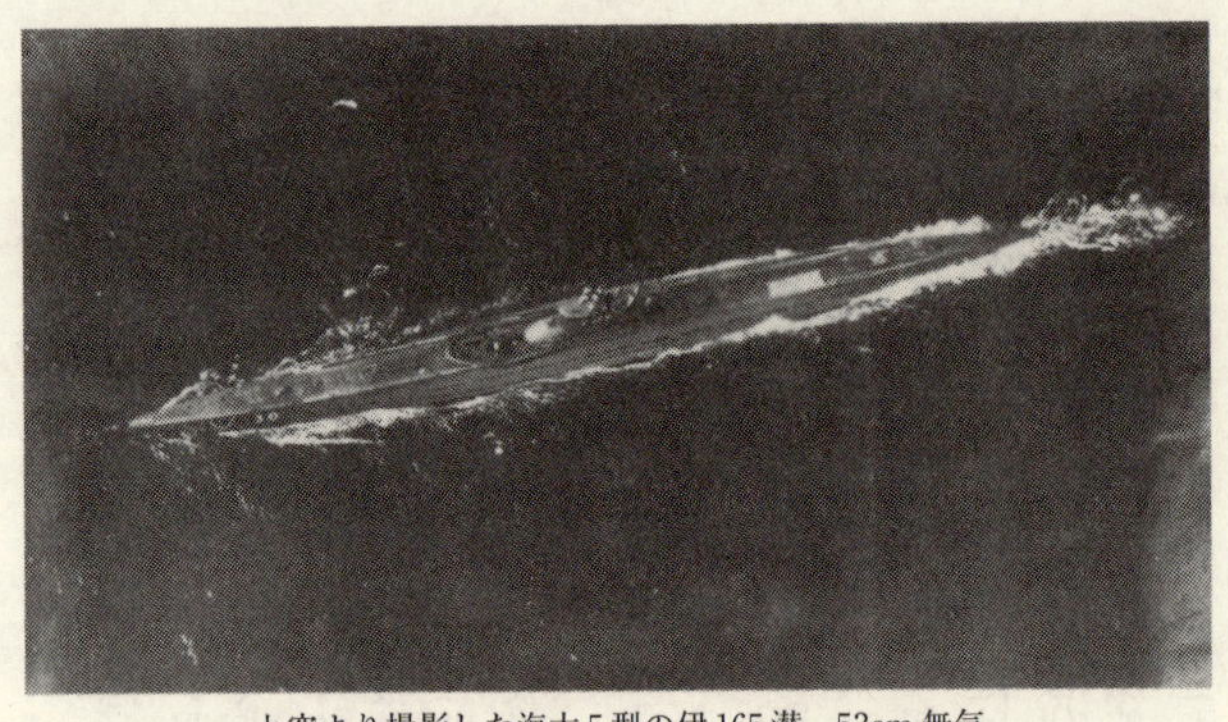

上空より撮影した海大5型の伊165潜。53cm無気泡発射管6門、10cm高角砲と12mm機銃が各1門

伊六六潜を配備点につかせるにさいし、つぎの手旗信号を送って激励した。――われら潜水艦乗員、多年、待望の時きたりぬ。日ごろの蘊蓄をかたむけ、一死奉公を期せよ。感激なにものかこれにすぎん。

途中、配備点をいくらか修正する電報がはいり、新配備点についたのは八日の正午前であった。ボルネオの西方、アナンバス島の北西方である。いちばん東のはしが伊六五潜、西へむかって伊六六潜、第二十九潜水隊、第四潜水隊の各艦が東西の一線上にならび、各艦の距離は三十浬とした。

配備点においては、昼間はつねに潜航し、毎時のはじめから二十分おきに、最初の五分間は観測と受信のため露頂するほか、航空機からのがれうる深度三十五をたもち、一時間ごとに南北に移動哨戒をおこない、艦内は二直哨戒にて警戒にあたった。

九日の午後三時半ころ、司令塔にあった哨戒長たる航海長より、敵駆逐艦発見の報告をうけ、艦長につづいて司令塔にあがる。初めてまみえる敵艦であ

る。一瞬、緊張が身体のなかを走った。左舷前方を凝視していた艦長が、

「司令、駆逐艦が見えます」と潜望鏡の把手をさしだす。くいつくようにのぞくと、ハッと脳裡にひらめくものがあった。

内地出航いらい、日夜あくことなく眺めてきた敵艦型図写真のなかのレパルスの檣楼(しょうろう)にまちがいない。これは大モノだ！　私はただちに電報用意を大声で命じた。

――敵レパルス型戦艦二隻見ゆ。地点〇〇、針路三四〇度、速力一四ノット、われ後方約二〇キロに潜航触接中、一五三〇……暗号文が組みあがるのを待って、時をうつさず発信した。

レパルスについては、すべてはっきりしていたが、プリンス・オブ・ウェールズにかんしては、最近イギリス本国から増勢され、極東艦隊の旗艦となったことがわかっているだけで、艦型・写真など参考となるものはなにもなかった。

とにかく潜望鏡の一瞥(いちべつ)で、レパルスに間違いないと確信できるものが私にあった。距離は約二万メートルぐらい、艦橋の上方と高い後檣が見えるだけである。さらにその左前方に、かすかながら別の檣楼が見えるようである。

そのほかには、むろん駆逐艦などは一隻も見あたらず、全貌はまだ明らかでないが、潜望鏡の視野にあらわれた影像は、絶対レパルスに間違いないと断言できた。

歴史的海空戦まで影武者となって

さて敵発見の無電にたいし、旗艦の諒解をえて、ようやく大仕事を果たした安心感につつまれる。由良が諒解せずして第四戦隊の旗艦鬼怒の諒解であったかもしれないが、とにかく私の一電で、空間は急にいそがしくなった。全軍とみに緊張し、潜水隊の重要性もいっそう重くなってきた。

敵主力艦との距離の間合をとりつつ、潜望鏡でたえず敵情を観測しながら、潜航をつづける。

ここで潜水艦の通信状態について、そのあらましの大体をのべると、艦隊長官旗艦および潜水戦隊旗艦は、つねに潜水艦の電波をまちうけ、潜水艦の送信をただちにうける態勢になければならない。そのほかの軍艦でも、受信機数のゆるすかぎり待ちうける。

また潜水艦にたいする通信は、潜水隊旗艦より毎時、毎二十分、毎四十分のはじめの五分間に送信し、なお浮上中の艦のことも考え、急ぎのものはそのつど随時におこなう。なお開戦前は電波の輻射をかたく禁止され、敵発見の電報によって、自然発生的にはじめて封止がとかれるのである。

さて敵発見の第一電により、にわかに空間が繁忙となったことはすでに述べたが、そのうちマレー部隊指揮官から私あてに〝さきのレパルス型戦艦二隻にあやまりなきや〟との電報が入った。

出先指揮官の敵発見にたいして、なにか納得のいかないことがあるらしい。これは、私にとって実に心外なことであった。たとえ部下が発見したとしても、司令みずから確認しないものを、あるいは疑点のある敵情に対して、どうしてあのような断定的な電報が発信できようか。

この問いの電報にたいして、私はただちに〝あやまりなし、二番艦レパルス、一番艦は新型戦艦なり〟と返電した。

しかし潜望鏡の遠距離観測によるため、確乎不動の信念とはいえ、適当の距離において浮上し、艦橋天蓋上にある水防一二センチの大倍力の双眼望遠鏡をもって、さらに確かめたい気持は強かった。

味方水偵に邪魔されて

後日、ペナンにおいて、当時の航空攻撃部隊の司令で、兵学校同期の近藤治大佐にあったとき、そのいきさつを聞くことができた。彼はこう語った。

――貴様のところからきた敵主力発見の第一電を受けとって、ただちに攻撃準備を指令し、魚雷と爆弾との携行率をきめていたところ、副長以下が、

「司令、この電報にはすこし不審な点があります。午前の偵察によりますと、敵主力はシンガポールに在泊していたはず。すると距離と時間にくいちがいがあります」と抗議してきたんだ。これに対し俺は、

「この電報は司令が発信したもので、それだけのウエイトを考えねばならぬ。とにかく午前の偵察員を呼べ」と同人を呼んで事情をたずねると、

ペナン基地を出撃、インド洋方面通商破壊作戦に赴く海大５型潜水艦

「ハイ、さきほど報告しました通り、主力艦は在泊しております」というので、では偵察写真を持ってこい、と命じたところ彼は、

「写真は撮しましたが、前回とおなじように異状がなかったので、まだ現像してありません」

そこで俺はハッと気づき、大至急現像させて持ってこさせたんだ。

心のなかでは午前の偵察報告に大失策をやらかしたような気がしてきた。果たせるかな、写真を見ると、前日まで在泊していた主力艦は影も形もない。

これは大変だとばかり、艦隊司令部そのほかに大至急、午前の偵察報告はあやまりで、主力艦不在の訂正電報を打たせたんだ。

近藤大佐は当時を思いだして、首をたたくまねをしながら状況を話してくれた。

また翌年一月、私の隊がインド洋に進出したとき、ペナン基地（マレー半島西岸沖）の宿舎に置いてあった海戦直後の英字新聞につぎのような記事がのっていた。

——英軍主力部隊は護衛駆逐艦をともない、敵の意表をついてタイランド湾に進出、敵の輸送船団に大打撃をあたえ、上陸企図をたたきつぶす作戦であったが、不幸にしてアナバンス島沖において、はやばやと敵の潜水艦に発見報告されたため、その計画は中止せざるをなくなった。

つまりこちらからは敵主力が見えるが、先方からは潜水艦を発見できない距離に浮上、追跡にうつった。敵発見ののちは、敵情の変化にかかわらず、適時に敵情およびわれわれの触接状況を報告していた。

浮上後、スコールが絶え間なく襲いかかり、また密雲がひくく水平線をおおい、敵艦にとっては再三再四、絶好の隠れ蓑（みの）となった。視界ようやく不良となり、敵を見失うおそれが出たので、速力を十八から二十ノットにあげて、ひたすら追いまくった。

敵の推定針路三四〇度は、プロコンドル島の近くに向かうもので、遅かれはやかれ針路を左に転じ、タイランド湾にすすむ公算がもっとも大きい。この変向点を確実にとらえて、味方部隊に通報し、もって戦機に即応させることがいちばん大切である。

水上全速力で追跡中、敵との距離がだいぶ縮まってきたと思うころ、スコール雲の間から、はっきり敵艦影がのぞかれ、はじめに大口をたたいた手前ホッとしたものの、ここ数時間というものは実に絶え間なくスコールに見舞われ、大いに悩まされた。

敵主力艦は依然として、もとの針路および速力のままで、やがて日没時を迎えた。さあ、いよいよ夜間の触接準備だ。これから四十分か五十分の間に、夜間でも視野に入る距離まで肉薄する必要がある。

全速力で航走しているとき、とつぜん密雲の切れ間から味方とおぼしき水偵一機があらわれ、おかしなことにわが艦に向かって攻撃の気配さえ見せはじめた。この馬鹿もの、と思ってもどうすることもできない。やむをえず避退潜航した。

思うに、水偵の発進にあたり、その指揮官が敵主力の概位を知らせるとき、味方潜水艦が追跡しているとの情況も一緒に知らせておかなかったのか、あるいは搭乗員の考えによるものか、どちらかわからないが、かえすがえすも残念なことであった。

潜航は数分間であって、このあいだ敵艦の推進機関は、依然として推定方向にあることを、わが水中聴音機がとらえていた。ところが浮上してみると、日没後のことで視界はとざされ、そのうえ、いたるところにスコール雲があり、懸命にさがしたが、艦影をつかむことができなかった。

敵主力を見失うとの電報により、潜水部隊指揮官は、伊六五潜はそのまま前行動をつづけ、残りの潜水艦すべてをあげて捜索列を張り、索敵するように電令してきた。また水上決戦部隊も夜戦を準備し、全力をあげて捕捉撃滅に必死となった。

マレー沖にあがる凱歌

一方、敵艦がシンガポール基地と無線をかわした機会をとらえ、各潜水艦は短波で方位を測定したが、正確な位置はわからなかった。とうとう夜半をむかえても敵情をえず、伊六五潜も命令によって捜索列の一翼にくわわることになった。

もし今夜中に発見できなくても、私が日没時に報告した的確な位置をもとにして、翌朝夜明けを待って飛行索敵すれば、かならず捕えることができるであろう。

予想たがわず、捜索列中の一艦、伊五八潜が夜明け前に発見、魚雷攻撃したが、命中にいたらなかった。これで飛行索敵の範囲はさらにせばまり、航空攻撃はよりいっそう有利確実なものとなった。ここにおいて全潜水艦は敵の前方に配備を令され、満を持することになった。

ようやく待ちに待った十二月十日の朝がおとずれ、さっそく飛行索敵がはじまり、ついに敵主力艦をさがしだした。かくて歴史的な航空攻撃がはじまった。潜水部隊にたいしても、その渦中に飛びこんで攻撃するように命令がくだり、各潜水艦は勇躍突進したが、不幸にして一隻の潜水艦も敵を発見攻撃する機会にはめぐまれなかった。

かくて、イギリス東洋艦隊の主力艦レパルス、プリンス・オブ・ウェールズの二戦艦は、わが航空機の攻撃によって海底ふかく葬られ、マレー沖海戦は赫々たる戦果とともに、その幕をとじたのである。

米本土攻撃　潜水艦作戦の全貌

戦史研究家　木俣滋郎

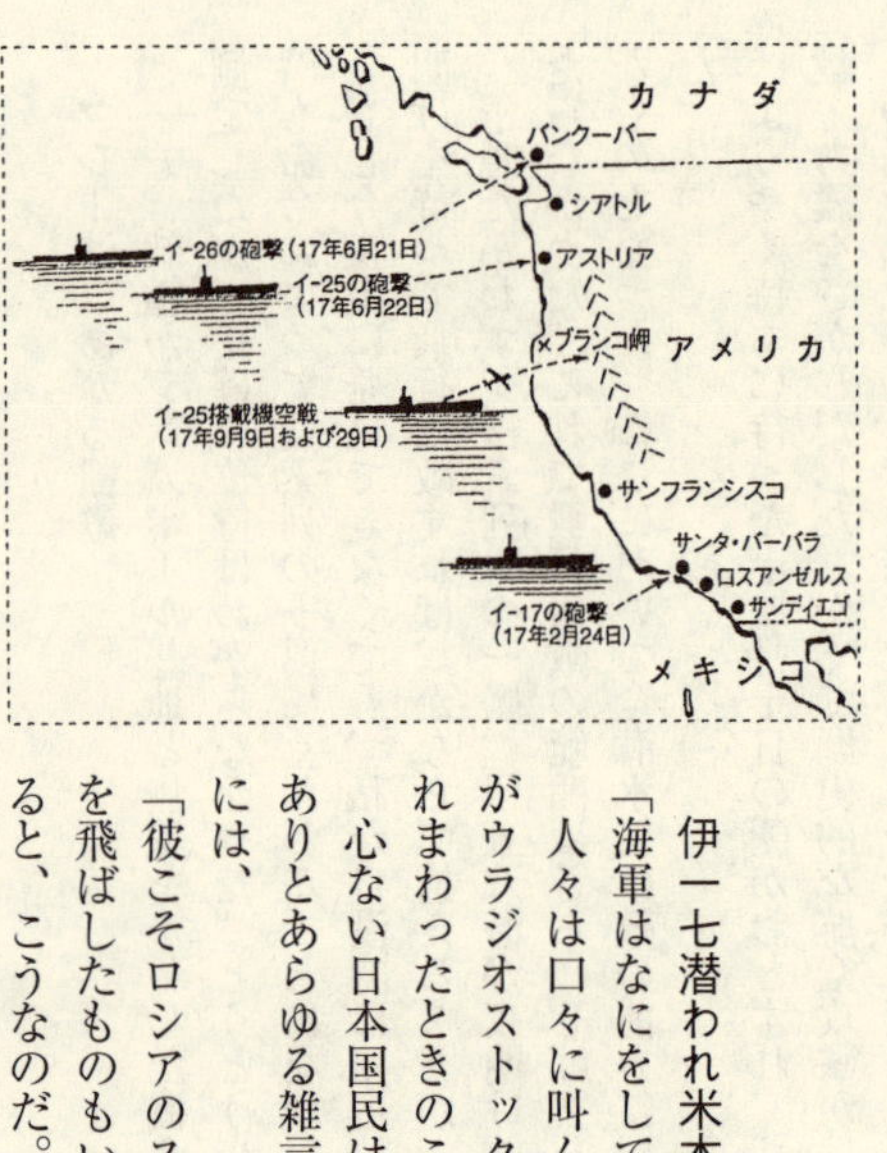

伊一七潜われ米本土砲撃に成功せり

「海軍はなにをしているのだッ！」

人々は口々に叫んだ。日露戦争のとき、ロシア巡洋艦がウラジオストック港から出撃、日本近海でさんざん暴れまわったときのことである。

心ない日本国民は第二艦隊司令長官上村彦之丞中将に、ありとあらゆる雑言、罵倒を浴びせかけたのである。中には、

「彼こそロシアのスパイだ」などと、根も葉もないデマを飛ばしたものもいた。日本人でさえ、本土を攻撃されると、こうなのだ。

ましてや米国人なら、政府にたいしてゴウゴウたる批難を投げかけるに違いない。おまけに、かのアメリカ人は自由主義とかで、勝手なことをたがいに言い合うお国柄でもある。

戦前の日本人は、とかく米国人をこんな風に解釈したのである。だからいざ戦争がはじまると、敵本土への攻撃が何回か企画されたのも当然といえよう。

昭和十七年二月一日、マーシャル群島のわが第六艦隊基地のクェゼリン環礁が空母エンタープライズの搭載機によって、空襲を突如こうむったのである。二一九九トンの伊号第十七潜水艦（伊一七潜）は、ただちに敵機動部隊を追って東進した。

ところが伊一七潜は、東経一八〇度の日付変更線を突破して敵空母エンタープライズを追跡したが、ついにとり逃してしまった。このとき、艦長西野耕三中佐は意外な艦内放送をしたのである。

「これからわが伊一七潜は、米本土西岸において行動を開始する！」

つまり、折角ここまで来たのだから、ついでにひと暴れしようというわけだ。

「あと四日で、カリフォルニア州サンディエゴに到着だぞ」

乗組員たちはカレンダーの変わるのを指折り数えて楽しんでいた。ところが二月二十二日、「サンディエゴにかまうな」という第六艦隊司令部からの無電が入った。というのは、ここには米太平洋艦隊の基地があるから、潜水艦の豆鉄砲で射ったりすれば、たちまち反撃され、撃沈されてしまうのがオチだからだ。

そこで伊一七潜は、もっと北のサンタバーバラを目標にえらんだ。ロサンゼルスの北にあ

夜陰に乗じて浮上し、米西岸サンタバーバラを砲撃する伊17潜

るこの町には油田がある。

二月二十四日、伊一七潜は昼間は潜航して対岸を偵察した。艦長は砲術長に潜望鏡をあずけて、あらかじめ目標を指示する。二ヵ月前の作戦では、このあたりで敵商船を沈める計画だったが、今回は直接、米国大陸にパンチを浴びせようというのだ。当日の昼食は、出撃前に日本海軍がよく使う稲荷寿司の缶詰だった。

日没五分前、伊一七潜はしずかに浮上した。夕焼けがたとえようもないほど美しい。

「砲戦用意!」の号令が静まりかえった艦内にひびきわたった。

艦長の声も、さすがに緊張している。

「目標はエルウッド社の高くそびえる石油タンクだ」

大正十一年に制式兵器となった十一年式四〇口径の一四センチ砲一門がごうぜんと火を

吹く。この砲は一万二千メートルまでは届くのだが、不敵にも伊一七潜は目標の四千メートルまで接近して砲撃したのだ。

陸岸を右に見ながら、甲板上に出してあった十七発の徹甲弾をつづけざまに浴びせかけた。しかし、軍艦の厚い鉄板をうち破るための徹甲弾を使用したのは、誤まりではなかったろうか？　石油タンクや施設はモロイものだから、炸薬量の多い陸戦用の砲弾を用いた方が有効といえよう。

その証拠に、命中弾のわりには激しい火災も認められなかったではないか。貫徹力の強い徹甲弾では、ただ穴があくだけなのだ。

しかし米国側はおどろいて「空襲警報」のサイレンを鳴らし、自動車のヘッドライトが右往左往しているのが認められた。反撃の恐れのないことを確認した伊一七潜は浮上したまま、ゆうゆうと帰途についた。

翌日の午後一時半、東京では報道担当の平出英夫大佐が、演出効果タップリにマイクに向かっていた。

「大本営海軍部発表！　帝国潜水艦は昨夜、米本土を砲撃し……」宣伝材料として、これほど格好なものはまたとあるまい。

大統領を仰天させた伊二五潜と伊二六潜の艦砲射撃

伊一七潜の砲撃から二ヵ月後の昭和十七年四月、米空母ホーネットを発進したB25双発爆撃機十六機が、東京、横須賀、神戸などを空襲した。冒険好きのヤンキーが、とうとうやったのだ。こうなると帝国海軍も負けてはいられない。

第六艦隊では、第一潜水戦隊第四潜水隊の伊号第二十五潜水艦（伊二五潜）と伊号第二十六潜水艦（伊二六潜）にさっそく仕返しを命じた。この二隻は、先の伊一七潜と同型の乙型潜水艦だが、この艦の方が九ヵ月ほど後から建造されたものである。

艦長田上明次中佐指揮のもとに伊二五潜は、昭和十七年五月十一日、横須賀を出港した。田上中佐は大正十二年、江田島の海軍兵学校を卒業、戦後は横浜の米軍海上輸送部でLSTの船長もやったことのある人だ。

さて、こんどの目標は前回の伊一七潜の砲撃地サンタバーバラよりずっと北の、オレゴン州アストリア市だった。鮭の缶詰で有名なこの町は、漁業の中心地であった。

アリューシャン方面を経由した同艦は六月二十二日、その沖合へポッカリと浮上した。満月が輝き、海上は湖水を思わせるほど静かな夜であった。予定では前夜決行のはずだったが、漁船にさまたげられ、一日延期したのである。

「両舷停止」

艦長は命中率をよくするため、艦を停止させて十七発の一四センチ砲弾を撃ち込んだ。アストリア市街のネオンサインが、つぎつぎと消えていった。そして空襲警報のサイレンが海上の伊二五潜まで聞こえたという。

このときは市街に火災が発生し、その炎は天に冲した。しかし、コロンビア河口にある要

伊25潜とともに米西岸に行動、17年6月21日、
バンクーバーに17発の砲弾を撃ち込んだ伊26潜

塞からはなんの反撃もない。伊二五潜は第三戦速でかなり沖まで逃げさった。「もう大丈夫だ」とわかると、艦内にドッと歓声があがる。

そのころ、艦長横田稔中佐の指揮する伊二六潜も、カナダ西南岸のバンクーバー島沖に姿をあらわしていた。この島の奥にはバンクーバー市があるが、同市はカナダの太平洋岸における最大の貿易港である。

トテツもなく大きいバンクーバー島は全島が針葉樹でおおわれ、花崗岩より成る鋸の歯のような峯々がつらなっていた。伊二六潜は二ヵ月前にも、この沖で通商破壊をやったから、もう地理は十分に心得ている。

濃霧が発生するこの水域では、カナダ無線局が電波を発し、付近の船舶を安全に導いている。だから、その無線羅針局に対し、伊二六潜は夜陰に乗じて十七発の砲弾を射ちこんだ。どの艦もこの数だけ撃ってやめているのは、甲板上の防水された応急弾薬筒には十七発しか入らないためだ。これ以上撃つためには、艦内の弾薬庫から新たに砲弾を運び出さねばならないからだ。

目的を達したなら長居は無用である。すばやく潜航脱出しなければ、危険このうえもない。

「SOS・SOS」カナダ無線局はあわてて救難信号を発した。伊二六潜の無線室では、これを傍受した通信兵がニヤリと頬笑んだ。

「怖がってやがる」

市内の電灯はもちろん、灯台の灯はたちまち消えた。けれども、これが日本潜水艦による、最後の艦砲射撃となった。

昭和十七年二月から六月までの三回にわたる艦砲射撃は、米潜水艦による日本本土砲撃よりも約三年近くも前のことであった。それでもこの砲撃の結果、米国は蚊にさされたほどの痛みも感じなかったろう。

しかしルーズベルト政府は、大いに面目を失ったのだ。戦果はともかくわずか十七発の「心理的効果」といえるだろう。

やったぞ伊二五潜の米本土空襲

米国やイタリア、フランス、英国では戦前、潜水艦に水上機を乗せることを実験的にころみた。しかし日本海軍だけは広くこの方式を採用し、数度にわたり実戦に使用したのである。

けれども昭和十五年、制式採用となったこの小型水偵のエンジンは練習機並みで、新幹線よりおそいスピードで、しかも四〜五時間しか飛べぬ代物だった。二人乗りの偵察機のくせに、全備重量は戦闘機よりズッと軽いといえば、およその性能が知れよう。

軍令部の富岡定俊作戦課長は、潜水艦担当の大本営参謀、井浦祥二郎中佐となにやらヒソヒソと話し合った。そして、この小型機に焼夷弾二発を搭載、オレゴン州の森林に投下しようとしたのだ。

「何も山林に落とさなくても……」

伊二五潜の乗組員は不平顔だった。軍事施設をやりたいというのが本音なのだろう。しかし警戒厳重な基地へ、こんな低速機で攻撃をかけるなどとは自殺行為にもひとしい。

そもそもスケールの大きい米国西部の山岳では、いちど火災が発生すると数日間は燃えつづける。森林監視員も手に負えなくなる。そこで彼らはダイナマイトで風下の樹木をふっ飛ばし、隣りの山に飛び火するのを防ぐだけがやっとなのだ。だから「人工的」に山火事を起こそうというわけだ。

伊二五潜は昭和十七年八月十五日、勇躍、横須賀を出港する。こんどの航海では零式小型水上偵察機一機を積んでいた。一番の近道である大圏航路をとったので、同艦は二週間後には目的地に到着する予定だ。

オレゴン州のブランコ岬は、先のアストリアと、南のサンフランシスコとの間にある。

九月九日の早朝はよく晴れていた。田上艦長は艦を陸岸からわずか六浬まで接近させた。艦首の呉式一号四型カタパルトは鈍い音とともに水上機を発射する。朝の十時だというのに、時差の関係で空には、無数の星が日本潜水艦を見下ろしていた。

あと一時間もたてば、太陽が顔を出すころだ。ブランコ岬の南東約五十浬の森林へ、同機は焼夷弾を投下した。この水上機には、こんどの作戦のために特に細工をして、一五〇〇度の高熱を発する焼夷弾を積んでいたのだ。

もし、乾ききった夏の日照りだったら、ひとたまりもないだろう。内地の通信隊では敵側のラジオを傍受し、火災のために数名の市民が焼死したのを確かめた。しかし、まだ米国側は、この火災が日本機の空襲によって起こされたとは知らなかった。敵側では、あくまで自然発火だと思っていたのである。

ドーリットルの東京空襲におくれること五ヵ月、ついに日本側も敵本土を爆撃したのだ。二時間ののち、東の空に水上機を認めるや、伊二五潜の乗組員たちは夢中で手を振る。

「ついにやったぞ!」

伊二五潜は再度爆撃のチャンスをうかがっていた。玩具(おもちゃ)のような飛行機だから、よほど天候の状態がよくないと危険なのだ。二十日後の九月二十九日、二回目の空襲が行なわれた。こんどはブランコ岬の灯台をながめつつ、その西方十浬の海上より水上機を発進させ、岬の東方約五十浬の山林に焼夷弾を投下した。

ところが潜水艦がいくら待っても水上機は帰ってこない。田上艦長は何回も飛行機の安否を気づかって時計に目をやった。もうそろそろ燃料がなくなるころだ。伊二五潜の乗組員たちの間にも焦燥の色が浮かんだ。

一方、水上機の方では、伊二五潜の姿がどこにもなく血眼になってさがしていた。

「海面に油が見えます」

これを頼りに水上機は伊二五潜を探索、危機一発というところを助かったのである。

もう一回攻撃するだけの焼夷弾が伊二五潜には残っていたが、悪天候にさまたげられ、三回目の空襲を断念し帰投したのだ。だからこれが第二次大戦中、飛行機による最後の米本土空襲となったのである。B29の東京空襲が開始される二年ほど前のことであった。

パナマ運河爆破を狙う海底空母

「どうも調子がわるい？」

第六三一航空隊の整備員は首をかしげながら、面倒な新鋭機「晴嵐」の整備に取り組んでいた。ちょうど、風船爆弾の放球が軌道に乗った昭和二十年二月のことである。

広島県の福山基地では、隊員たちが晴嵐の受入れを首を長くして待っていた。数がそろわないのだ。晴嵐とは八〇〇キロの大型爆弾を抱いて、潜水艦から飛び出す水上爆撃機のことである。

単発の水上機のくせに、双発の一式陸上攻撃機なみの爆弾を積むのだから、大したものだ。これを発達させるためには、長大な二十六メートルもの四式一号カタパルトを必要とする。四式一号カタパルトは、戦艦大和や水上機母艦の日進、航空戦艦日向（ひゅうが）の射出機よりわずかに長い。

　潜水艦のくせに、こんな大型カタパルトを装備するのは、世界最大の潜水艦（三五三〇トン）伊号第四百潜水艦（伊四〇〇潜）と伊号第四百一番潜水艦（伊四〇一潜）の二隻だけだ。これらは世界の、どこの港へも往復できる航続距離を持っていた。

　マンモス潜水艦伊四〇〇潜クラスは、晴嵐三機を搭載した。やや小さい伊一三潜、伊一四潜（二六二〇トン）は一機少なく二機であった。この第一潜水隊の四隻に搭載された晴嵐十機で、パナマ運河の閘門を爆破しようというのだ。パナマ運河の水位を調節する閘門を爆撃すれば、大西洋と太平洋を結ぶ運河は、艦船の通過は不能になるからである。

「全世界がアッと驚くだろう」新編成の第一潜水隊司令有泉龍之助大佐は、ひそかにほくそ笑んだ。以前、軍令部の要員もつとめたことのある潜水艦の鬼、有泉大佐は敵の意表をつく後方攪乱により、日本近海にせまった戦場をふたたび遠くに押し返すことができると、信じて疑わなかったのである。

　彼は一日も早くと出撃の日を待ちこがれていた。ところが東海地方の地震によって晴嵐の工場が倒れ、そのうえ艦自身の工事も資材不足で、思うようにはかどらなかった。けっきょく六月末の出撃予定が、八月に延期される始末であった。

　彼の顔にはあせりの色がありありと浮かんだ。もう敵は沖縄に上陸し、数ヵ月のうちには九州へ上陸するらしい。

「一日も早く決行しなければならない」

パナマ運河を爆撃すべく晴嵐3機を搭載する
伊400潜。基準排水量3530トンの巨大潜水艦

作戦の目的こそ発表されなかったが、パナマ運河という目標はいつのまにか、隊内に知れわたっていた。乗組員たちは勝手に地図で調査し、その模型さえつくって準備をととのえている。

「俺たちは日本海軍のホープであり、唯一のピンチヒッターなのだ」

こういった自負心が乗組員の間に、みちみちている。

はじめの計画では十機のうち、六機は雷撃、四機は爆装。そして早朝より二回にわたって攻撃をくりかえすはずだった。どうせ全機特攻となるのだ。

「航空機搭乗員だけに特攻をさせてはすまない！」

一部の艦では乗組員たちが陸戦隊を編成、ボートで斬込隊を上陸させようとさえ考えたという。九九式小銃が積みこまれる。

やがて潜水艦は米三十八機動部隊の空襲を避け、安全な日本海での訓練をはじめた。

そのころ、第六艦隊首席参謀の井浦祥二郎大佐は、打ち合わせのため呉から舞鶴に急行した。

「片道一ヵ月も要するパナマ運河では、話が悠長すぎるのではないか？」「むしろ人口の多いサンフランシスコかロサンゼルスの方が、米国民の恐怖心を起こさせる意味で適していよう」

有泉大佐ももちろん納得した。二人は第六艦隊司令長官醍醐（だいご）忠重中将の了承を得て、東京にその旨を連絡する。B29の大爆撃に、せめてもの仕返しをしたい、というわけだ。

ところが軍令部と海軍総隊（連合艦隊の後身）の意向は、戦略的使用よりも、さしせまった戦術的目的に用いたいのである。すなわち、敵空母のむらがる大基地カロリン群島のウルシー環礁をやれ、というのだ。

この鶴の一声で、パナマ運河はもちろん、カリフォルニア州奇襲計画さえいっぺんに吹っとんでしまった。潜水空母がウルシーへ向かう途中、終戦となったことは言うまでもあるまい。

結局のところ日本側の攻撃作戦は、米本土に対してカスリ傷をあたえたにすぎない。一番手応えのあったはずの潜水艦作戦にしても、実質的効果は皆無だった。後にサイパン島で玉砕した第六艦隊司令長官の小松輝久中将や、その参謀でさえも、伊二五潜の米本土空襲を、

「あんな無意味な作戦に、大型潜水艦を使うなどとは……」と、不平顔だったという。

それでも昭和十七年には、四回にわたる潜水艦作戦が行なわれた。「日本潜水艦出没」のニュースは、アメリカ側に不必要な労力を強いる結果となった。すなわち、遅ればせながらコーストガードが武装した巡視艇でパトロールするようになったし、付近の航空隊も対潜哨戒をいっそう厳重にするようになった。

昭和十七年秋以降でも彼らは、存在もしない日本潜水艦を、血眼になって探しまわっていたのである。沿岸の商船はいちいち当局に問い合わせてからでないと出港できなかった。けれども、アメリカ国民は意外に平静だった。日本側が予想したような心理的効果や混乱は起こらなかったのである。

特潜攻撃「零小型水偵」シドニー偵察秘録

伊二一潜の搭載水偵パイロットによる事前偵察行

当時「伊二一潜」飛行長・海軍大尉　伊藤　進

昭和十七年五月といえば、私たち第一期予科練習生が追浜航空隊に入隊した日から十二年であった。私はその昭和十七年五月二十四日午前四時、ニュージーランド北島の北端にあるオークランド港の偵察に飛び立ったところから記憶の糸をたぐってみたいが、その前に潜水艦に搭載された水上偵察機の概略について、ここで触れておきたい。

まず、潜水艦に飛行機を搭載して局地偵察、あるいは艦隊決戦のさいに敵の意表をついて効果をあげる構想は、いかにも帝国海軍らしい発想である。いま考えてみても、いじらしいような涙ぐましいような構想にさえ思えてならない。

なにしろ敵地に近づくと、丸い長い格納筒から胴体、フロート、主翼、プロペラと、バラバラになった部品（いや、まさに部品である）をつぎつぎに引き出して、胴体には主翼を、エンジンにはプロペラを、脚にはフロートを組み立ててゆく。この作業はカタパルトの上でつぎつぎに手ぎわよく進行されてゆく。

その間に搭乗員は、艦長から飛行命令をうけて座席に入り、尾翼の組立完了とともに、掌整備長の合図によって試運転を開始する。そしてウォームアップのできたところで、「発射用意、テー」の合図でカタパルトから射出されるという次第である。

さて、この零式小型水上偵察機は、もちろん潜水艦搭載専用である。星型空冷三〇〇馬力、低翼単葉複座式双フロート、巡航速力八十ノット、航続五時間、旋回機銃七・七ミリ一梃という、まさに当時の中間練習機の性能というべきしろものであった。これで敵地の深くへ潜入して、隠密偵察で軍港や飛行場の様子をさぐるのが、この飛行機の役目である。

開戦以来、各潜水艦の搭載機はハワイ偵察に、米西岸オレゴン州の爆撃に、そしてアフリカ東岸マダガスカル島ディエゴスワレスや、南太平洋方面では最南端の豪州タスマニア島まで多くの局地偵察を実施し、作戦判断に貢献したことは、海軍部内でもあまり知られていないのではあるまいか。きわめて地味で目立たない存在だから、やむをえないことではあると思う。

飛行機を搭載する潜水艦は、日本海軍独特の大型巡洋潜水艦で、排水量二二〇〇トン、全長一一〇メートル、最大水上速力二十四ノット、航続距離一万四千浬、行動日数三ヵ月、五三センチ魚雷発射管八門、一四センチ砲一門、二〇ミリ機銃二連装一基、飛行機一機、乗員約一〇〇名で、したがって米本土西岸までいって作戦行動をおこない、日本へ帰ることがいともやすやすとできる性能を持っている。

い。

全艦あげての飛行訓練

開戦当時の巡洋潜水艦は奇数番号艦に飛行機を、偶数番号艦には特殊潜航艇を搭載できるようになっていた。一～二の例外はあったようではあるが、原則的にはそうなっていたらしい。

潜水艦に搭載される飛行機の関係者は、操縦員、偵察員各一名、掌整備長および整備員三名であるが、射出揚収のときは十五名ないし十七名の人員が必要である。それらの作業を手伝ってくれる人たちは主計兵あり、機関兵あり、魚雷員ありで、全員が整備員ではないが、射出揚収に関してはベテラン整備員の域にたっしていた。

私が伊号第二十一潜水艦（伊二一潜）に配属された昭和十六年九月から、開戦準備のため横須賀に回航するまで二ヵ月たらずの期間であったが、暇のあるごとに全艦一致で訓練に協力してくれた。主計兵は包丁をスパナにもちかえ、機関兵はディーゼルエンジンのかわりにフロートを組み立て、衛生兵は注射器をもつ手にドライバーをもつといった調子である。

昼間であれば、「急速浮上、飛行機射出用意、メインタンクブロー」の号令で潜水艦が浮上してから飛行機が発射するまで約七分。揚収のほうでは、飛行機が着水してから艦上に揚収して分解、格納筒に収納し、潜水艦が全没潜航するのにわずか五分ないし六分まで上達短縮できた……と当時の第三潜水戦隊司令官佐々木（ささき）半九少将（当時の私の乗艦である伊二一潜座乗）がその著『鎮魂の海』に書いておられる。

発艦揚収の時間短縮は、任務の成否、乗艦の安否を大きく左右するので、この訓練にかん

飛行機搭載の乙型潜「伊21潜」。艦橋前方の格納
筒やカタパルトなどの航空設備の様子がわかる

しては艦長以下、先任将校から乗員全員が真剣に協力していただいた。敵と出合う公算がないときは、太平洋のまんなかでも、夜でも朝でもたびたび訓練をくりかえした。

夜間の月のあるときは、懐中電灯を使用しない訓練、闇夜のときは小さな赤灯の懐中電灯をつかい、手さぐりで飛行機の組立や分解の訓練をくりかえしてくれた。みんな私と岩崎兵曹が飛ぶための協力である。

沖縄出身の先任将校である当山全信大尉に、

「先任将校、またお願いできますか？」というと、温厚な先任将校は、

「艦長、よろしいですね」とつたえてくれる。すると岩国出身の艦長松村寛治中佐も、

「よかろう、やりたまえ」と応じてくれた。主語はなくても意は通じる、いわずとしれた洋上における飛行機の組立分解のことである。

これはまさに全艦あげての訓練であり、陽気な中尉さんの大野航海長も、鼻歌まじりで艦橋から大きな声で指

図をしてくれた。広島県西条町（いまの東広島市）の造り酒屋の一人息子ときいてはいたが、大きな体の砲術長渡少尉は一番若い少尉さんだったが、いつもよごれた服をきて、走りまわっていた。

メガネの奥でやさしい目をして協力してくれた茨城県出身の斉藤掌整備長は、いつも士官室で達観した顔ですわっている。このほか東大卒の軍医中尉さんなど、戦争がすんでから会えた人は一人もいない。戦死された方はもちろんだが、生死不明の方々にもいまだ会えない。

さて、こんな調子で全乗組員のあたたかい協力をえて訓練も順調にすすみ、前記のような練度となって南太平洋への出撃である。

敵さんに手をふる

開戦当時、飛行機をつんでいた潜水艦は、伊一三潜、伊一五潜、伊一七潜、伊一九潜、伊二一潜、伊二三潜、伊二五潜、伊二九潜であった。

私は昭和十六年九月、館山海軍航空隊から伊二一潜に乗組を命ぜられ、ハワイ攻撃に参加、ついで米国西岸に敵を追って転戦し、いちど横須賀に帰ったのち呉に回航した。そして翌十七年四月十五日、呉を出港して、トラック島において整備をしたのちの四月二十七日、トラックを出港、ニューカレドニアをへてフィジー島のスバ港偵察を命ぜられた。

五月十八日、日出の一時間前に射出し、いまはスバ港の南方四十五浬（かいり）の地点である。真っ暗でところどころ星は見えるが、高度三百メートルで雲のなかに入った。ところが、雲の頂上は高くないらしいと判断して雲中を計器飛行で上昇し、三千メートルまで上がったが、雲上に出ない。そこでまたしだいに高度を下げてみた。あたりはしだいに明るくなり。雲も切れて、かすかにサンゴ礁にくだける白波が見えてきた。

どうやらスバ港の入口らしい。スバ港はところどころにスコールが降り、白い雲が海面までたれさがっているところもあり、隠密偵察するには最適の状況である。高度五百メートルで、港の中央へまっすぐに飛びこんでみる。

港内にはグラスゴー型軽巡一隻と駆潜艇らしい七隻だけで、ほかにはなにも見えない。高度四百メートルで軽巡らしい艦の左舷上空を飛んだとき、起床したばかりの水兵たちが上甲板で歯ブラシをつかい、洗面しているのがよく見えた。この光景を見ていた後席の岩崎兵曹が、

「飛行長、機銃で撃ちましょうか」と、伝声管から元気な調子で相談してきた。

「おいおい。冗談じゃないよ、隠密偵察だよ、それよりも岩崎兵曹、手を振ってやったらどうだ」というと、「そうしましょう」と、岩崎兵曹は後席で機銃を撃つかわりに大きく手を振ってみせた。すると敵さんも味方機と思ったらしく、さかんに手を振ってこたえてくれた。

潜水艦搭載機は、胴体も主翼も日の丸を消して、緑色の迷彩がしてあるだけだから、ちょっと見ただけでは飛行機の国籍はわからない。これで敵機の追跡はたぶんないだろうと安心して、すっかり明るくなったスバ港をあとにして帰路についた。

出発から帰着まで一時間半、揚収に八分間を要した。

伊二一潜はスバ港をあとに一路南下して、五月二十四日をむかえた。午前四時、オークランド港にむけて雲のなかを飛んでいる。約三十分のうちにうす明るくなった海岸に出たが、視界不良であった。それでも小雨のなかを北上していると、やがてオークランド飛行場の真上に出た。

視界不良であることをさいわいに、高度四百メートルまで下げてみた。するとここでも味方機と思ったらしく、滑走路に着陸誘導灯をつけてくれたが、もちろん降りるわけにもゆかない。港のほうも小船ばかりで、長居は無用と引き返すことにする。岩崎兵曹からまた話しかけられる。

「飛行長、たった一機で飛ぶのも気楽な面もありますが、ちょっとさびしいですね」

彼の言うようにまさにその通りで、もし不時着しても日本に帰れる見込みは皆無である。いまこの小さな三〇〇馬力のエンジンが快調に回転してくれているのが、本当にありがたい。ようやくあらかじめ決めてあった揚収地点に帰投したが、潜水艦の姿は見えない。やっぱり敵に気づかれるのをおそれて、潜航しているのだ。やむなくそのあたり二十浬くらいを見まわってもみたが、漁船もいない。

そこで、「付近に敵なし、浮上せよ」との暗号電報を打つ。すると二分間も待つと、巨鯨のような潜水艦が真っ黒な巨体で大海をつきやぶりながら海面にあらわれ、ハッチが開かれて、水兵たちが司令塔からデッキに飛びおりるのが見える。間髪をいれず着水態勢にはいり、潜水艦の至近場所に着水し、少々並は高かったが、潜水艦が消波運動でつくってくれたウェ

伊29潜のカタパルト上で組立作業をおえ発進に備える零小型水偵。乗員は2名、滞空5時間

ーキの中へ降りたので、ぶじだった。

大急ぎで潜航してから偵察報告を終わると、艦長松村寛治中佐は、

「ご苦労だった。君が発進した直後に、オークランド偵察をとりやめて、ただちにシドニーの飛行偵察をおこなうようにと、艦隊司令部から命令がきたんだ。いますこし電報が早くついていればよかったよ」といわれて少々がっかりした。

そのため計画中のウェリントンの偵察も中止して、荒天の中をシドニーに向かう。

南緯三三度三〇分の線上を、伊二一潜は真西に針路をとった。このときは荒天つづきで艦の速力はでなかった。艦橋で雨衣に身をつつみながら見張り当直に立っていても、凍るほどの寒さである。南十字星のかがやく南方といえば、暑い国のように思いがちだが、南緯も三四度近くで五月ともなれば、南半球も晩秋のころで寒さもこたえるわけである。

シドニー港内への偵察行

ちょうどこのころ、シドニー港には敵戦艦ウォースパイトがいるはずであった。五月八日の珊瑚海海戦（空母祥鳳をうしない翔鶴大破、一期生林田清戦死）で損傷をうけて南下中のウォースパイトを、伊二九潜がシドニー沖で発見し、これを追跡して約三浬の近くにまで迫りながら、ついにシドニー港内にとりにがした。

その後、港口を監視していたが、敵艦が出港した気配はまったくなかった。やがて、「伊二一潜の飛行機は、五月二十九日朝までにシドニー港を偵察せよ」との命令が入り、われわれは急遽シドニー港を偵察することになったのだ。開戦ののち約半年がたった五月末になっても、このあたりはいまだ戦禍にみまわれていない。たくさんの輸送船はみんな灯火を明るくつけて航行しているし、漁船も少しは出ているらしい。

約一週間にわたって、偵察員の岩崎兵曹と綿密な計画をねった。シドニー港の地誌の研究、湾内の形状、進入退避の方法、それに伊二一潜が発見できず、帰投不能のときに打電する暗号の作成など、計画は十分にねられていた。あとは天候にめぐまれることのみを神に祈った。

五月二十九日の朝は、月没が日出二時間前である。したがって、月のあるあいだに偵察を完了しなければならない。輸送船が舷灯をつけて航行しているということは、当方面の警戒はあまり厳重でないとみてよかろう。

夜中から雲がまし、風が強くなってきた。風にむかって艦が航行すると、かなりピッチングが大きく、カタパルトで発艦するにはまったく不適当な状況である。シドニーの北東四十浬は、風も波もさえぎってくれる島ひとつない大洋であるから、これが普通の状態かもしれない。しかし、この偵察は明日に延期することは許されない重大な理由があった。まさにタイムリミットである。

「艦長、発艦はピッチングの山を上手につかってやりますが、着水時に転覆の公算が大きいですから、救助の用意をお願いします」「掌整備長、九〇パーセント転覆ですよ、救助用意、かならず頼みます」

このように事後のことを頼み、われわれは午前二時四十五分、合成風速にむかった射出機からピッチングの山の瞬時にあわせて、うまく発艦することに成功した。そして、高度五百メートルでシドニーに接近することにして、徐々に高度を上げると、シドニーの灯台の明かりが見えはじめた。平時とおなじように点灯されている。

まもなくサウスヘッドの砲台の前をとおって、シドニー市街の上にでた。家々の窓に灯火が見えて美しい。映画にでてくる街の夜景を見るようだ。月夜ではあるけれども、雲がたくさんあって案外と暗く、海面のようすは見えにくい。

飛行艇錨地の近くにあるガーデンアイランドは、海図では島になっているが、じっさいには陸つづきとなっていて、そこに巨大な船渠を建設中である。湾を横切ってつくられた、シドニーのシンボルであるハーバーブリッジはよく見えるが、軍艦の姿は見えない。コッケイト島には、南北からドックが一本ずつつくられていて、それぞれ二〜三隻の駆逐艦らしいのが入渠し、島の西方には軽巡らしい一隻が横付けされている。

こうしてコッケイト島の上空三百メートルで旋回しているとき、この島からの三基の探照灯に捕捉された。そこで大急ぎで島に背をむけて、高度を上げて雲のなかに避退した。このときの雲高は約七百メートルで、ところどころに切れ目があって、逃げ込むのにはおあつらえむきであった。

しかし、海面が暗いため、いまだ目的の戦艦の姿は見えない。そこでこんどはノースヘッド付近から高度を一五〇メートルにまで下げ、さらに降下姿勢で湾内に突っこんでいった。地上から手のとどくほどの高さだ。もし射たれたら確実に命中するだろう。

反面、この方法が敵の意表をついて安全かもしれない。いや、そんなことよりも明晩、この港内へ攻撃に潜入する特殊潜航艇（特潜＝甲標的）のことを考えると、どうしても確実に見きわめなければならない。でないと、彼らを犬死させることになる。

いろいろと頭のなかで考えながら、ふたたびガーデン島付近まできたとき、大型艦二隻が停泊しているのが見えた。

「いたいた、岩崎兵曹よく見ろ、戦艦らしいぞ」「ウォースパイトですね飛行長」

「いや、ちがうぞ。ウォースパイトは籠マストだが、こいつは三脚マストだろう、これはアメリカの戦艦らしいぞ」

大型艦を発見した嬉しさに胸がおどった。一隻は幅が広く、一隻は狭い。必ず戦艦がいる、との先入観に支配されて艦幅の広いほうを戦艦、狭いほうを重巡と判断した。英国戦艦ウォースパイトは遂に発見することはできなかったが、これだけいれば特殊潜航艇の獲物としては充分とはいえないまでも、まずまずだとも考えられ、戦艦の在泊が確認できたことを神に感謝する気持であった。

旋回中に北岸付近に大きな病院船が停泊しているのが見えた。また港口付近には、防潜網が月明かりで白くかがやいて見えたのはふしぎである。港口付近でまた探照灯にキャッチされた。

シドニー上空でつごう三度も照射されたが、射撃は受けなかった。たぶん敵も、敵か味方か迷ったのだろう。

決死の帰投着水

偵察の目的を達することができたので、「さらばシドニーよ」というわけで、ノースヘッドから正確に航法を開始して帰途についたが、このときはすでに月は没して真の闇夜になっていた。日出までにまだ一時間半もある。ノースヘッドから三〇度宜候（ヨーソロー）！

どれだけ飛んだか忘れたが、予定到着時間になっても潜水艦を発見することができない。過去の経験からもこの状態では、潜水艦はもちろん大型巡洋艦でも発見困難な視界である。

予定時刻よりさらに五分間飛ぶが、いまだに発見できない。はるか遠くのほうにニューカッスルの灯が見えはじめた。後席から岩崎兵曹が、「飛行長どうしましょう、もう少し走りましょうか」

「いや、もうだいぶ走りすぎたようだ。この視界じゃ見えないよ、もう一度シドニーの灯台から航法をやりなおそうよ。例の暗号（帰投できないときに発信する敵情に関する暗号文）は持っているか」

「大丈夫です、いつでも打てます」

「では、反転してシドニーに向かう。ところで岩崎兵曹、『探照灯照らせ』の暗号やってみろ。敵前だから、たぶん駄目だと思うがね」

こんなやりとりの後、出発前に決めた暗号ラララを送ってみたら、はるか前方にピカッと光る小型探照灯が見えた。

「見えました飛行長、本艦です」「俺にも見えたぞ、これで航法はやり直さんでもすんだぞ」

そこでただちに高度を百メートルに下げて透かして見ると、闇夜の海上に墨絵のようにうかぶ潜水艦と、海一面に白波が立っているのがかすかに見えてきた。

一難去ってまた一難とはこのことか、こんどは着水が大変だ。出発時の予感はみごとに適中した。この波の上に着水すれば、フロートか足が折れることはまず避けられない。そこで私は、

「岩崎兵曹、バンドをはずして風防は開けとけ、手足を前方にしっかり突っぱっていろよ、転覆覚悟だぞ」といって、私もパラシュートを外し、ベルトをとき、転覆にそなえた。

しだいに近づく海面を見ていると、気が気ではない。ザザーッとフロートが海面にふれた

瞬間、つぎの大きな波頭に乗りあげてしまい、大きなジャンプをした。当然、ここでブカッとエンジンを噴かせるところだが、脚が折れたらしいので、スティックを一杯に引いたまま、つぎの接水を待った。一瞬の出来事がずいぶん長く感じられた。

気がついたときは、フロートを上に、胴体を下にして転覆しており、私は水中にいた。予定どおりなのでおちついて座席を蹴り、一度下にもぐって浮かび上がってみると、岩崎兵曹が見えない。座席を足でさぐってみても、さわらない。大声で呼んでも返事がない。あたりは真っ暗で、風の音だけがピューピュー鳴っているばかりで、見えるのは目の前の壊れた飛行機だけである。

そこで機体の反対側を探してみるつもりで、つかまっていた手をちょっと放したら、機体と私は波のためにすでに二メートルも離れていた。風が強いので浮いている飛行機はどんどん流れていき、沈んだ私は流れない。

飛行機に近寄ろうと思っても、すこしも前に進まないばかりか、水はガブガブ飲むし、浮きつ沈みつで、まさにグロッキーになりかけたとき、一本のロープがわずかに手にふれた。溺(おぼ)れるものはいまロープを摑んだ。かすかに助かったな、と感じたときは、潜水艦のまるい横腹のところに引き寄せられていた。そして艦上から飛行服の襟首のところを摑まれて、やっと艦上に引き上げてもらったが、猫の首筋をつかんで吊るすような格好であったにちがいない。

艦上に帰ったとき、まっさきに岩崎兵曹の安否をたずねたら、五分前に救助されていたのがわかり、なによりも嬉しかった。

たいせつな飛行機を壊したことを艦長に詫びてから、艦内で偵察報告をするわけだが、泳ぎに自信のある私がなぜ浮くことができなかったのか。ライフジャケットも着けているのに……と、濡れた飛行服をぬぎながらやっと気がついた。

それは十倍の双眼鏡を首にかけ、右足ポケットには十四年式拳銃と弾八発、左足ポケットには予備弾倉二個、計十六発の実弾を入れているためであった。これではカッパでも浮かべないだろう。

還らざる突入の六勇士

さて、壊れた飛行機はどんどん風に流されていく。あたりはしだいに明るくなりはじめた。このままでは敵に発見されるので、沈めなければならない。そのため、はじめは拳銃でフロートを撃っていたが、沈むはずがない。そこでついに大ハンマーを持ちだして、孔をあけて沈めてしまった。

付近にはたくさんの輸送船が通行しているので、急ぎ潜航した。偵察報告ののち、全士官が冷酒で乾杯したが、小さなグラスで二杯ずつで、これがいつもの習慣になっていた。なぜだか理由はわからない。

いよいよ五月三十一日の夜、特殊潜航艇がシドニー攻撃を実施した。午後七時から七時半にかけて、多数の探照灯が狂ったように港内を照射しているのが望見された。われわれには攻撃の成否は不明であったが、攻撃を実施しえたことは確実である。

われわれ五隻の大型潜水艦は、六月二日夜まで収容地点で彼らの帰ってくるのを待った。三日とも大暴風雨で、山のような波にもまれながら待ちつづけた。しかし、三隻とも遂に帰ってこなかった。この日、アフリカ東岸にあるマダガスカル島北端のディエゴスワレス港では、特潜三隻による英国戦艦攻撃成功の通知がとどいたが、彼らも遂に一人も帰ってこなかった。

真珠湾の特殊潜航艇を知らない人は少ないが、シドニーとディエゴスワレスの特殊潜航艇のことを知る人は少ないのではあるまいか？

このとき、特殊潜航艇でシドニー攻撃に参加された人たちは、伊二二潜から松尾敬宇大尉、都竹正雄二等兵曹、伊二四潜から伴勝久中尉、芦辺守一等兵曹、伊二七潜から中馬兼四大尉、大森猛一等兵曹の方々である。つつしんで六勇士の冥福を祈る次第である。

うらみは深しシドニー湾口

特殊潜航艇「中馬艇」を発進させた伊二七潜艦長の手記

当時「伊二七潜」艦長・海軍中佐　吉村　巌

特殊潜航艇（特潜＝甲標的）にたいする構想は、遠く昭和の七、八年にはじまり、またワシントン、ロンドン両軍縮会議による劣勢をおぎなうため、日本人の特性と経済的見地から、魚雷による奇襲作戦という伝統的戦法を強化する必要にせまられた結果である。

そして開戦の数年前にはすでに、搭乗員の訓練、艇の使用法の研究も行なわれ、敵艦の泊地を襲撃することもできるこの特殊潜航艇を完成し、開戦劈頭（へきとう）の真珠湾にたいする第一次の奇襲作戦として使用されたのであった。

だが開戦前、第一段作戦計画をたてたとき、山本五十六長官はこの特潜使用については、搭乗員をふたたび収容する目算は少ないであろうと、真珠湾での使用を認めなかった。

しかし、その後の研究の結果、ようやく搭乗員収容可能の見込みがついて、この壮挙に踏みきったのであった。

開戦当時、私は佐世保で建造中の伊号第二十七潜水艦（伊二七潜）の艤装員長の職にあって、緒戦におけるわが軍の輝やかしい戦果にじっとしていられない気持であった。

さいわい艤装工事も順調にすすみ、昭和十七年二月二十四日に艤装が完了し、最新鋭潜水艦としてあらたに第一線にくわわることになり、第十四潜水隊に編入され、呉軍港を基地として猛訓練を開始したのであった。

これも、それ以前の昭和十六年十二月末には、すでに第二次特殊潜航艇使用準備として計画されていたのだ。

本艦もやがて特潜を搭載する予定になっていたので、乗員の訓練と同時に特潜との協同訓練、特潜搭載法、搭載中の処理あるいは特潜そのものの攻撃行動などについて、実地の訓練が毎日のように繰りかえされていたのである。

昭和十七年三月一日、特潜をもってする第二次奇襲作戦実施のため、甲乙両先遣隊が編成された。すなわち甲支隊（潜水艦三隻）、乙支隊は第十四潜水隊（伊二七潜、伊二八潜、伊二九潜の三隻）、丙支隊は第三潜水隊（伊二一潜、伊二二潜、伊二四潜の三隻）とし、甲支隊はインド洋方面、乙、丙支隊はオーストラリア東岸の南太平洋方面に行動し、㈠敵主要艦船捜索攻撃、㈡敵艦艇奇襲、㈢海上交通破壊を任務とし、インド洋、オーストラリア東岸両方面で共同時機（五月下旬または六月上旬）は月明期をえらび、作戦を実施するというものであった。

なお乙、丙支隊を東方先遣隊と呼称していた。

東方支隊に対しては、当時オーストラリア、ニュージーランド方面に行動予定の特潜運搬艦千代田（ちよだ）より潜水艦に搭載する予定になっていたが、敵機および敵潜の出没がひんぱんな情況となり、トラックで搭載することになった。

この作戦で特潜を搭載する潜水艦は伊二二潜、伊二四潜、伊二七潜、伊二八潜の四隻ときまり、伊二一潜（佐々木半九司令乗艦）と伊二九潜（勝田治夫司令乗艦）は、それぞれ搭載飛行機で要地の偵察任務につくことになった。

この偵察予定地はフィジー諸島スバ、豪州シドニー、ニュージーランド北島のオークランド、ニューカレドニア島ヌーメアで、攻撃隊はX日の前日に攻撃地点の湾口三十～五十浬（かいり）の圏内に入り、X日には攻撃地区の湾口七～三十浬に達し、X日の日没後に湾口七浬付近で特殊潜航艇を発進させ、攻撃後は戦果確認のため飛行機で偵察を実施する計画であった。

なお特潜攻撃後の収容配備点をきめ、X日から三日後まで、搭乗員の収容につとめることにもなっていた。

それまで呉方面で日夜、訓練と整備を行なっていた先遣支隊は、四月十六日、広島湾柱島水道に停泊中の連合艦隊旗艦大和（やまと）の艦上で、山本五十六長官より激励の辞を受けたのち、第六艦隊旗艦香取（かとり）（小松輝久中将乗艦）とともに勇躍出撃し、四月二十四日にトラック島へ到着した。

その後五月十一日、当時、珊瑚海方面で哨戒任務についていた伊二二潜、伊二四潜、伊二八潜と本艦に対し「特殊潜航艇搭載のため急遽トラックに帰投せよ」との命令が出たので、ただちに哨区を去り、五月十七日トラックに入港した。

僚艦の伊二八潜はその帰投の途中に敵潜の雷撃をうけて沈没、ついにトラックではその姿を見ることはできなかった。このため特潜搭載艦の四隻が一隻へり、三隻となってしまった。

トラック着後、すぐに千代田に横付けして特潜を搭載、同時に中馬兼四大尉および大森猛一曹が乗艦し、明くる十八日に勇躍トラックを出撃して一路オーストラリア東海岸をめざした。

一番の苦手から爆弾の洗礼

出撃後まもなく伊二四潜搭載の特潜用蓄電器が爆発し、同艦はトラックに引き返し、伊二八潜搭載予定のものと交換され、また搭乗員も交代して二十日に出港した。

それより先にトラックを出撃した伊二九潜および伊二一潜は、ともにオーストラリア東方海面にあって、飛行機による偵察をつづけており、五月十四日、伊二九潜から「シドニー港沖で敵のウォースパイト型戦艦および駆逐艦一隻を発見したが、敵はシドニー港内に入ってしまった。またシドニー港方面の灯台は点灯され、灯火管制は行なわれていない」との報告があった。

伊二一潜からのスバ偵察の結果は、「五月十八日の港内には英グラスゴー型巡洋艦一、駆逐艦七、哨戒艇八とあり、なお港口に防材なく、港外に哨戒艇らしいものを認めず」とのことであった。その後、伊二一潜はオークランド方面にむかい、引きつづき偵察を行なっていた。

伊二九潜から、さらに五月二十三日黎明、港内を飛行機偵察の結果、「港内に甲型巡洋艦または戦艦一、大型駆逐艦または軽巡洋艦二、駆逐艦三、大型商船一、そのほかコッカー島造船所岸壁に戦艦一、甲型巡洋艦一あり、灯台、航空灯台はともに点灯、灯火管制はしていない」と偵察報告があった(この偵察後、飛行機は揚収のさい破損し使用不能となった)。

これらの報告をまとめた結果、艦隊司令部はシドニー港の奇襲作戦を実施する腹をきめたのだ。

伊二一潜は二十四日朝、オークランド偵察後シドニーに急行し、ふたたびシドニー港内の飛行機偵察を行なったが天候悪く、密雲と豪雨のため十分な偵察はできなかった。ただ灯火管制は厳重でなく、灯台もいぜん点灯され、出入艦船はひんぱんである、という情報をつたえてきた。

そのころ本艦は、僚艦とともに一路シドニー方面にむけ南下しつつあって、各潜水艦はそれぞれ単独警戒航行中であった。制海、制空権は日本軍側にあるとはいえ、敵地にしだいに近づきつつあるので、いつ敵機があらわれるかもわからない。潜水艦にとって飛行機は一番の苦手である。まして特潜をおんぶしているので形も大きく見え、敵に発見されやすい。発見されたらせっかくの企図を見破られてしまうので、毎日が苦労の連続である。

艦は、いよいよ珊瑚海にかかり、敵地にだんだんと近づくので、さらに見張りを厳重にして南下した。朝の七時ごろであったか、はるか東方より本艦めがけて真っ直ぐに飛んでくる敵機を、私の双眼鏡がとらえた。

距離約八千メートル、ただちに急速潜航にうつり、深さ三十メートルと命令した。十メートル間隔で深度を報告する潜舵手の声が二十メートルを報じてまもなく、ドカン、ドカンとにぶい爆弾の音が腹にこたえ、船体がビリビリとふるえた。

司令塔のペンキがパリパリとはげて落ちたが、それほどひどい至近弾ではなく、船体には異常は認められなかった。「やれやれ」と心中で思いながらも、その反面、はじめて爆弾の洗礼を喰い、これでやっと人並みになり、実戦らしい気分と敵愾心がわいてきた。

その日はそのまま浮上というわけにも行かないので、日没後まで潜航をつづけながら南下、翌日からは昼間は潜航、夜間は浮上して水上航行するよりほかはなかった。艦位はもっぱら夜空の星の観測により測定し、ほぼ予定の位置を南下しているので、シドニー沖まで十分に時間の余裕はあった。潜航中の速力は三ノット、夜間水上速力は約十四ノットで、三十日の日没までにはシドニー沖五十四浬の圏内に到着できる見込みであった。

ぶじ港内に侵入してくれ

そうこうするうちに、東方支援隊司令よりつぎの指令があった。すなわち「五月三十一日、特潜による奇襲を決行する。港内には奥の方に戦艦、港口ちかくに巡洋艦あり、目標の選択は各特潜指揮官の所信に一任する」というものであった。

奥の方に停泊中の戦艦にたいしての攻撃は、攻撃後の脱出のとき特潜の旋回半径が大きいので、旋回脱出は非常に困難かと思われる。さっそく、そのことを中馬大尉に知らせた。

三十日の日没時、艦はシドニー灯台の一一五度五十五浬の位置にあった。遅れてトラックを出港した伊二四潜も、すでにシドニー沖に到着し、各潜水艦はいずれも明日を待つばかりで張り切っていた。三十日夜間のうちに、なるべく港口に近づき、三十一日は日出のだいぶ前に潜航し、特潜の発進地点をシドニー港口より約五、六浬と予定して監視警戒にあたった。

やがて午前三時ごろ、潜望鏡が敵駆逐艦一隻をとらえた。距離は約三千メートル、灯火管制して明かりは見えないが、特潜の発進までは敵を見ても攻撃を禁ぜられているので、ただ見逃すのみ。この敵もあるていど警戒はしているようすである。

つづいて午前八時ごろ、水中聴音機によって敵哨戒艇らしい推進器音を聴手したほかは、とくに本艦の付近は敵艦船の行動を認めなかった。

三十一日の日没時刻は午後三時五十三分、月の出は午後六時十五分、月齢十五・八の満月である。天候は曇、風向は南西、風速八メートル、視界は良好でシドニー上空には密雲があり、特潜の発進にはまず差しつかえない状況であった。

いよいよ午後四時三十分前後に発進することに決心し、早めに中馬大尉を呼び四囲の状況を説明、「これなら大丈夫、敵はわが企図を感知しているようすはない」と成功を誓いあって、やがて搭乗員二人は平常とすこしも変わらず、従容として艇内に乗り込んだ。

午後四時三十分は刻々とせまる。

最後に「現在の位置はシドニー港口の八〇度六浬、付近に敵影は認めない、しっかりやってこい。いまから深さ三十メートルに入る」とつたえて、潜水艦の深度を三十メートルとし

豪州海軍によって引き揚げられ復元展示される甲標的（特潜）

「ただいま深さ三十、いまからバンドをはずす」と発進の合図をつたえた。

ついで艇より「では行ってまいります。お世話になりました、電話を切ります」と中馬大尉最後の声があった。

「バンドはずせ」で艇を固定している三本のバンドは、母潜の機械室の左右にあるハンドルによって同時にはずされた。そのはずされたバンドがデッキに落ちる音がかすかに聞こえ、艇はぶじに発進した。

艦長として「やれやれ」と一安堵するとともに、あとはただ途中支障なく、ぶじ港内に潜入して敵艦を捕捉して奇襲に成功、ふたたび帰ってくることを祈るばかりであった。

艦は潜航のまま、しばらく潜望鏡で港口方面を見張ったが異常は見られない。

「狭い港口から全長六浬もあり、しかも曲がりくねった初めての狭い水道を、わずか二十代の若年艇長の身をもってぶじに通り抜けるには、一方ならぬ苦労困難があろう。また港内には防材、防潜網が設置してあるかも知れない。つごうよく小艦艇や、あるいは漁船などの後をつけて、ぶじに侵入できればよいが、襲撃前に発見されたら、たちまち磁気探知器で捕捉され、在泊艦船に報告されてしまうだろう」と、思いはただ天佑神助を祈るばかりであった。

港口への進入時刻はだいたい午後六時ごろと予想していたが、その時刻になっても何の異常もみとめられない。

日没はとうにすぎて、月明かりでいくらか四周が明るくなっていた。

収容配備点はシドニーの南約十八浬付近とさだめられていたので、南下しながら潜望鏡でシドニー方面を見張った。

午後七時ごろ、シドニーの上空にむけて、さかんに探照灯を照射しているのが見えた。おそらく敵は飛行機により爆弾を投下されたものと見ているらしい。その照射のやり方も無統制である。

この状況から判断して、特潜は確実に港内に潜入し、少なくとも軍艦一隻は撃沈したものと判断された。

伊二一潜、伊二九潜の飛行機はともに故障のため飛ぶことはできない。やがてこの探照灯はいっせいに港外に向けられ、海上を照射しはじめた。光芒はときおり潜航中の艦をかすめて通りすぎる。やがて照射も止まり、もとの静けさにかえった。

ついに帰ってこなかった

まもなく浮上して予定の収容配備点にむかい、午後九時ごろに到着、待機した。左右におぼろげながらも僚艦の艦影を認める。これら各潜とも思いは同じであろう。ぶじに帰投してくるのを願うばかりで、順調にいけば午後十一時ごろまでには、配備点に帰投してきて収容できる見込みであった。

しかし、午後十一時をすぎてもなんら手がかりはない。いまかいまかと帰りを待つが、帰ってくるようすは全然ない。やがて日の出も近づくし、夜明け前には潜航しなければならない。

ついに六月一日の日出までに各艇とも帰ってこなかった。日の出前、はやめに潜航し、配備点を中心にして南北に反復潜航しながら待機して、四囲の海面を監視する。

日没後ふたたび浮上、舳をシドニー方向にむけつつ漂泊待機で警戒見張りをつづけていた。するとオーストラリア放送が「日本軍豆潜三隻はハーバーヴェッセルをわずかに攻撃したが、一隻は砲撃により、他の二隻は爆雷攻撃により撃沈した」との傍受電報を第六艦隊司令部より受信して、はじめて「さてはやられたか」と張りきった思いも一時に抜けてうつろな思いを味わわされ、またじつに痛惜を感じさせられた。

そのうちに司令部より指令があり、「二日夕刻にいたるも手がかりなければ、潜水艦の半数は収容配備をとき、他は翌三日まで陸岸を捜索せよ」とあった。二日の夕刻になってもついに還らず、オーストラリア放送を事実として認めるよりほかはなかった。

その後「各潜は通商破壊戦を行ないながら、六月二十五日までにクェゼリン島に帰投せよ」という指令をうけた。そこで本艦は六月三日、特潜捜索を打ち切り、通商破壊のためシドニー沖より陸岸ぞいに針路を南にとり、六月四日にはオーストラリア輸送船二隻を雷撃、そのうち一隻を轟沈させ、本艦としては最初の戦果をあげた。

この命中音を聞いたとき、艦内にドッと歓声があがり、いまは還らぬ特攻艇の仇をうった思いであった。

みごと一隻に魚雷命中

特殊潜航艇のシドニー奇襲攻撃時の情況は、その後オーストラリア軍の資料により、次のようにわかった。

五月三十一日夜、午後十時五十七分に巡洋艦シカゴの見張員は、舵方向三百メートルに特殊潜航艇の司令塔を発見し、砲撃をくわえたが、距離が近すぎて弾丸は当たらず、またその後あきらかにシカゴを狙ったと思われる魚雷の航跡は、同艦の舷側付近を通過してオランダ船および宿泊艦（クッタブ）の艦底をくぐりぬけ、埠頭に当たって爆発し、そのため宿泊艦は沈没した。

また、シカゴおよび駆逐艦は、一日の午前二時、急きょ出港の途次、南岬付近で一隻の特潜潜望鏡とすれちがったが、近すぎて手がでなかったとも報じている。

太平洋戦争米海軍作戦史によれば、オーストラリア軍司令部の当時の情報として「海軍補助艦（前記クッタブのことか）一隻に魚雷が命中し爆発、これがため同艦は沈没、さらに一本の魚雷は陸上岸壁にあがり、爆破隊の手で処分した」となっている。また「撃沈した艇の二隻は、その位置は確実にして引き揚げ可能なり、他の一隻および母艦（親潜）については捜索中」とも報じている。

後刻、撃沈（自沈か）されたと報じられた二隻は引き揚げられ、搭乗員四名の遺体が発見され、オーストラリア海軍は、「鉄の棺に乗った勇士」として丁重に葬ったとのことである（遺骨は後日、日本に送還された）。

これらの記録から判断して、シカゴおよび宿泊艦を襲撃した艇は、伊二四潜より発進した伴勝久中尉搭乗のもので、同艇は襲撃後、脱出の途中に湾口近くで敵の砲撃あるいは爆雷攻撃をうけ、爆破沈没したものと思われる。

また伊二七潜から発進した中馬艇は港内潜入後、まもなく付近に設置された防潜網にふれ、進退きわまり、ついに襲撃することなく艇を自爆自沈し、搭乗員二名は従容として自決したものと認められる。

さらに松尾敬宇艇は艇の引揚時の位置より判断して、潜入後に陸岸近くで擱坐沈没し、搭乗員二名はやはり従容として自決したものと想像されるのである。

私は中馬大尉および大森兵曹とは、わずかに十日あまりの乗り合わせであったが、両人とも、じつに真面目で、沈着細心、しかも豪胆、この人ならではとひそかに成功を期していたのであったが、その最期を知り、いまさら感服措くあたわざる思いである。発進直前まで、いと細やかに立派な字で日誌を記していた一事を見ても、いかに達観した人物かをうかがい知ることができるのである。

昭和十八年四月二日、呉においてこれら勇士の合同海軍葬儀が行なわれたとき、郷里鹿児島より見えた中馬大尉のご両親とも面接し、直接当時の情況を詳細に説明したが、そのときのご両親の立派な態度はじつに見上げたもので、感激のほかなく、この親にしてこの子あり、とつくづく感じたものであった。

伊二〇潜「甲標的」ルンガ沖に戦果あり

ガ島沖で敵船を撃沈した特殊潜航艇一一号艇長の証言

当時　特殊潜航艇一一号艇長・海軍中尉　山県信治

広島県の倉橋島にある大浦崎（P基地）で、甲標的の五期講習員の指導をしていた昭和十七年八月七日、ガ島に突如として米軍が上陸し、八艦隊所属の田中頼三司令官を指揮官とする水雷戦隊による第一次ソロモン海戦の大勝に、胸をおどらせた。その直後、水上機母艦千代田は、シドニー攻撃に参加した二期の八巻悌次中尉に、われわれ三期と四期講習員の一部をくわえて、十二基の甲標的（特殊潜航艇＝特潜）を搭載し、九月上旬、単独にて呉を出港しトラック島へむかった。

国弘信治中尉

航海長猶村（ならむら）大尉、航海士水野（みずの）中尉の腕前は見事で、予定どおりの時刻にトラックに到着、標識もない北水道に入り、春島を右に見て迂回し錨地についた。環礁内は、およそ広島湾ぐらいの広さと思われた。環礁にはうねりがくだけて白波が立っていた。泊地には輸送船、駆逐艦、潜水艦が停泊していた。いちばん大きな春島には、根拠地隊、軍需部、病院、四通のほかに、〽さらば南華寮また来るまでは　しばし別れの涙をかくし……と歌われた有名な南華寮があった。

入港後、甲標的は秋島南方の環礁内で、単独訓練や水雷艇を目標に襲撃訓練などをおこなった。南水道の西方には被雷した捕鯨母船（図南丸？）も停泊していた。

九月中頃に六艦隊司令部（筑紫丸）で、甲標的をガ島に使用する方針がきまったようだった。ガ島西北端のマルボボに基地をつくり、千代田はショートランドに進出して、逐次、甲標的を潜水艦に搭載して攻撃させる。甲標的は攻撃終了後に基地にいたり、整備と魚雷補充をおこない、攻撃をくりかえす、という方針であった。

私（旧姓国弘）としては、引揚設備のない基地でいかにして魚雷を搭載するかが至難のことに思われた。その私が、マルボボ基地指揮官に指名せられ、船内から陸戦隊一個小隊が選抜された。

九月二十八日ごろ、第一回の陸戦訓練を秋島でおこなったが、翌々日にいたって、突然、磯辺秀雄中尉と交替することとなった。磯辺隊は十月五日ごろ、マルボボ基地設営のため、駆逐艦でトラックを出発していった。

この間、第二次ソロモン海戦がおきた。陸軍も一木支隊がルンガの東側に上陸し、総攻撃をかけたが、湿地帯であったため、ほとんどが全滅したようであった。

十月中旬、千代田はふたたび単艦で出港、赤道を通過して四日目ごろにブーゲンビル島のショートランド泊地に、北水道から入港した。同島には高い山があり、中腹から上はつねに雲におおわれていた。なお、ブインには第十根拠地隊と飛行場があった。

海岸の白い砂浜には、椰子林が西の方までつづき、湾をとりまく島々は細長くて低く、駆逐艦数隻とタンカー一隻が在泊していた。湾内の水深は三十メートルぐらいで、椰子林のカゲには海岸沿いに滑走路があり、ときどき砂塵をあげて、零戦が舞いあがっていた。だが、ときには南方の空にB17が横着な顔をして滞空し、つづく夜間爆撃のため、空襲警報下で神経質な夜を明かすこともあった。

十月十五日ごろ、陸軍から「二十日、ルンガ飛行場に対し第三回総攻撃を実施し、かならず占領する」という主旨の自信満々の電報が入った。そしてこれを支援するために、十八日ごろ、金剛と榛名を主力とする艦隊が殴り込みをかけて三式弾を打ち込み、飛行場を焼き討ちした。飛行場は全面、火の海となって二日間燃えつづけ、残存敵機は数機になる、という大成功の電報が入った。しかし、陸軍の攻撃は二十五日に延期され、それも失敗に終わったようであった。

この間、千代田は第三警戒配備のかたわら、訓練と整備をくり返した。われわれは甲標的をおろし、ツリムの調整や航行訓練および整備をおこなった。しかし夜は、前甲板に折椅子をもちだして雑談に時間をすごした。夜空に輝く南十字星が忘れられない。

伊二〇潜水艇と共に

陸軍の総攻撃失敗により、いよいよわれわれの出番がきた。十月三十一日、先遣部隊指揮官（小松輝久中将）の命令にもとづき、十一月三日ごろ、どこからともなく三隻の潜水艦が入港してきた。伊一六潜、伊二〇潜、伊二四潜であった。各潜水艦長が母艦千代田に参集、艦長らをまじえて士官室で、つぎの作戦命令にもとづき検討がおこなわれた。

機密甲潜水部隊命令第一号案

昭和十七年十一月三日　ショートランド　伊一六潜

甲潜水部隊指揮官　太田信之輔

一、ガダルカナル島上陸戦闘は、依然、彼我対峙（たいじ）の状態にして、詳細は別に指示す

二、当潜水部隊は、敵の増援阻止の目的をもってガ島近海に敵艦船を要撃するとともに、泊地に進入せる敵艦船に対しては、甲標的を侵入せしめ、これを撃破せんとす

三、各潜水艦の任務行動を左のごとく定む

(イ)、潜水艦の待敵散開配備をケホマ〇〇よりケイホ〇〇間、東より伊二四潜、伊一六潜、伊二〇潜の順とし、昼間は潜航し夜間は浮上しながら、散開線に直角に機宜（きぎ）移動警戒して待機、潜水艦は毎日〇一〇〇エスペランス岬の二九五度一三・五浬（かいり）に達し、〇三〇〇に至るまで、その付近を行動したあと南下するものとす

(ロ)、待機潜水艦は敵輸送船入泊の報を得るか、もしくは特令により急速に三五一度三・二浬付近に進出、的（甲標的）を発進したあと、散開配備に復帰す

四、甲標的の任務行動を左の通り定む
(イ)、甲標的は、発進したあとは、なるべくすみやかにルンガ泊地に進入し、敵を撃破したあと韜晦(とうかい)、翌日〇一〇〇にエスペランスの二九五度一三・五浬に帰来、潜水艦に合同するか、もしくは左の地点に到達、乗員が上陸のうえ、的を破壊す
(1)カミンボ、(2)マルボボ、(3)タサファロンガ、(4)エスペランス
(ロ)、ルンガ泊地に敵艦船が在泊せざる場合は、的指揮官は航続力のゆるす範囲内において、機宜待敵するか、もしくは攻撃可能の輸送施設を雷撃破壊するものとす
五、通信に関しては、左の通り定む（以下略）
数ヵ所が加除訂正され、打ち合わせ事項としてつぎのことが決まった。
(イ)、攻撃目標は輸送船を第一とし、艦船は二番目とする
(ロ)、敵船団は早朝ルンガ泊地に入泊するを常とする
(ハ)、標的は行動不能となった場合は、糧食などを揚げて沖合いに出し、侵入沈没させる
(ニ)、第一回は伊一六（八巻悌次中尉）、伊二四（迎泰明中尉）、伊二〇（国弘信治中尉）。伊一六・伊二四は東側、伊二〇は西側散開線

会議が終わり、十一月四日は最後のツリムをプラス一〇〇、傾斜零に調整し、補充電や魚雷調整などの整備にあたった。

とくにこんどの行動から、発射管の前部に黒色の厚いゴム製のキャップをはめ、その根本

をこれまた幅二十ミリくらいの強いゴムバンドで締め、海水の浸入をふせいだ。これらはミッドウェー海戦後、隊長関戸好密少佐の発案で、持ち帰った魚雷を安芸灘で標的から実射したところ、全部が跳出や大偏射した結果によるものである。

「水上艦艇につんでしかり、まして潜水艦に搭載し潜航を繰り返すうちに魚雷が海水にふれた場合、その結果は無駄死にさせるのと同じだ。すみやかにくふう改良すべし」という強い意見に、魚雷実験部が同調した結果の処置であった。

発射方法も、水平または俯角で第一発目を発射、第二発目も俯角がかかって発射（従来は発射間隔三秒とされていた）することとなり、実験の結果は良好であった。発射時に、このゴム製キャップも発射管蓋とともにはずれるのだが、一発必中の意気で猛進してゆく魚雷の保安策としては、まことにネイビーらしい奇想天外の着想であり、いま思い出してもほほえましいものがある。

五日午後、愛艇一一号標的は、千代田舷側に横付けした伊号第二十潜水艦（伊二〇潜）の後甲板にうつされ、四本のバンドで固縛された。

午後四時ごろ、乗員の声援に送られて千代田舷側をはなれ、仮泊して夕食ののち出港した。南水道をとおり、十八ノットに増速、之の字運動を行ないながら、東南東の針路で散開線にむかった。西の空が夕焼けで真っ赤に染まり、南十字星がときどき見えかくれしていた。

発進準備よし

十一月六日早朝に潜航した。伊二〇潜の先任将校は、江田島入校時の二十四分隊伍長の上杉大尉、航海長は同期の藤村明であった。こういう場合、二人の顔見知りの先輩や友人が居合わせたことは、何よりも心強かった。

午後六時四十五分ごろに浮上した。空は曇っていたが、ときどき星がのぞいていたので、藤村航海長は天測をはじめた。すでに水平線は薄暗くなっていたが、自信満々だった。艦はすでに予定の散開線に達していたらしく、充電しながら移動し警戒にあたっていた。

私は甲標的の内外を見まわり、異状の有無をたしかめた。艇付と整備員は艇内の換気、受持の点検を実施した。九時過ぎに終了したので艦内にもどり、士官室で夜食をかこんで時をすごしたあと、今夜すぐ出発ということもなかろうと思い、ベッドに入った。

ところが、ほどなく「伊二〇潜は標的を発進せよ」との司令からの電報が入ったらしく、起こされた。まだいくらか余裕があると思っていた矢先だったので少々あわてたが、みなを起こし、「転輪起動」を命ずるうちに、落ち着きをとりもどした。先任将校は、私たちの糧食の準備を命じた。

艦橋にあがると、艦は十八ノットで北上していた。空は真っ黒で雨をともない、海面は波立ちスコールの来襲を思わせた。艦長から現在位置や発進予定地点、到達予定時刻などをうけたまわり、身じたくを整えたが、かねての覚悟なので遺書めいたものは何ものこさなかった。

約三十分後、赤飯や稲荷寿司などの缶詰糧食（一人一週間分）が用意された。艦長にお礼をのべて標的に入ったのは、七日午前一時半ごろであった。一時四十五分に潜航、異状の有無をたしかめ「発進準備よし」と電話で報告する。深さ十五メートルぐらいであった。「二七〇度に変針する」と知らされたが、転輪の作動状況は良好ながら、まだセットしていない。「ヨーソロー」の連絡をうけ、補助コンパスの針を二七〇度にあわせて発動する。現在位置を知らされたあと、「電話線を切る」を最後に艦との連絡は絶えた。

つづいて昼間の潜航中に打ち合わせておいた——一点連打　発進用意。二点連打　前後部のバンドをはずす。三点連打　中央バンドをはずす、発進。了解は同一信号で応答する——金ヅチの信号音がひびいた。

カンカン・カンカンと応答すると、バタンと音がしてバンドが甲板に落ちた。つづいてカンカンカン・カンカンカンと応えると同じ音がして、艇は完全に潜水艦との固縛をとかれた。深度計のガラスを指で静かにたたきながら、針の変化に注意していると、左に動きはじめた。三メートルぐらい浮いたので、最微速（四ノット）針路九〇度、深さ二十を令し、一路、ルンガ沖をめざした。

異状のないのをたしかめ、半速〇（十ノット）に増速した。モーターはウンウンと快調な音を立てており、「いよいよ征くか」と思うと、ジーンと身のひきしまる思いであった。

一本煙突を狙え

三十分ごとに露頂して四周を見張り、位置をいれる。左側のサボ島はよく見えるが、ガ島

ガ島方面で米軍に引き揚げられた甲標的。伊24潜から泊地攻撃に向かった迎艇かと思われる

の山の区別がつかず、位置三角形は大きくなってしまった。しかし、推定位置から概位はつかむことができた。二回変針して、午前四時半ごろにはスコールも晴れ、低く突き出たルンガ岬がかすかに見えてきた。

　午前五時、夜のとばりも明けて、まったくの好天気だ。海面はベタ凪ぎで、さざ波が立っているていどであった。しかし敵影は見えず、敵情に関しても情報は得ていない。一隻でもいてくれと祈りつつ進んだ。

　六時四十五分ごろ、ルンガ岬の北方五浬にたっしたと判断し、一八〇度に変針、微速〇で前進、五分ごとに露頂した。

　三回目の観測で、海岸の椰子林の頂上らしいものが見えはじめた。そのとき、右二〇度、距離七千に二本煙突の敵艦を発見した。艦橋が少し後方に傾いているので、青葉級の巡洋艦と思った。

「よき敵」とばかり勇み立ち、「魚雷戦用意・魚雷深度五メートル」と命令する。艇付が気蓄器に空気を送り、深度調定用の把手をまわして、「魚雷戦用意よし」と応えてくる。

さらに二回目、三回目の方位角は左一五度、右三〇度なので、之の字運動中と判断、距離は一五〇〇メートルで発射を決意したが、巡洋艦にしてはすこし小さいように感じたので、潜望鏡をおろし、

「駆逐艦らしい。すこし小さいぞ」というと、艇付も、

「それでは、魚雷が艦底を通過するかも知れません」という。

露頂してみると、方位角が左一二〇度、照準角左二〇度で、距離は一千メートルだ。とても発射できる態勢ではない。偶然、そのとき敵艦の中央後方に太い煙突一本をかすかに発見した。潜望鏡を下ろしながら、

「深さ二〇、微速〇、二〇度取舵のところ」と令した。第一攻撃目標が輸送船であったのを思い出したのである。

しばらくして「シャッシャッ」というスクリュー音を頭上に聞いたので、敵艦底を通過したと思った。目標までの距離を五～七千と判断したので、五分ごとに露頂して観測するつもりでいたが、駆逐艦が後ろからついてきている気がして、五分が十分となり十五分となった。その間に、「発射後どうするか、もたついているとやられてしまう」と思いつき、

「発射後は、令なくして面舵一杯、半速、横舵ダウン一杯で急いで三十メートルに入り、針路三五〇度にせよ」と予令した。

二十分後には、どうしても露頂しないと浅い所にぶつかるかも知れない、と決意して露頂する。潜望鏡が水面を切ると、なんと駆逐艦二隻が五百メートルぐらいのところで、小艇を舷側につけて荷物をおろしている。甲板上に人影が見えた。

目標は左二〇度にずれていた。やや遠いが、距離は一二〇〇〜一五〇〇ぐらいだ。方位角右九〇度で、視野の半分くらいあったので、これなら当たると速断、

「二〇度取舵のところ――発射用意！」

「発射用意よし」照準を煙突に合わせるため、「……度面舵のところ――用意――テーッ」と下管を発射した。

艦首はいったん浮き上がったが、ふたたび泡をたてて沈みはじめ、俯角がかかり出した。浮上の動揺で照準がずれたので、針路を修正し、「用意――テーッ」と二発目を発射した。ふたたび艇が水面に飛び出したが、このとき、一発目があわい航跡を残して直進していくのが見えた。

周囲を見張る余裕もなく全没した。艇付が予令した処置をとる間に、潜望鏡を下ろして時計を見ると、午前七時三十五分であった。

「一〇……、一五……、三〇……」と艇付が深さを報告する声がして、

「ヨーソロ、三五〇度」と聞くか聞かないうちに、ドーンとにぶい魚雷の命中音が聞こえた。

「当たった！」と二人で喜ぶ間もなく、ガガガーンと大きな爆発音が四周にとどろいた。

「最微速」とわれ知らず命令する。爆発音がしばらくつづくので、「いよいよ最後か、もう少

し遊びたいなあ」とふと思ったりした。

爆発音に気をとられていると、操縦室の左舷からシューッと音をたてて海水がふき上がってくる。「やられた」と思って見ると、深度計の上から吹き出している。艇付がすばやくコックを締めると、海水はとまった。

ふと見ると、深度計が一四五メートルをさしている。安全潜航深度は一一〇メートルなので、あわてて増速して一〇〇メートルにした。最微速にすると艇は沈み、微速〇にすると浮上するので、魚雷発射のために、浮力がマイナスになったな、と思った。そのため速力変換によって、八〇〜一一〇メートルの深度を保持しながら避退した。速力を出すと爆雷が炸裂するが、全部上方で音がするので、これなら大丈夫と思った。

八時五十分ごろ、海図に定規(じょうぎ)をあてて見て、針路の誤りに気づいた。サボ島とカミンボの中間にむける三一五度を勘ちがいして三五〇度にしていたらしい。あわてて、修正針路をとりなおした。

執拗だった爆雷攻撃も九時半になるとやみ、敵も諦めたようだった。爆雷の数は十四、五発までは数えたが、あとは数えきれなかった。

ガ島海岸へ帰還

十時四十分に、推定位置から考え二七〇度に変針した。接敵運動から四時間も経過し、位置に不安を感じたので、意を決して十一時、浮上して露頂すると、サボ島の海岸二千メートルに接近していた。敵影はすでになかったので、安心して位置を入れ、ふたたび三十メートルに潜入、エスペランスに向かった。その間、赤飯の缶詰で昼食をとった。

十二時に露頂、敵機もいないので、海岸から五百メートルのところに浮上した。はじめてガ島の空気を吸い、マルボボをめざして水上航走にはいった。

浮上中は味方識別のため、一幅の軍艦旗を前に出せとのことだったので、その通りにした。七倍双眼鏡で友軍をさがしながら西航していると、椰子林の海岸を西に歩いている二人の陸兵を見つけた。エスペランスを迂回してカミンボを探したが、顕著な目標がないので、なかなかわからない。

十二時四十五分ごろ、ひょいと上空を見ると、左前方二千メートルぐらいの低空を艦爆二機がやってくる。眼鏡で見ると、緑色の機体に星のマークだ。パイロットが大きな眼鏡越しにこちらを見ている。あわてて「潜航急げ」を令し、ハッチを締めようとすると、軍艦旗の止め紐一本がかんでいる。ふたたびハッチを半開きにし、紐をはずしてハッチを締めながら、「ベント開け、面舵一杯、半速深さ三〇、六〇度面舵のところ!」と、やつぎばやに令しながらすべり下りた。あまり急いだので足がすべり、深度機のハンドルを持った艇付の手を左足で踏みつけた。二十メートルぐらい潜(もぐ)ったところで、後方でドーンと一発見舞われたが、爆雷にくらべ小さい音であった。

一時間後に露頂した。敵機の不在をたしかめ、位置を入れようとしたが入らず、転輪の故障に気づいた。しかし大体、カミンボとマルボボの中間と思われた。マルボボには行きたいが、位置が入らなくては駄目だ。そこで、この付近で接岸して糧食などを揚げ、艇を沖合いに出して注水して沈め、泳いで陸にあがろうと話し合った。

砂浜の海岸を見さだめ、深さ五メートルにして潜望鏡を半分出し、前方に岩のないところを探して徐々に接岸した。あるかなしの行き足で、艇首を砂浜につけたのは午後二時三十分ごろであった。

私がまず艇外に出て、艇付が逐次、司令塔の中からさし上げるものを、艇首から砂浜に放りあげ、作業を終えた。

後進をかけ、沖に出ようとしたが、艇はなかなか動かない。再三、後進半速、停止を繰り返し、最後に今まで使ったことのない後進原速をかけたところ、やっと後退する気配がみえた。

ところがその瞬間、どうしたことか前進に入り、グーッと乗り上がった。ふたたび後進をかけたが泥水をかきたてるのみである。とうとう作業をあきらめ、調整タンクのキングストン弁と空気抜きのコックをひらき、浸水をたしかめてからハッチを上がった。そして防潜網よけのワイヤーを伝って、艇付が運んでくる物件を海岸に放り、最後に陸上に飛び降りた。

一滴のソロモンの海水を浴びることなく、ガ島に上陸することができた。

蛟龍二〇三号艇 本土決戦へUターンせよ

瀬戸内海を出撃、沖縄へ向かった甲標的丁型「蛟龍」艇長の報告

当時「蛟龍」二〇三号艇長・海軍中尉　三笠清治

本土決戦用として作られた水中特攻兵器「蛟龍(こうりゅう)」が、正式に戦場に登場したのは、本土空襲も激しくなりはじめた昭和二十年一月のころであった。

それより先、昭和十九年七月七日、サイパンは玉砕し、連合軍のつぎの侵攻目標は南西諸島への公算大ということになって、父島、硫黄島および南西諸島の防衛が強化されはじめたちょうどその頃、広島県倉橋島にある大浦崎（P基地）は、秘密基地として発足した「呉工廠魚雷実験部山田事務所」からさらに大きく第一特別基地隊として、静かにベールを脱ぎはじめたのである。

これまでのP基地といえば、水中特攻の実験基地として日夜、秘密裏に各種水中兵器の試作艇が試験されていた。

いっぽう開発実用化された甲標的の改良や、激しい訓練もまた重ねられていた。

すなわち甲標的は乙型、丙型と改良され、蛟龍および兄弟艇の回天、海龍、伏龍などが試

作され、実用化のため、日夜努力されていた。甲標的艇長講習を終了した艇長は、この各種水中特攻兵器の実験員として、呉工廠の技術士官らと協力しながら、各種のテストに参加した。

㈥（マルロク）金物兵器（回天）の実験員の黒木、仁科両艇長のように、私も甲標的丁型（蛟龍）の各種テストに参加した。

黒木博大尉がこれまでの甲標的丙型の試作や実験をおこなった結果、緒明亮乍技術少佐と協力して、自力で航走しながら充電し、そうとう行動範囲が大きくなる小型潜水艦の設計が完成された。

まず試作艇として八隻が建造されることになった。これが二〇一～二〇八号艇であり、昭和十九年五月ごろより試作がはじまり、私は二〇三号艇長として同年十月ごろより艤装、各種試験などに参加した。

とくに印象的なことは、いちおう艤装個別試験もおわり、いよいよ実用化するための総合試験として伊予灘の屋代島あたりから別府湾にわたる広大な海面において、自力航行および潜航試験などをかねた長期（十月余）の実験訓練が実施されたことである。

それは西田大尉を訓練指揮官として、それに軍医長中島少佐らが同行しての大がかりな長期行動力テストであった。秋津丸が母船となり、二〇一号艇（勝又中尉）、二〇二号艇（飯田中尉）および二〇三号艇の私が参加した。三机沖での深々度潜航訓練（深度百メートル余）にも参加した。三机は佐田岬にある小さな漁港であり、ここは真珠湾攻撃に参加した岩佐直治中佐ら以来、甲標的の訓練基地としてよく利用されたところである。

甲標的の訓練はじつに命がけであった。毎日毎日の訓練は、まさに真剣勝負である。訓練艇の整備および操縦のための事前チェックは、航空機のパイロットとおなじく、厳密におこなわねばならなかった。

これを怠ると事故につながるからだ。思いもよらない事故に遭遇する。よくあるのは、羅針儀不調による推測航法誤りで、岩礁へ激突して浸水することや、弁の故障による浮上ができなくなることであった。

私自身も、艇長要員指導訓練中に艇底にある弁が水圧によりはずれ、大浸水を起こし、もはやこれまでか――といった遭難寸前の事故に遭遇したことがあった。

その後、狭水道通過訓練や柱島基地において停泊艦の襲撃訓練、さらに艦底通過訓練にも参加した。とにかく隠密行動が主であるから、早暁および薄暮の襲撃訓練、それに夜間の隠密行動訓練がとくに重視された。こうしてきびしい各種訓練をかさねながら、蛟龍の最終的な実用化試験も昭和十九年十二月末にはいちおう終わった。

第一回の寄港地は回天基地

ガダルカナル島ルンガ泊地攻撃いらい、隠忍約一年をへて訓練を積みあげてきた甲標的隊は、昭和十八年十二月にラバウルへ出撃した門義視大尉を隊長とする門隊、昭和十九年一月にはハルマヘラへ大友隊（大友広四中尉五期）、そしてトラック島へ里隊（里正義中尉五期）、さらにミンダナオ（セブ方面）島へ島大尉を長とする島隊、ダバオへ小島隊（小島光造大尉五期）、父島へ篠倉隊（篠倉治大尉四期）、そして九月には鶴田伝大尉（艇長講習時の指導官）を隊長とする鶴田隊が沖縄本島へ出撃したのである。

戦局も重大な段階にはいった昭和二十年一月、後藤修中尉を隊長とする後藤隊はマニラへむけ出撃した。ちょうどそのころ、まだ試作実験艇からようやく実用艇として誕生したばかりの蛟龍にも、出撃命令が出されたのである。

昭和二十年一月、乗員五名の甲標的丁型は正式に蛟龍と命名され、一月末に沖縄への出撃命令をうけた。そのときの編成は次のとおりである。

▽母船芙蓉丸（指揮官神山大尉）、第二〇三号艇（三笠清治中尉八期艇長）、第二〇二号艇（勝又祐一中尉九期艇長）、第二〇一号艇（飯田和信中尉九期艇長）

▽母船富士丸（船長八束大尉）、第二〇四号艇（花田賢司大尉十期艇長）、第二〇七号艇（古賀英也中尉九期艇長）、第二〇八号艇（伊予田規雄中尉九期艇長）

出撃準備に入ってからの行動は、昼夜をとわず多忙をきわめた。魚雷の装塡および発射訓練、燃料や食糧などの搭載。そして海図、各種教範などの整備、航海計画の立案などであった。またそれと並行して、蛟龍の部分的改造もおこなわれた。

当時、第一特別基地隊司令官は長井満少将であり、先任参謀は山田大佐であった。出撃の日はいまにも雪が降り出しそうな薄ら寒い日であった。司令官から訓示があり、記念写真を

三笠中尉を艇長として、水上航走で広島県倉橋島の大浦崎（P基地）を出撃する蛟龍203号艇

撮った。そして先輩、同僚らの強い激励の言葉を背中に受けながら、岸壁より静かに各艇は出撃した。

長井司令官以下、基地隊全員が岸壁に立ちならんで帽を振るなかを、われわれ蛟龍隊は大浦崎を出撃したのである。

微速より原速に増速しながら、第一回の寄港地である光回天基地へむかって急いだ。倉橋島の大迫基地で帽振る人影が遠くに見える。これに応えるため、亀ヶ首をまわり屋代島、平郡島沖を通って祝島を右に見ながら、光基地へ針路をとった。どんよりとした空からしだいに小雪がチラチラしはじめるほどの悪天候に変わり、視界も不良であった。

しかし二〇二号艇、二〇一号艇は、整然と二〇三号艇のあとにつづいて航行した。この付近は訓練などでよく通る航路であり、周囲の島々は懐かしかった。屋代島で仮泊したことも思い出される。そうこうしているうちに、光基地にぶじ到着したのである。

当時、光基地は昭和十九年十一月末に光回天基地として大津島基地より分離して開設され、まだ二ヵ月余りしかたっていなかった。ここで艇の整備にあたるとともに、指揮官および各艇長は挨拶のため司令部をたずねた。

そこでは懐かしい顔も見受けられた。

この光基地で会ったのは橋口寛、河合不死男、福島誠治中尉であった。ヤアヤアという挨拶からはじまり、しばらくの時間を惜しんで語り合った。この橋口中尉は、終戦のとき悲憤慷慨して自決するのであるが、当時にこやかな笑顔のなかに精悍な顔をした青年士官であった。

そのとき何を語り合ったかは覚えていない。終戦後、光回天基地司令の橋口百治氏（神奈川住）が、

「彼は私とおなじ鹿児島出身であり、回天操縦のとくにすぐれた士官であった。なぜ私を出撃させてくれないのか、強く詰問され大変困ったことがある。そのとき、すぐれた君のその技術で各隊員をよく指導してくれ云々となぐさめたが、それにしても惜しい人物を失ったことだと思う」と当時を述懐しておられる。

ここの基地全体がわれわれの大浦崎基地とおなじく、新しい回天隊員の養成に、日夜はげしい猛訓練が実施されていたのであろう。

翌朝、隊員たちに見送られ、光回天基地を出撃した。笠戸島、大津島を右にながめながら、荒れる周防灘を一路関門海峡方面へ航海する。瀬戸内海とはいえ、冬の周防灘は大きな波が

押し寄せ、蛟龍をあげたり下げたり、またローリングさせながら翻弄する。

蛟龍はすこし艇首を下げ気味に波を切りながら進む。姫島の沖を通過するころまでは、かなりの横波を受けたため、多少、左から右に針路を変更して、宇部に寄港した。

航海中の食事はすべて潜水艦食とおなじく、缶詰や加工食が主体であるが、ほとんど荒海の航海であったので、乾パンを主食とした、じつに簡素な食事であった。港に入ると艇の整備、発電機運転による電池の充電、各部のチェックに追われた。

艇長も苦労するが、四人の艇付もよく働いた。艇付といってもみな上等兵曹や上等機関兵曹で、その道のベテランである。坪田、高橋、佐貫ら各兵曹は、それぞれ入港後は整備点検などに専念した。

出撃を前にしてドック入り

宇部港をでて下関海峡に入る。なにぶん潮の流れが急であるので、水路の真ん中を慎重に航行した。海峡を出るところからしだいに大きなうねりを受ける。瀬戸内海とは異なり、日本海側にでた途端、海面の様相は大きく変化した。冬の大洋を蛟龍が航海するのは、これが初体験であった。軍艦で太平洋の荒海を航海した経験はあるけれども、小型潜水艦の大海での浮上航行はじつに苦難にみちたものであった。

彦島の側を通り、六連島、馬島を右に見ながら針路を西にとる。雪がはげしく降りはじめた。航海に自信があるとはいえ、必死に潜望鏡にしがみついて、位置測定をおこなう。横波

甲標的丁型（蛟龍）。航続力８ノットで1000浬。
艦橋前端部（右方）は風防ガラスとなっていた

をさけるため、ときおり針路を変更する。

大島の灯台を左に見て、いよいよ玄界灘に入る。さすがは冬季の荒海である。もまれつづけながら速力六ノットで進む。ただ故障しないことだけを祈るのみである。

玄海島の灯台が見えるまでは、じつに長い長い航海のようにおもえた。ようやく玄界島、志賀島にちかづき、博多湾に入った途端、海面はしずかになった。美しい松原をながめながら博多に入港する。

このころになると、蛟龍もあちこちに故障がでてきたので、しばらく滞在して修理することにした。博多港の岸壁には、陸軍の輸送船が数隻係留されていて、出撃準備をしていた。

当時はときおり壱岐・対馬付近に敵潜水艦が出没し、輸送船に魚雷攻撃をしていた。陸軍輸送船の行き先はわからないが、台湾か沖縄方面であろうと思いながら造船所へ急いだ。

博多を出港してふたたび玄界灘にでる。冬季のため海がしょっちゅう荒れていて、しずかな航海は期待できそうもない。

唐津湾の沖合を通り、東松浦半島の呼子という漁港に寄港する。この近くの名護屋は、むかし豊臣秀吉が朝鮮征伐のおり、遠く朝鮮にいる諸将を総指揮したところであるという。

呼子を出港すると間もなく平戸瀬戸を通過して、美しい九十九島の島々を見ながら、佐世保港へ真っすぐに針路をむける。

陽も暮れ夜のとばりが静かにおり出したころ、ようやく佐世保潜水艦基地隊の岸壁に横付けにしたのである。

各艇の様子を聞くと、尾筐部に不具合が多く、長時間運転のため、焼きつきなどの故障や羅針儀のチェック、それに部分的改造のため、やむをえずしばらくドック入りすることになり、各艇は工廠の岸壁へと回送した。

そのころ佐世保にも時折り警戒警報が発令されていた。もちろん灯火管制下であり、防空壕が市内のあちこちに構築されていた。

東シナ海の海がいったん荒れると、日本海とおなじように荒々しい海に豹変するとは、かねてから聞いてはいた。佐世保を出港するころは静穏な航海であったが、大島をでて岬戸の沖合を通過するころから、天候がしだいに悪化し、噂どおりの荒海で難航海をしいられた。

単艦で行動をしているのならば、深く潜航すれば少しはガブるのは避けられるが、母艦および他艦との編隊航行であるため、勝手な行動はできなかった。そのため手旗信号かあるいは艇内無線機による電信電話で、おたがいに連絡しながら進むことにした。

私は潜望鏡を見ながら位置測定をし、危険な岩礁、暗礁のあいだを必死に通りぬけ、野母崎を通過してようやく天草灘にはいる。海はますます荒れ狂い、雪もチラつきはじめて、視界が非常に悪くなる。本日の寄港地である牛深まで、ぶじ到着することができるだろうか。

僚艇はどうしているのだろうかと潜望鏡を通して見ると、ガッチリついてきている。これも日ごろの訓練のせいだろう。不思議なくらいである。と同時に蛟龍も荒海にだいぶなれてきたらしい。その時とつぜん母船より「本日荒天のため、崎津湾に避難する。ついては母船が先導する――」という旨の通信文を受けた。崎津湾の入口はじつに狭い。母船はうまく湾内に入ることができるだろうか、と心配をしながら続航する。

佐世保を出港するとき、よもやこんな難航海がつづくとは思ってもみなかった。東シナ海の無気味さに緊張をおぼえる（天草諸島も天草五橋が架橋されて便利になったようであるが、当時の天草は孤立した島であり、崎津天主堂の異国情緒的な雰囲気が印象的であった）。

崎津湾内は外海の荒海とは打って変わり、じつにおだやかな港湾であった。種々の難航海をしながらも、なんとか牛深の漁港に入った。

翌朝、牛深を出港すると、一路、鹿児島方面へむかって南下した。僧月照が平野国臣とともに熊本から天草諸島を船で南下し、陸路より薩摩入りをしようとしたが果たされず、ふたたびこの海路を南下して、米之津より薩摩へ入国したという。われわれ蛟龍隊も、それと同じコースでいよいよ薩摩入りである。

私が尊敬する西郷南洲翁、東郷元帥の生国と思うと、なおさら心がはずむ。上甑(こしき)島と九州本土の間を通過し、串木野港の沖合を進むと、しだいに遠く野間崎が見えはじめる。さらに南下するにつれ、海面がだんだんおだやかになり、坊の津に寄港した。

当時、戦局はしだいに逼迫しており、鹿児島方面は空襲を受ける危険が大きいというので、とりあえず坊の津へ避港したのである。

坊の津というのは、その昔、平安時代に遣唐使が渡航するさいの基点となった港と聞いていたが、その面影はどこにもとどめえない小さな漁港であった。しかしここで、思いもしなかった敵機の襲来を受けたのである。

半信半疑で聞く反転命令

それは母船に横付けした蛟龍隊が、つぎの寄港地山川へむけて出航する準備をしていたときのことである。そのころといえば、敵機動部隊による本土周辺への波状攻撃が毎日くりかえされはじめていた。そんなおり、佐世保方面からこちらへ向かってくる航空機が数十機見えた。これは味方機による沖縄方面への攻撃機にちがいないと思っていたところ、約十機がこちらをめざしてやって来るではないか。

「オヤおかしいぞ」と思っていると、航空機はバンクしだした。

「敵機だッ！」と叫び合いながら、急いで艇を母船から離し、急速潜航して退避した。湾内の深さ二十メートルくらいのところで沈坐した。海面上では母船が攻撃され、機銃により対抗しているようだった。

しばらくの時間が経過したあと、静かに浮上し潜望鏡であたりを見ると、母船は幸いにしてぶじであった。敵はしばらく執拗にくりかえし機銃掃射をしてきたが、大した被害もなくすんだ。

ふたたび攻撃される恐れがあるので、上空から発見されにくいところに隠れるため移動を開始した。そしてさらに木の枝で、遮蔽した。米軍機は二回ぐらいやって来たが、われわれを発見することはできなかった。そのため大きな被害を受けることもなく、切り抜けたのである。

その夜であった。知覧、出水といった特攻基地を爆撃する米軍機の爆音がひんぱんに聞こえる。南西諸島周辺には米機動部隊が雲霞（うんか）のごとく押し寄せていた。また艦載機による攻撃が多くなり出したころである。われわれもこんなところでグズグズしておれないということになり、急きょ出港し山川港へとむかった。

枕崎の沖を通り、開聞岳の雄大な姿を左に見ながら、鹿児島湾口に入る。ムクムクとまるで入道雲のような桜島の噴煙をはるかに眺めて、ようやく山川港に到達したのである。そこで空襲に対処する態勢をとり、蛟龍の整備にあたった。

いよいよ沖縄へむけて出撃の日が近づいた。指揮官を中心に、最悪の状態になったことを想定し、出航準備をおこなった。食糧や燃料などは、できるだけ長期自力航行できる体制をとった。しかし蛟龍の行動力を考えてみると、種子島か永良部島かに一度寄港するか、もしくは沖縄本島への到着が困難な場合、奄美大島へはなんとか到着する必要があるだろうと、南西諸島の海図をみて、航海計画などを練りに練った。

さて出撃である。天気晴朗なれども波は多少あるが、しかし日本海、東シナ海の荒海にもまれた蛟龍は、南方への航海には多少とも自信があった。警戒すべきはむしろ米軍機である。そのため対空見張りを強化しながら一路南下する。

遠くに硫黄島の噴煙が見える。そのとき一匹の海へビが泳いでいた。われわれを送ってくれるかのようだ。海へビは波間に消えた。この日はわりと視界が良好であった。しだいに硫黄島が大きく見え左側に平たく大きな島、正面に小さな島がうすぼんやりと見える。種子島と屋久島だ。潜望鏡から眺める海はじつに美しかった。

出港してからだいぶたった頃である。母船より手旗信号を受けた。「何だろう」と思ってよく見るのだが、充分に見えない。しばらくするとさらに近づいてきた。「山川港へ引き返せ」といっているようである。

おかしい。どうしたのだろう。母船に何かあったのだろうか。

いろいろ疑いながらさらに進む。すると電話で、「軍令部からの命により、とりあえず山川港へ引き返す」というのである。私は半信半疑でそれを聞いた。そしてわれわれは何故だろう、という疑問を持ったままふたたび山川港へむかった。

われわれと別行動をした花田隊も、われわれとおなじような苦難をなめ、本土決戦のために大浦崎へ引き返して来た。そして大浦突撃隊付となった初期の蛟龍隊員は、本土決戦のため大きくふくらんだ特攻戦隊の蛟龍要員の大量養成のため、教官として、あるいは新しい突撃隊要員として大いに奮闘した。

おもえば蛟龍は、本土決戦用として宿命づけられた水中特攻兵器であった。

伊四七潜発進「天武隊」の洋上回天戦

桜一枝を手に出撃、人間魚雷となって突入した若者たちの航跡

当時「伊四七潜」艦長・海軍少佐　折田善次

昭和二十年四月中旬、伊号第四十七潜水艦（伊四七潜）と伊号第三十六潜水艦（伊三六潜）でもって編成された『回天特別攻撃隊天武隊』は、従来の窮屈な被害の多い局地戦（碇泊艦攻撃）とちがって、潜水艦は広い洋上を文字どおり神出鬼没し、艦長の判断によって回天も魚雷も、臨機応変に使用する作戦任務をあたえられた。

伊四七潜の作戦海面は沖縄とウルシー（西カロリン群島）を結ぶ中間の線上付近で、伊三六潜の作戦海面は沖縄とサイパンを結ぶ中間の線上付近であった。なお、伊四七潜の回天搭乗員は柿崎実中尉をはじめ、前田肇中尉、古川七郎上飛曹、山口重雄一飛曹、新海菊雄二飛曹、横田寛二飛曹の六名で、一方、伊三六潜は八木悌二中尉、久家稔少尉、安部英雄二飛曹、松田光雄二飛曹、海老原清三郎二飛曹、野村栄造二飛曹の六名の回天搭乗員からなっていた。

満開の桜一枝を手に

伊四七潜は四月十八日、呉を出港し、回天基地である山口県〝光〟に回航した。四月二十日、

「またお世話になりに来ました。よろしくお願いします」と、三週間前に沖縄に突入するつもりであったのが、途中、種子島沖でさんざんにたたかれ、作戦を中止して帰投した多々良隊のときと同じメンバーの柿崎中尉一行が、満開の吉野桜一枝ずつを手に、楽しい航海を待ちわびてでもいたような、明るい顔をして乗艦してきた。

豊後水道を出る前に、魚雷とともに全回天がいつでも発進可能のように入念な準備を完成すると、私は潜航中に、回天搭乗員の六名を士官室の夕食の席に招いた。

「回天の洋上使用は、碇泊艦にたいする襲撃とちがい、会敵しだい乗艇し急速発進を命ずることになると思う。したがって菊水隊や金剛隊のように、乗艇前のゆっくりした訣別などを交わす暇はない。この点は十分に覚悟をして、急速乗艇発進の心がまえを常にもっていてもらいたい。今日はいまからみんなと恩賜の酒をくみ交わしながら、最後の訣別としたい」と挨拶し、回天隊員一人一人に、朱の振武盃をわたし、恩賜の酒をついで、

「沈着に行動し、千載一遇の好機を逸することなく人間魚雷の本領を発揮して会心の突入を敢行し、大敵を粉砕せんことを祈る」と突入の成功を祈願して乾杯した。

四月二十五日、沖縄とサイパンを結ぶ線上に到着、二十七日まで待機した。

つづいて伊三六潜が同線上に到着するので、さらに南下して、沖縄とウルシーの連結線上に移動した。平穏な春の海は、洋上回天戦にとって好適な舞台であるのに、めざす獲物(えもの)には、

なかなかめぐりあえない。

この夜、伊四七潜は、伊三六潜の戦闘速報を受信した。伊三六潜の回天隊は敵輸送船団に突入、その四隻を轟沈させたという意味の電文である。

菊水隊や金剛隊でも、よい意味のライバルとして戦果を競い合い、リードしていたのに。こんどの天武隊では、「後のカラスに先をこされた」と悔しがるものや、回天搭乗員にしてみれば、

「もしや今度も、武運に恵まれぬのでは？」と、不安の念をいだくものもあったが、とにかく伊三六潜の戦果で洋上回天戦は、未知数ではなくなったのだ。

「やれるぞ。先陣の功こそ譲（ゆず）ったが、負けやしないぞ」と回天隊員は張りきり、川本先任将校や重本俊一航海長の指導をうけながら、机上襲撃演習に沈頭している。今日か明日かわからないけれども、近くかならずやってくる、一生にただ一回の突撃にそなえて、一刻をも惜（お）しんで精進をつづけ、修練に余念のない彼らの日常。眼前にせまっている死との対決に、超然とした彼らの態度には、私も乗員一同も頭のさがる思いだった。

三十日まで音源一つきくことなく過ぎた。あまり緊張しすぎて、艦内にはあせり気味な空気が感じられるので、沖縄で死闘をつづけている友軍には申し訳ないが、私は先任将校と相談して、艦を沖縄の三五〇浬（かいり）圏内の補給線からはずれた位置に移動し、気分を休めることにした。

みごと先陣を飾って魚雷命中

夜暗を利用して、回天の整備をやりなおし、五月一日、ふたたび敵の補給線上に潜伏した。伊四七潜は日没はやめに浮上すると、海上は時化気味で白浪がたち、時折りしぶきが甲板を洗う。日がとっぷり暮れると、双眼鏡よりもレーダーの見張りが威力をもつ。午後八時すぎ、待ちにまった報告がきた。

「レーダー、左五〇度に固定目標捕捉、精密探知中」

しめた、と心のなかで叫ぶと私はすぐ、

「とーりかーじ。五〇度取舵のところ、両舷第一戦速」と号令した。

「艦長、目標は水上艦船の集団らしい。距離約三五キロ」輸送船団だなと判断すると、「総員配置につけ！」「夜戦に備え！」が、口をついてでる。

艦内に鳴りわたる警急ベルに、全員がこおどりして戦闘配置につく。乗員の顔も緊張と闘志で紅潮している。つづいて、

「敵輸送船団らしいものをレーダーで捕捉した。魚雷戦用意！」

夜目にも白く砕ける波頭をつきやぶりながら、伊四七潜は暗黒の海上を、獲物めがけてまっしぐらに突進していく。

発令所では、いよいよ発進のときがきたと、回天搭乗員たちは白鉢巻をしめ、搭乗の準備をととのえて「回天戦用意」の号令を待っていた。だが、いつまでたっても掛かってこない。たまりかねた隊長の柿崎中尉は、艦橋へのぼってきた。

「艦長！」暗黒のなかで背後から呼ばれた。「だれだ」

誰であるか、何を言いにきたのか、艦長の私には十分わかっている。

「柿崎中尉であります」敵の方向を見つめたまま振りむきもせぬ私に、「艦長、目標が輸送船団ならば、回天の洋上襲撃に絶好の相手です。ぜひ回天も使ってください。お願いします。隊員は艦長の号令を待っています」

かならず、こう言ってくるものと私は予期していた。しかし、暗夜の時化である。親船の潜水艦でさえも、襲撃できるかどうか。

「まだ敵を確認していないのに、回天戦闘用意は早い。それに海上模様を見ろ。回天戦には無理だ。もちろん今夜でも機会さえあれば、発進命令はだす。あせらずに艦内で待機していることだ」

私は柿崎中尉の声を肩ごしに聞いたままで、厳として彼の申し出をとらなかった。向かい合っていては、彼を説得どころか、かえって彼の熱情にまけてしまいそうである。柿崎中尉は、まだ何かいいたげな様子であったが、

「わかりました。発令所で待機します」と、あきらめて艦内へ入った。

レーダーによる距離は十五キロ。艦橋の双眼鏡には艦影はまだ入らないが、これ以上の水上進撃は不利である。ころはよしと、

「両舷停止。潜航急げ」

潜航すると、レーダーにかわって、すぐに水中聴音室の芝田二曹が「集団音、感三」と、

洋上航行艦を襲撃すべく回天6基を搭載し、光基地を発する伊36潜艦上の天武隊の搭乗員たち

すばやく報告してきた。

何としても敵影を確認して、魚雷の射程内に入りこまなければならない。おしい電力ではあるが、思いきって水中を全速力で十五分間航走し、夜間潜望鏡を上げた。司令塔の照明を全部消し、潜望鏡の露頂高を高くし、聴音と密接に連絡しながら、目をこらして捜しもとめること約五分、ついに水平線の上に黒い椀をふせたようにして、わずかに盛りあがった艦影が見えだした。

「右七度」竹山信号長が目盛を読む。

目標の前程を押さえるように変針して、また水中全速。その間に魚雷の発射準備は完了した。微速にして潜望鏡をあげた。闇のなかに黒い艦影が、だいぶはっきりしてきた。

「方位角、右約六〇度。距離、約四千。艦種不明」と観測した。

ぐずぐずしていると、方位角が開きすぎてしまう。もっと突っ込みたいところだが、いま発射しよう。

「発射雷数四、魚雷深度三メートル」「発射始め」を発射管室へ令した。

潜望鏡に射角を調定し、発射管室からの「発射始めよし」を待ちかまえて、午後九時三分、艦影の中央部に照準した。

「用意——テー！」四本の魚雷が三秒間隔で発射された。「航海長、命中までの時間は？」

「はい、二分四十秒です」「そうか、ながいな」

発射の瞬間から、潜望鏡にしがみついたきりの私はもちろん、乗員全部が一刻千秋の思いで息をつめて、命中音をいまかいまかと待っている。

二分四十秒たったが反応なし。潜望鏡にうつる艦影も聴音に入る音源も、いぜん健在では、私の心はおだやかでない。

「敵速を甘く見たかな」と自答すると、「二番連管、発射用意。急げ」を令した。たまりかねて、二の矢を放とうとしたとき、潜望鏡の視野にパッと火柱が一本あがった。「一発命中」と私の声が終わらぬうちに、二本目の火柱があがった。さらに、その右の方に三本目の火柱がたった。

「三発命中！」この声と同時に、〝カチッ〟つづいて〝ドカーン〟と、命中音と爆発音があいついで三発ひびき、船体を強くゆさぶった。

「音源の雑音大となった。沈没するらしい」聴音の報告も、うれしさに声がはずむ。魚雷に調定した深度が三メートルであったから、吃水三メートル以上の船二隻に魚雷三本が命中し、一隻は沈没確実、他の一隻は撃破と判断した。連日の苦闘が、やっと報いられた。

「艦長、ありがとうございました。水雷部員が、艦長を胴上げするんだと言っています」

「先任将校、おめでとう。俺の方こそ礼を言わなくちゃならん」

艦内には一転して活気がみちあふれた。

敵大型輸送船に突入

明くる五月二日、艦内にはまだ前夜の昂奮がさめきらない午前九時半、聴音が音源をとらえた。

「右四五度、感三、船種不明、わずかに右へ移動する」私は間髪を入れず、「総員配備につけ」「回天戦、魚雷戦用意」「深さ十九、急げ」を艦内につげた。

六人の搭乗員は、読書中のもの、雑談中のもの、睡眠中のもの、一斉におどりあがり簡単に服装をととのえると、

「しっかり頼みます」「成功を祈ります」

乗員の訣別と激励の言葉を背に、艦内から交通筒をはいあがり、回天にもぐり込んだ。

「発進準備完了」を各艇が報告してくる。露頂するのももどかしく潜望鏡についた私は、波間に目標を発見した。大型駆逐艦二隻が、右前方約七千メートルを北西にむかっており、さらに同じ方向の遠いところには、大型輸送船二隻が見える。

私の観測結果を、重本航海長がすばやく図示する。魚雷の射程外ではあるが、回天ならば充分な余裕がある。上はゆるやかなウネリはあるが平穏、相手は集団で低速、洋上回天戦にとって、まさにあつらえむきだ。

「一号艇、三号艇、発進用意」私は柿崎中尉、山口一飛曹に先発を命じた。「発進、用意よし」二人の節度のある声が、電話してくる。

「本艦の右五〇度、約七千に編隊の大型駆逐艦が二隻、同方向約一万に大型輸送船二隻以上がいる。針路いずれも北西、速力十ないし十二ノット。敵情終わり」

「了解」

「各艇は発進後、ただちに針路三〇度、艇速二十ノットで全没航走せよ。十二分後、露頂。予想態勢は編隊駆逐艦の左前方約千メートル。あとは各自の観測にもとづき第一目標は輸送船、第二目標を駆逐艦におき突入せよ」

「了解」

「各艇、会心の命中を祈る」「ありがとうございます。あとは頼みます」

寸刻を争う場合なので言葉はすくなく、これだけをいい交わして、

「一号艇用意——発進」つづいて一分後、「三号艇用意——発進」

隊長柿崎中尉と山口一飛曹は順調な発動音を残して、潜航中の後甲板から発進した。聴音は敵に向かって突進していく回天の移動を追いながら、その駛走ぶりを刻々と報告してくる。

全身を耳にして、「うまく突入、命中しますように」と、戦果の命中音を、いまかいまか

伊47潜搭乗の天武隊。前列左から横田二飛曹、古川上曹、柿崎中尉、一人おいて折田善次艦長、長井司令官、前田中尉、山口一曹、新海二飛曹。後列右から2人目に板倉参謀の姿が見える

と待った。十五分が過ぎるころから、胸騒ぎがする。「失敗？　犬死？」十七分、二十分と、時間は過ぎるばかり——。

突如、グワーン！　と回天の命中した大爆発音。発進後二十一分目で、駆逐艦の音源と同方向である。つづいて二十五分して、さきと同一方向に、第二の回天が命中する大爆発音がした。

柿崎中尉は昭和十九年十二月の金剛隊で初出撃いらい、四回目にして、ついに玉砕していった。

電話でかわす最後の発進命令

敵艦二隻を撃沈した歓声がまだ艦内に漲（みなぎ）っているうちに、聴音室は、

「音源左一〇〇度、感二、駆逐艦らしい」と、またしても敵を捕捉した。

私の潜望鏡での観測は大型駆逐艦二隻。針路は北西。速力十二ないし十四ノット。従来のよ

うな魚雷装備だけならば、この敵は見送るしかない態勢だが、伊四七潜には新秘密兵器〝人間魚雷回天〟がある。追撃が可能と判断して、

「四号艇、発進用意」

手ぎわよく発進の用意を完成し、つぎの命令を待っている古川上飛曹に、私は敵情をつたえ、全没航走時間と針路速力を指示した。

「了解」落ちついた声だ。

「しっかり頼む。成功を祈る」

「……」返事はなかったが、「四号艇用意――発進」を令すると、余裕しゃくしゃくの古川上飛曹は、エンジン起動から電話線が切れるまでのわずかの間に、

「さようなら。伊四七潜の武運長久を祈る」とつげ、快調な駛走音を残して突進していった。

三十分が経過したころには、突入命中の撃発音が聞かれるはずであるのに、息を呑むようにして見つめる秒時計は、すでに三十五分を経過している。

「無理だったかな」と取り返しのつかない悔やみがどっと湧いてきた。それでも、観測誤差を二〇パーセント不利な方に計算すると、四十五分目ごろが突入になる。

確信はあっても、命中音を聞くまでは、不安である。四十五分も過ぎたが、洋上には何の変化も起こらない。

四十八分目に、聴音報告が入った。「全力回転でいよいよ突入だぞ」

司令塔配置の全員が、緊張して待つほどもなく、大爆発音が長い余韻をひいて伝わってき

た。

「やったぞ！　古川上飛曹」「よく頑張った。苦心の突入だったろう」

私は、張りさけそうになっていた胸をなでおろし、感激の涙にしばしむせんだ。

相手に不足はなし敵軽巡

三度の合戦で、潜伏位置を知られてしまったので、私は伊四七潜を南東に一時移動し、五月五日、沖縄とグアムを結ぶ線上に進出し、待機して敵を捜索することにした。はたせるかな、六日の午前九時、レーダーが約四十キロに目標をとらえた。

佐藤哨戒長は、ただちに一切の艦内騒音をとめると、聴音室に入念な聴音捜索を命じた。十時すぎ、微音源を捕捉した。

「総員配置につけ。回天戦、魚雷戦用意」

静まりかえっていた艦内が、一瞬にして活気をおびた。前田中尉、横田二飛曹、新海二飛曹の三人は、覚悟をあらたにして、各自の回天へ飛び込んだ。

タックルするように潜望鏡にとびついた私の右眼に、艦影が一つ、灰色の軽巡洋艦である。距離は約八千、速力十六ノット前後、ジグザグ運動をしながら近接態勢にある。

回天戦、魚雷戦の両用のかまえで敵の前程を押さえようとする本艦に対し、巡洋艦は水中の敵を十分に意識してか、大角度の之字運動をとっており、距離はなかなか縮まらない。もはや魚雷の使用は見込みなさそうだ。すぐに二号艇と六号艇に発進の用意を下し、敵情をつたえ発進後の指示をあたえた。

二号艇はスラスラといったのに、六号艇は、はがゆいほどに電話の調子が悪い。狭い回天の中で、なんとか連絡しようとあせっているにちがいない横田二飛曹の顔がうかんできた。

私は、六号艇との電話をやめさせ、二号艇の電話についた。

「六号艇は電話故障で発進をとりやめる。前田中尉、一基で行ってくれ。相手は巡洋艦だ。思いきり突っ込んで、目標のど真ん中に突入せよ。成功を祈る」

「はい。しっかりやります」「うん。その調子だ。二号艇の発進用意」

「用意よし」予備士官前田中尉の最後の声。「用意——発進」

回天を甲板に固縛していた第三バンドがはずれ、エンジンが起動しはじめ、連絡用の電話線がガリッと切れると、彼の艇はみごとに発進した。海上の白波は、襲撃側の回天にとって有利だ。一撃で成功しなかったら、二撃、三撃と果敢な突入をくりかえせば、巡洋艦がどんなに回避しようとしても、かならず仕止めることができると、私は確信していた。

それでも二十分経過すると、もう放っておけない。鉢巻をしめなおすと、私は、

「二番連管——発射用意」「観測だ。深さ十九、急げ」を令した。

「前田中尉は、敵の回避運動をもてあましているにちがいない。有効射程外でもかまわぬから、魚雷も射ちこんで、巡洋艦の運動を牽制してやろう。また一発でも命中すれば、敵の動きがにぶる。そこで回天が最後の止めだ」

いぶかる航海長に、こう説明すると、

「発射雷数四、魚雷深度四メートル」伝令が、これを復唱し終わらないそのとき、〝グヮーン〟と大爆発音がした。

「よくやってくれた。前田中尉」心の中で合掌して、彼の冥福を祈った。聴音室からの、

「目標付近、騒音大となった。沈没するらしい。推進器の回転も止まった」の報告に、「レアンダー型巡洋艦を前田中尉が撃沈」

私は、戦果を艦内に伝えると、深々度に潜入して戦場をはなれた。

食うか食われるか名艦長と潜水艦の大戦果

元「伊四一潜」艦長・海軍少佐　板倉光馬

潜水艦が戦艦や空母を撃沈する、ということは至難のわざである。文字どおり千載一遇といってもよいであろう。レーダーを持たない日本の潜水艦は、会敵する前に敵に探知されて逃げられるか、対潜部隊の制圧をうけ、命からがら脱出するのが関の山であった。

潜航してアミを張っていても、水中機動力が小さいため、襲撃する機会はほとんどなかった。せめて十五〜十六ノットは欲しい、というのが潜水艦長の切なる悲願であった。

板倉光馬少佐

また、大物にはかならずといってよいほど護衛艦がついていた。この警戒網をかいくぐって、射点に着かねばならない。しかも数秒の観測で、敵の速力・距離・方位角を判定して魚雷を発射するのである。観測誤差が大きいと、魚雷はそっぽを向いてしまう。

艦長の技量がすべてを決するのである。潜水艦戦は、食うか食われるかの格闘である。精神力も軽視できない。いや、攻守にわたってこれが明暗を分けることがある。ブルペンでは素晴らしい球を投げる投手が、マウンドに上がるとポカポカ打たれるようなものである。心・技・運、この三つがそろって、はじめて金的を射止めることができるのである。

空母ワスプほかを撃沈破（伊一九潜艦長・木梨鷹一中佐）

昭和十七年九月、ガダルカナル島の争奪戦たけなわのころで、日米とも全戦力を投入して、史上その例をみない消耗戦を展開していたときのことである。わが潜水部隊は、一部をガ島の東方に配し、大型九隻をもってソロモン群島の南東海域に散開線を構成していた。

九月十五日、伊号第十九潜水艦長（伊一九潜）木梨中佐は、針路一五〇度で聴音哨戒をしていた。午前九時五十分（〇九五〇）、聴音機は集団音をとらえたが、感度が低く動静がはっきりしないので、そのまま直進をつづけた。

一時間後に潜望鏡深度について観測したところ、四五度方向、距離約一万五千メートルに北上する空母と、これをとりまく一団を発見した。遠距離で襲撃できる態勢ではなかったが、ひとまず反転して様子を見ることにした。回頭し終わって潜望鏡を上げたところ、敵集団は西に針路を変えていた。

しかし、まだ手がとどきそうもない。のろい速力をなげきながら、辛抱づよく北上をつづけた。ところが、幸運は敵の方からころがりこんできた。敵が反転したのである。墓穴を掘るとは、このようなことをいうのであろう。

好機到来。躍る心をおさえながら肉薄し、方位角右五〇度、距離九〇〇という必中射点から六本の魚雷を発射した。

雷撃すれば、敵の反撃は必至である。ただちに深度一〇〇を令して離脱をはかった。その途中で三発の命中音を聞いたが、八十発におよぶ爆雷を受けたため、戦果は確認できなかった。ところが、さいわいにも隣接していた伊一五潜が、空母の最後を望見して、次のように報告している。

一、味方航空部隊の攻撃により、地点〇〇〇に炎上漂流中の空母一隻は左へ大傾斜、一八〇〇沈没。

二、一五三五、巡洋艦二隻、駆逐艦数隻、一七四六、駆逐艦一隻は空母を見捨てて南方に避退せり。

これはあとで判明したのであるが、伊一九潜の戦果は空母のみではなかった。別行動をとっていた戦艦と駆逐艦に、それぞれ一本ずつ命中して損傷をあたえていたのである。これについて真実をつたえたのは、その後、英国で刊行された『海戦』（S・W・ロスキル著）である。

『ワスプは魚雷三本をうけ、鎮火の手段なき大火災を起こしたので、放棄撃沈のやむなきに

木梨鷹一中佐

田辺彌八少佐

横田稔中佐

いたった。これとほとんど同時に、戦艦ノースカロライナおよび駆逐艦が雷撃をうけて損傷、オーロラは危うくこれをまぬがれた。敵潜はもう一隻この付近にいたが、同艦は雷撃していないので、これらの戦果はすべて伊一九潜の一斉射で獲得されたものである』

木梨中佐はその後、伊号第二十九潜水艦長に転じ、訪独の大任をはたしての帰途、昭和十九年七月二十六日、バシー海峡で米潜の雷撃をうけて戦死したが、生前における抜群の功績によって、二階級特進の栄に浴した。

損傷艦ヨークタウン処分（伊一六八潜艦長・田辺彌八少佐）

一口に敗戦艦処分といえば、易々たるもののようであるが、実情はそう簡単なものではない。日本の運命をくるわせたミッドウェー海戦において、損傷艦とはいえ空母を撃沈して、万丈の気を吐いたのが伊号第百六十八潜水艦長（伊一六八潜）田辺少佐である。

昭和十七年六月七日、味方索敵機は、わが機動部隊の攻

福村利明中佐

橋本以行少佐

撃によって航行不能となり、漂流中のヨークタウン型空母を、ミッドウェー島の北東約一五〇浬の海上に発見して急報した。

すでに空母群は全滅し、主力部隊は日本本土めざして敗走中であった。この飛報に即応できるものは、潜水艦をおいてなかった。たまたま最寄りの海域にあって作戦行動中の伊一六八潜に、白羽の矢が立てられた。

田辺少佐は潜水学校甲種学生（艦長課程）を卒業すると同時に、呉出校直前の伊一六八潜に着任、潜水艦長としては初陣であった。

この電令に接した田辺艦長は、損傷空母は曳航されてハワイに向かっているものと判断し、図上で会合点をもとめ、水上十七ノットで急行した。

午前三時ごろ、一二センチ水防双眼鏡についていた見張員の、「右一〇度に黒いものが見えます」という報告をうけて向首した。なるべく姿勢を小さくするためである。

やがて東の空が白みはじめ、視界がひらけてきた。空母であることを確認して潜航にうつった。距離約一万、静かに右に移動している。海面は油を流したように静かで、潜水艦にとっては不利な状態であった。潜望鏡を出すと、たちまち発見される。飛行機からの透視も容易である。

田辺少佐は無観測のまま、一直線に接敵することにした。むかしの剣聖は、初心者が相手を斃す極意は、剣を青眼にかまえ目をつぶって一気に突進せよ、と教えている。彼はそのとおりを実行したのである。はやる心をおさえて約二時間、運を天にまかせて突っこんだ。目標との関係がどうなっているかわからないまま、潜望鏡深度について観測したところ、視野いっぱいに空母が映った。方位角約一〇〇度、距離五〇〇。とっさに、面舵一杯を令した。このまま発射すれば、魚雷の安全装置がとけないまま不発に終わるか、艦底を通過するおそれがあった。

態勢をたて直して潜望鏡を上げてみると、距離約一二〇〇。必中射点である。

「用意、打て！」二本の魚雷が飛び出した。三秒後に、同じコースを追いかけるようにして、残りの二本が発射された。一撃必殺の型破り射法である。

二～三発の命中音を聞き「深度七〇」を令した。しばらくして一段と大きい爆発音が艦内をゆるがし、乗員を狂喜させた。しかし、田辺艦長は冷静に自分にいいきかせた。これからが正念場だ、と。

発射後の避退が、敵の意表をついていた。襲撃後は、目標から遠ざかるように行動するのが常識であるが、田辺艦長は逆手をとった。転舵することなく、そのまま直進した。空母の艦底をくぐって反対側に出ようとしたのである。

危険な賭けであった。下手をすれば、巨大な船体に押しつぶされるかもしれない。また、沈没時の渦流に巻き込まれるおそれがあった。では、なぜ無謀とも思われる行動をとったのか――。

田辺少佐は襲撃前から、尋常な手段では脱出できないと考えていたようである。この予想は正しかった。米側の資料によると、護衛にあたった五隻の駆逐艦長は、大西洋できたえた対潜水艦戦のベテランぞろいであった。

艦底通過という、敵の裏をかいたことによって、一時間あまりというものは、敵の攻撃をうけずにすんだ。しかし、その後の攻撃は予想以上に熾烈をきわめた。

「前部発射管室浸水」「後部舵機室浸水」

相ついで被害が告げられてきた。そのうちに、電池がこわれ、電液が流出して海水がまじり、クロリンガスが発生して、中毒患者が続出した。あらゆる動力がとまった。万事休す。悲壮な決意で浮上したとき、約八千メートルにいた駆逐艦が猛然とおそってきた。さらに二隻がくわわり、前後左右に水柱があがる。といって、電力も空気もないので潜航するわけにはゆかない。

窮余の策として、煙幕を張りながら逃げまわった。潜水艦が煙幕を張るなんて、前代未聞である。しかし、しょせん逃げおおせるものではない。敵弾にやられるよりも、と観念して潜航した。そして奇跡的に危機を脱することができたのである。この間、苦闘すること十三時間、艦長の当意即妙の判断と決断によって、ついに九死に一生を得たのである。

当時、ヨークタウン撃沈の戦果はいち早く公表されたが、さらに一本の魚雷が付近にいた駆逐艦ハンマンの横腹に炸裂して轟沈したことが判明したのは、戦後のことである。

田辺少佐はその後、伊号第百七十六潜水艦長としてソロモン方面に転戦、十月二十日、ガ島の第二次総攻撃に呼応するかのように重巡チェスターを雷撃、魚雷一本を命中させている。

サラトガを封じ込めた魚雷一発（伊二六潜艦長・横田稔中佐）

昭和十七年八月三十一日、伊号第二十六潜水艦長（伊二六潜）横田稔中佐は、ソロモン東方海面の散開線にあって待機中、敵機動部隊が北上するのを発見して追跡した。だが、駆逐艦の制圧をうけて潜航したため、これを見失ってしまった。

やむなく反転して、もとの配備点に復帰しようとしたとき、突如、北方水平線上にガスタンクのような巨大なものを発見した。すばやく潜航して、その怪物を見張っていたところ、そのタンクのようなものはしだいに近接し、レキシントン型空母を中心とする機動部隊であることがわかった。ガスタンクのように見えたのは、空母の煙突であった。

敵の機動部隊は、黎明時に飛行機を発進し、発進し終わるとただちに反転したのであろう、飛行甲板には機影は見られなかった。すでに上空には直衛機が舞っていたので、できるだけ潜望鏡を出す回数を少なくして突っこんでいった。空母と刺しちがえることができれば本望だ。警戒艦など眼中になかった。

「用意、打て！」

発射と同時に、駆逐艦の艦首が潜望鏡一杯に左からニューッとよぎった。すわ潜望鏡がふっ飛ぶか、それとも爆雷の直撃か、と観念のまなこをとじた。無我夢中で、

「深度一〇〇」「急げ、急げ」

それから四〜五分後に爆雷攻撃をあびた。およそ四十発、制圧の脅威にさらされること約五時間におよんだが、さいわい被害は軽微であった。後日談であるが、

「惜しまれてならないのは、魚雷の準備が一門だけ遅れたため、射点が後落して方位角一二〇度、命中音は一発しか聞けなかった。一門の遅れを待つことなく、五本を発射していたら、さらに戦果は拡大されていたであろう」と、述懐している。

伊二六潜は、十一月十三日にもガ島東側水道で哨戒中、南下してきた軽巡二隻に、使用できる発射管三門をもって雷撃し、その一隻を撃沈している。モリソン博士は、当時の情況をつぎのように述べている。

『八月の最終日は、米海軍にとって憂鬱な日であった。それはガ島の南東二六〇マイルの地点において、日本潜水艦から発射された魚雷によってかもしだされたものであった。その日、サラトガのまわりには、近くに戦艦一隻と巡洋艦三隻が配せられ、七隻の駆逐艦が、その外周三五〇〇ヤードのところで警戒に当たっていた。当時の編隊航行速力は十三ノットであった。

午前六時五十五分、針路を北西から南東にかえてジグザグ運動を開始してまもなく、伊二六潜から不意打ちに六本の魚雷が発射された。駆逐艦マクドノーは、艦首三十フィートのと

ころに潜望鏡を発見して、対潜警報を発し爆雷を投下したが、魚雷はその艦尾スレスレのところをかすめて、サラトガに向かって直進していった。

サラトガの艦長は、ただちに面舵に大転舵を命じたが、魚雷は命中して、右舵に小山のような水柱があがり、重油が噴出した。直衛駆逐艦の狂ったような攻撃にもかかわらず、伊二六潜はたくみに脱出し、その年のうちに巡洋艦ジュノーを撃沈している。

サラトガの損傷は致命的とまではゆかなかったので、懸命の復旧作業によって、三日後には自力航行ができるようになった。しかしながら、その損傷個所の復旧工事に三ヵ月を要することになり、南太平洋方面の米国海上陣営は、薄氷を踏む思いを禁じ得なかった』と。

日本軍は、サラトガの被害を最後まで知らなかった。横田艦長本人ですら、戦後、数年たって知らされたとき、「その後、九年半の今日まで、小生のもっとも知りたい戦果でした」と語っている。米海軍最大の空母を三ヵ月も戦場から締めだしたということは、戦艦をほうむる以上の戦果といってもよいであろう。

インド洋〝交通破壊戦〟(伊二七潜艦長・福村利明中佐)

昭和十八年二月下旬、ペナンに在泊していた伊号第二十七潜水艦(伊二七潜)に新しい艦長が着任してきた。福村利明中佐である。寡黙であるが洒脱(しゃだつ)、近寄りがたいが温かみを感ずる人柄で、その風格は禅僧を彷彿させるものがあった。

新艦長をむかえて以来、伊二七潜は活気づいた。こうも変わるものかと潜戦司令部が目を見張ったほどである。最初の出撃では七千トン級の貨物船を撃沈しただけで、小手調べとはいえ、満足すべきものではなかった。

二回目は、五月一日に出港して七月十四日に帰着している。アラビア海の北部から、ペルシャ湾の入口におよぶ長期行動であった。この間に四隻を撃沈し、一隻を撃破している。撃沈したうちの一隻は、マスカット港内に潜入して雷撃したものである。

三回目の作戦行動は、インド南方海域であった。インド洋はモンスーンの季節で、南西の強風が吹きすさんでいた。この方面を航行する船舶が少なかったこともあって、撃沈破各一隻という物足りない戦果に終わっている。

四回目は、伊二七潜の真価を問うにふさわしいものであった。十月十九日、ペナンを出撃して帰着するまで、約七十日の長期にわたるものであった。インド洋に点在する要地偵察を皮切りに、アフリカ東岸から紅海の入口まで、戦略物資を運ぶメインストリートを叩きまくった。

四隻撃沈、一隻撃破と、二回目と変わりないが、喪失させたトン数ははるかに上まわった。このめざましい活躍により、連合艦隊司令長官から感状を授与されている。交通破壊戦で感状を授与されたのは福村中佐が最初で、いまだかつてなかったことである。

昭和十九年の二月四日、アドアトール島偵察後、アデン湾・アラビア海方面の交通破壊戦をおこなう任務を帯びて出撃したが、ついに帰着しなかった。

二月十二日、インド南西方洋上マルダイブ（モルジブ）諸島近海で敵の護衛船団を発見して雷撃、一隻を撃沈したが、護衛中のイギリス海軍の駆逐艦の攻撃をうけて最後をとげた。福村中佐は着任いらい一年足らずのあいだに、十一隻を撃沈、三隻を撃破する偉勲をたてた。この功績は上聞にたっし、二階級特進の栄に浴した。

原爆輸送重巡インディアナポリス撃沈（伊五八潜艦長・橋本以行少佐）

原爆輸送の任務を帯びて、インディアナポリスがサンフランシスコを出港したのは、昭和二十年七月十六日である。奇しくも橋本少佐が指揮する伊号第五十八潜水艦（伊五八潜）が、人間魚雷回天を搭載して呉軍港を出撃したのが同じ日であった。そして、この二隻は二週間後に遭遇するのである。

七月二十九日、橋本艦長はグアム〜レイテ間の航路と、パラオと沖縄を結ぶ線がクロスする海域に針路を変えた。そのカンはピタリと当たった。前日、グアムを出港した一隻の巡洋艦が、まともに伊五八潜の方に向かっていたのである。この艦がつんでいた最高機密の貨物は、すでにテニアンで陸揚げして身軽であったが、千二百名近い乗員が乗りこんでいた。

この日、空は雲におおわれ、ときどきスコールがやってきたが、海面はおだやかであった。伊五八潜は日中ずっと水上航走をつづけていたが、日没とともに急に視界が悪くなり、水平線が見えなくなった。これでは会敵しても攻撃できないばかりか、先手をとられて不意打ちをくうおそれがある。橋本少佐は、潜航して月の出を待つことにした。月の出は午後十時である。それまで、ベッドにもぐりこんだ。

午後十一時ごろ、司令塔にあがり夜間潜望鏡をのぞくと、半弦の月は中天にあって、東方の海面はキラキラ輝いていた。異状のないのを確認してから、総員を配置につけ、浮上の号令をくだした。真っ先に上がった航海長が大声で叫んだ。

「艦影らしきもの左九〇度」橋本艦長は反射的に艦橋にとびあがり、十倍の眼鏡を目に当てた。黒い艦影が一つ、月下にクッキリと見える。距離約一万メートル。

「潜航急げ」引きつづき、「艦影発見。魚雷戦用意、回天戦用意」矢つぎばやに下令した。時刻は午後十一時八分。

潜航の途中から、取舵で黒影に艦首をむけた。敵の動きを知るためである。黒い影はまっすぐこちらに向かってくるが、肝心の艦種は見当もつかない。もし、苦手の駆逐艦だったら——。および腰で、「爆雷防禦」を令した。

疑心暗鬼にさいなまれながら見つめているうちに、黒影はしだいにふくらみ、やがて三角形になった。依然としてこちらに向かっている。乗り切られる不安があったが、ここで転舵したらおしまいだ。一歩も退けない。

そのうちに、三角形は二つにわれて、前後に大きなマストがあることがわかった。しめた。敵は大物だ。方位がわずかに右に動いた。このとき、聴音から敵速は高い、と報告してきた。しかし、白浪は見えないし、動きはそれほど早いとは思えない。

敵速を十二ノットに調定、方位角右六〇度、距離一五〇〇で、六本発射した。面舵をとりながら命中を待つことしばし、三本の水柱を確認したとき、全身の力が抜けてゆくのをおぼえた。午後十一時三十五分、黒影発見から二十七分後である。

この戦果には後日談がある。一巡洋艦の喪失であるが、米国民の世論はわいた。一一六〇名の乗員中、救助されたのはわずか三〇〇名にすぎなかったからである。戦後、艦長マックベイ大佐は軍法会議に喚問され、橋本艦長はワシントンに呼ばれて、法廷の証言台に立たされた。米海軍としては前例のないことである。

以上、述べたほかにも、有形無形の戦果をあげた潜水艦長は少なくないが、紙数の関係で割愛させていただく。大方の叱責を乞う。

日本の前哨線ラバウル潜水艦泊地秘聞

昭和十八年二月から九ヵ月、第一線の様相と人間模様

当時一〇八工作部員・海軍技術少佐　寺田　明

昭和十七年はガダルカナルの死闘に暮れた。年がかわって昭和十八年二月、私はラバウル第一〇八工作部部員を命ぜられて急ぎ任地に向かうことになった。一日中、火山灰が降っていて、潜水艦のハッチも開いておけないし、いつ火山が噴出するかも知れないので、油断ができないところだと聞かされていたので、心中おだやかでなかった。

やっとのことで敵機の跳梁する戦場の空を飛んで、眼下にラバウルを見たとき、まず湾内にあふれるばかりの商船の数に驚いた。もう見なれてきた南洋の景色であるが、緑の木々が海岸にせまり、湾の奥には赤い屋根の尖塔が碧空に映えて美しい。

寺田明少佐

飛行艇が着水すると、迎えの車ですぐ近くの工作部梅北部隊に行った。左右は飛行場のはずれで、こげた椰子の林のなかには焼けただれて丸くふくれたドラム缶がゴロゴロしている。

航空機の残骸もある。戦場に来たなと感じる。

湾をかこんで母山、花吹山など、できたての火山が並んでいるが、いずれも噴火はやんでいた。それでも辻々には、噴火があったら山の方に避難するようにと制札が立っていた。湾自体が噴火口で、周囲の山が阿蘇の外輪山のようなものらしく外輪山の中側は、いつ噴火山が出現するかわからないという物騒なところだった。

湾は深く、わずかな木造の桟橋でも、大商船を横付けすることができた。だが不幸にも、工作部のあるのは、いわゆる市街地（人口は戦前でも数百に過ぎなかったろうから市街地とはいえないだろうが）の海岸で、ここばかりは遠浅でボート以外は近寄れない。湾内にはいつも工作艦が停泊していて、水上艦艇の修理に従事していた。

〝オバケ〟汽車のうわさ

私たち工作部は潜水艦を受け持つ一方、基地の防衛施設、有線通信の整備ならびに発電所を管理していた。総勢は五十人ほどの小部隊で、工場といっても木工場と旋盤五、六台の機械工場があるだけである。これらの機械には、接収前からここで働いていた中国人が当たっていた。

部隊の工員たちは呉、横須賀の工廠から派遣された潜水艦経験者ばかりで、とくに呉からは潜水艦のエキスパート浜本技手が来ていたので、心丈夫であった。仕事は潜水艦のほか木船の修理も多く、引揚げ船台が一基、工作部から少し離れたところにあって、これがただ一つの船台とあっては船台のあく暇はなかった。

街路樹の陰には大きな荷物がゴロゴロ置いてあり、いずれも「モレスビー行き」と書かれてあって、戦局がここまで来て膠着したことを物語っていた。もうここでは空襲はなれっこで、毎晩きまった時刻にB24などの大型機がやって来た。ここで聞く戦局は、内地で想像した以上に悪く、もはや戦いがいかに進展するかではなく、どうして喰いとめるかというところまできていた。

前線から来た人は、ただただ米側の物量にまいってしまっているように見えた。聞けば林を焼き払うまで爆撃してから歩兵が前進し、後方からは汽車で物量を運んで来ると言う。流言にしてもまんざら否定できないものがあった。今にして思えば大型トレーラーのことであろう。

ニューブリテン島（ラバウルはニューブリテン島の北端にある）の各岬から潜水艦が行動すれば、きまって狼煙があがる。まったく敵にかこまれている感じである。それでも航空隊が健在であるかぎりは安住の地であった。

輸送基地となった潜水艦泊地

工作部に着任するとすぐに、十門にみたぬ砲であったが「何とかしてニューギニアのラエに送りたいので方法を考えてくれ」と、方面艦隊の井口砲術参謀に相談をもちこまれた。砲身と砲架に分解して、尾栓は艦内に入れ、その他はドラム缶を固くゆわえて潜水艦の甲

ラバウルを象徴する活火山を背景に、高速で
水上航走する500トン級小型潜水艦・呂109潜

板にロープで結ぶ。潜航したらドラム缶に海水が入らないと、水圧でつぶれるので注水口を増設する。揚陸地では、大発が糧食などを受けとりに来るのであるが、重い砲は受けとれないので、潜航してこれを海中にはなし、ドラム缶の浮力を利用して大発で曳航する。これには海大型の潜水艦があたった。

関戸好密少佐は当時、伊五潜の潜水艦長で輸送にあたっていた。たまたま帰港直後に修理箇所調査などの所用で艦をたずねたとき、苦心談などの弱音ははかず「これでも食べて下さい」とバカにすっぱい果物を出されたことが思い出される。砲の輸送が一段落すると、井口参謀はこれで安心したと転出していった。

海軍の砲は、移動する軍艦に固定するようにできているので、砲坐も鼓形で丈夫であるが、重いし大きいし、浮力をつけるドラム缶も、五個も六個もつけなくてはならないので困った。また現地では海軍砲を使用すると、たちまちその所在が知られて狙い打ちされるので、なかなか撃てぬということであった。それにくらべると陸軍のは、車がついているので移動が容易である。

海軍では砲の移送は訓令によるのであるが、陸軍は兵器補給廠をもっていて、補充もかんたんのようであった。

苦肉の策の運砲筒

昭和十八年六月十五日、南東方面艦隊司令部における輸送会議での話は、海軍の手で糧食を運んでもらわぬと困るということであった。大発でも行けるが、六隻のうち四隻は途中でやられてしまう。武装大発の成功率は八〇パーセントのこともあった。一万人の陸兵を支える一日分の糧食は少なくみて十五トンは必要であった。

輸送先はソロモン、ニューギニアである。当時ラバウルにあった潜水艦は伊三八潜を筆頭に、伊一二一潜、伊一二二潜、伊一七六潜、呂一〇一潜、呂一〇三潜、呂一一五潜、呂一一七潜、呂一一二潜、呂一一三潜、呂一一六潜であった。伊号潜水艦が輸送に従事し、呂号潜水艦は哨戒作戦にあたる。しかし九月ごろになると、呂号も輸送にかり出されていた。

米はドラム缶に入れる。軍需部をたずねたときフト見ると、薪一本ぐらいの大きさの木片を入れてあった。こうすれば重くなりすぎず、ちょうどよいのだということであった。

その後、六月ごろにはゴム袋に入れる設備が出来ていた。二十キロの米をつめ、蒸気プレスで圧着して封をしたが、深度三十メートルでは二昼夜、五十メートルでは三十分間は水密が保持できるということであった。これを六十個単位に大袋に入れて、上甲板にかたくゆわえる。

副食物も、弾薬も、医療品も、便乗者も、もちろん艦内だ。

さらに、大砲の輸送のために運砲筒という、魚雷の尾部二本を推進機関とする、耐圧船体をもつ特種運搬装置が内地で造られ、商船でラバウルに運ばれてきた。これ自体二十トンもあるので、大型商船でないともって来れないという代物(しろもの)であった。浮力も二十トンなので、十六トンぐらいまでは砲や弾薬をつめる。しかし、これを使用できる大きさの潜水艦は、伊三八潜一隻だけなので、もっぱら伊三八潜がこれを使用する専門艦になった。

運砲筒を後甲板につみ、その上に砲をならべると、艦は異様な外観になった。揚陸地までは潜航して行き、着くといったん浮上して運砲筒の操縦員を搭乗させるとともに、運砲筒の固縛もほどく。ついで潜航すれば運砲筒は海面に浮かび、そのまま自力で陸地にむかうことができる。

陸軍の砲を運ぶときは、陸兵が操縦するのでさかんにその事前訓練をおこなっていた。月岡部隊や剛部隊の人たちだった。

ラバウル時代の人びと

排水量五〇〇トンの呂号潜水艦は輸送ではなく、哨戒に遠くソロモン群島の南東海面まで進出していた。呂一〇三潜（呂号第百三潜水艦）の艦長は、呂一〇〇潜の初代の水雷長であるが、元気のいい人であった。ニューブリテン島とニューギニアの間の海峡で哨戒中、駆逐艦三隻を発見し、魚雷攻撃をかけ二隻に命中させた。

呂一〇一潜は、二度も電探につかまり攻撃をうけた。その二度目のときに、先任将校の徳川熙大尉が艦橋で戦死した。遠く祖国を離れて戦地にあると、知人に遇うということは懐かしいものである。それだけに別離は切なく、往時の一コマ一コマが鮮烈な想い出となってよみがえってくる。潜水学校の教官のとき、いつも最前列の席で悠然と座っていた顔、「呂一〇九潜はきましたか、艦長がいないという話だが、艦長にしてくれないかなあ」といって笑われた顔、出港前夜、八潜基の山の宿舎に一緒に泊まったことなどが思い出される。

中学の同級生山口幸三郎艦長は、海大型の最古参の艦長であった。彼は上構から海水とともに夜光虫が両舷に流れて光るのをきらい、上構の注排水孔を思いきって切断してしまった。その彼も十一月（昭和十九年／伊四六潜）には不帰の人となった。

この頃はまだ当方には電探に対する対策ができず、一番苦しんだときでもあった。ラバウルの山上には大型の電探があったが、畳よりも大きなアンテナでは、とうてい潜水艦には利用できなかった。

苦心の小舟艇でヤリクリ算段

海上輸送の当面の敵は、小舟艇であった。これに対抗して大発に一三ミリ機銃をつけたが、相手の銃の方が強力だというのですぐ二〇ミリを搭載して、しばらくは優位をたもっていても、すぐこれ以上の砲をつけて来るので、こちらも武装を強化することになり、七月には五七ミリ戦車砲と七・七ミリ機銃で武装した。これが四隻と、二〇ミリ機銃二、七・七ミリ機銃一を装備した大発が二隻と計六隻を整備した。

この工事をする途中で、砲坐をつくる木材の常時確保にはずいぶん苦心した。山にはたくさん木があるが、製材能力が小さく製材諸設備も軍需部がもっていて、すべての需用に応じなければならず、なかなか工作部にまわらない。大発も商船の甲板積みになるので、内地からの輸送がはかどらず、ラバウルで使用するのにもこと欠くほどになっていた。そのうち、木造ベニヤ張りの大発がきたが、一ヵ月で虫にくわれてしまった。

輸送力を増大するため、現地で組み立てる方法を進言し、採用されたが、時すでにおそく組立大発は、蘭印方面の作戦に使用された。そのころ、ジャワ方面で捕獲したガソリンエンジン三軸の軽合金製の本格的魚雷艇が到着して、魚雷艇隊は内地製もふくめてようやく七隻ほどになった。

捕獲艇は一一五号艇、一一三号艇である。出撃前になって一一五号の手摺支柱の熔接がとれたのでガス熔接をたのまれたが、ガソリンを積んでいるので手がつけられず断わったところ、当の司令はなかなかのやかまし屋で、私が部長と沖の沈船調査に行っている間に熔接をやらせてしまった。

案の定ガソリンに引火し、甲板上の魚雷を空中にはね飛ばして爆沈した。沖からもその光景は目撃され、じだんだ踏んだが、あとの祭りだった。司令は七月一日、残りの六隻をひいて出撃し、その後フィリピンに転戦して戦死されたときく。

九月ごろになって、トラック島にあった主力艦の艦載水雷艇が全部やって来た。明治時代に小舟で魚雷攻撃をする思想がうんだ艦載水雷艇であったが、主力艦が、その存在価値をまさに失なわんとするとき、これが活用されるとは皮肉なことである。魚雷の落下機をつけ、調理設備、便所、防弾板と、どんな作戦に使われたかは知らないが、ともかく大急ぎでとりつけた。

木造漁船はソロモン方面への輸送に使用されたらしく、朝鮮の漁船らしいのもやって来た。漁船は丈夫に出来ているからいいが、瀬戸内海の機帆船までが来たのにはおどろいた。よく荒海をはるばる来たものである。

いずれも故障箇所が多く、修理に日数を要した。出港するときは、椰子の葉などですっかり舟をおおってしまう。昼間は海岸にへばりついていて、舟か陸かわからないようにする。航海は夜だけである。

ラバウル潜水艦泊地最悪の日

運貨筒はさきの運砲筒とちがい、潜水艦で曳航（えいこう）するものである。筒に搭載するのがむずかしいので、現地ではムリだから内地でつめこんで来る。一回の輸送量は二百トン以上で能率はいいが、潜水艦としては行動がままならぬので、あまり歓迎すべきものではなかった。昭和十八年十月になって、呉から平野技術少佐（当時大尉）がついて、ラバウルにも一隻送られてきた。

　忘れもしない十月十二日のことであった。乙型潜水艦で曳航試験をするため、平野技術少佐とともに大発で運貨筒をひっぱり、潜水艦の艦尾に取りついたとたんに空襲警報があり、敵の大編隊が上空に現われたと思うまもなく、大発は空中にはね上げられてしまった。やっとのことで浮上した海面は、油やすすで真っ黒である。

海中から状況をみると、湾を横切り爆弾の水柱が上がっているのが見えた。南からきてまた北からくる。幾度か湾全体が水柱にさまたげられて、視界は全然きかない。湾内にいた艦艇が一斉に砲火を開きつつ湾外に退避する。塩っぽい油を呑みながら、海のなかで艦の無事を祈りつづけた。

　気がついたとき、工作艦の内火艇に引き上げられていた。大発には大勢の人が乗っていたが、平野技術少佐をはじめ大部分の人はいなかった。まったく好運というほかはない。命拾いをしたばかりでなく、もう少しで半身不随になるところだった。

　その日からは空襲が本格的となり、ラバウルの機能も大いに削減（さくげん）された。

　十二月にはいって、水上船舶の出入りも不可能となり、もっぱら潜水艦にたよらねばならなくなった。こうなったのも航空機が無くなったからである。トラックの空襲により戦闘機隊が引き揚げたあとのラバウルは、ハサミを失った蟹のように、作戦基地としての機能が失われてしまったといってよい。

昭和十九年以降のラバウルは孤立無援におちいり、困難をきわめたが、私は昭和十八年十一月、最後の病院船で内地送還となり、あとは安東考光技術少佐が着任した。私の前任は浮田基信技術大尉であったが、造船の和田猪一技術大尉、造機の斎藤正郎技術中尉とともに、戦火のなかで過ごしたラバウルの想い出は、今日なお忘れることができない。

伝えられるラバウルの籠城は、安東少佐の時代である。そのころでも、潜水艦はときどき寄港したらしいが、残念ながら詳しいことは知らない。

にっぽん〝防潜要塞〟構築兵談

敵潜の侵入を阻止すべく東京湾ほかにほどこされた防備策

元 陸軍技術大佐　浄法寺朝美

第一次大戦においてドイツの潜水艦Ｕ９が、わずか数時間のうちに北海洋上のイギリス装甲巡洋艦三隻を撃沈し、ドイツのＵ35とＵ139は、十回の出撃で連合国船舶四十万トンを撃沈した。

第二次大戦においてもドイツ潜水艦隊は、緒戦の三ヵ月の間に月間六十万トンの連合国船舶を撃沈して新記録をうちたて、通商破壊に大きな戦果をあげ、Ｕ47はイギリスのスカパフロー軍港に侵入して、戦艦ロイヤルオークを雷撃して撃沈した。

日・独・伊の枢軸国側は九四〇隻の潜水艦を失ったが、商船二七五三隻、一四五六万トンを撃沈した。また、アメリカ潜水艦は日本艦艇約二一〇隻、商船約一二〇〇隻を沈め、その戦果は飛行機によるものより遥かに大きかった。

サイパン、テニアン、グアム、アッツ、キスカ、硫黄島などで応急な島嶼築城を実施するのに、わが軍は一島嶼につき約二十四万トンの築城資材を必要とし、沖縄のような重要島嶼では五十万トン以上の築城資材を必要とした。

そのほか、基地設定および設営のための各種資材と、火砲・弾薬など莫大な量を、しかも遠距離の海上を輸送しなければならなかったが、たとえばサイパンに例をとれば、昭和十八年夏ごろから米潜水艦によって、月間二十万トンの輸送船団が撃沈されるようになり、鉄筋をつんだ船は着いても、セメントの船が沈められ、築城も基地設定も思うにまかせぬ状況であった。

太平洋はもちろんのこと、四国沖、台湾沿岸、朝鮮海峡でも、潜水艦に撃沈される商船が多くなり、兵員・物資の被害が急上昇し、海上船舶輸送の破綻は、日本敗戦の主因をなすようになった。そして潜水艦は、第一次大戦いらい海洋国家には、じつに恐るべき存在となったのである。

話は前後するが、わが国が潜水艦の脅威をかんがえて沿岸要塞に、対潜水艦用の一〇センチ速射カノン砲、あるいは一五センチ速射カノン砲台を増設するようになったのは、昭和八年からである。

東京湾要塞では、湾内への侵入を絶対に阻止するためと、機雷敷設妨害のため走水、剣崎、第一海堡、金谷、千駄崎、観音崎、三軒家に速射のため、無胸墻の対潜砲台をもうけた。

いっぽう津軽要塞では、本州と北海道の連絡航行の確保と、泊地に停泊している艦船を雷撃からまもるために、汐首崎、立待岬、白神岬、竜飛崎におなじような砲台をもうけた。

本土と満州・朝鮮間の交通通商掩護のため、下関要塞では、蓋井島、白島、大島、観音崎、沖の島、角島などに対潜砲台を、壱岐要塞では小呂島、渡良大島、生月砲台を、対馬要塞では豆酘崎、郷崎、海栗島、棹崎、大崎山、竹崎、西泊砲台を、宗谷要塞では宗谷、西能登呂に対潜砲台を、そのほか佐世保、舞鶴、鎮海湾、羅津要塞にもおなじような対潜砲台を建設した。

これらの砲台は、潜水艦が浮上航行して、わが艦船をねらって魚雷発射するのを制圧するもので、火砲の徹甲弾（弾量約二五キロ）は着速毎秒一二〇〇メートルで厚さ十二センチの鋼板を貫徹し、着速一五〇〇メートルでは厚さ十五センチのニッケル鋼板を貫徹し、二十一センチの鋼板をほとんど貫徹し、潜水艦の船殻アーマーを貫徹爆破することができた。

また、口径一〇・六センチの穿甲弾は大きな着速で、厚さ五十センチの鋼板を貫通した例もある。

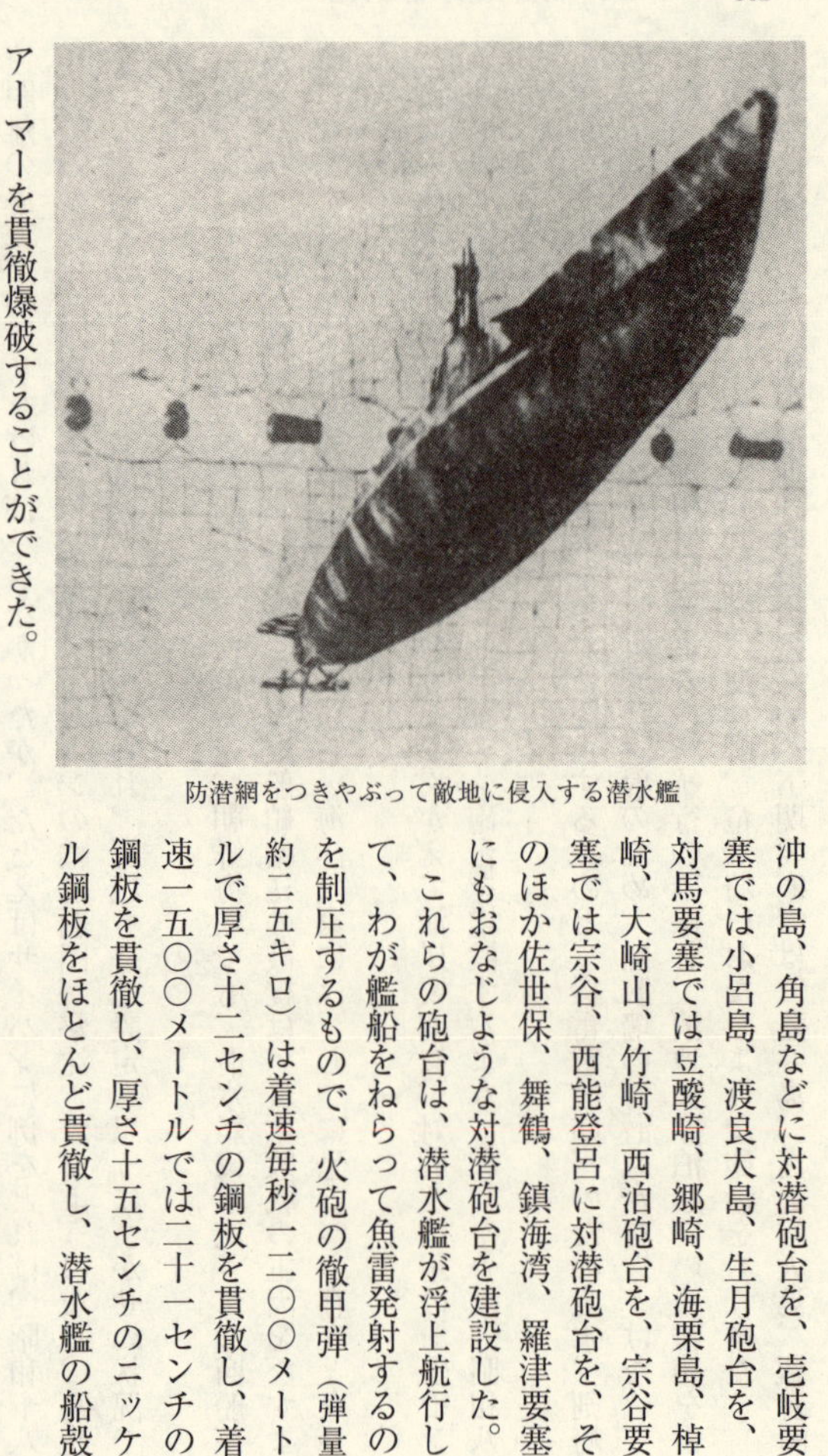

防潜網をつきやぶって敵地に侵入する潜水艦

一〇センチカノン砲の最大射程は、一万八千メートル（約十浬）、一五センチカノン砲の最大射程は二万六千メートル（約十四浬）で、方向射界度は一二〇度とひろく、高低射界度はマイナス七度からプラス四五度と大きかった。しかし、水中弾道のむずかしい問題が残っていた。

対潜砲台は、海上を航行する中小艦艇を直接照準して射撃するもので、夜間に浮上する潜水艦を照射する九〇センチ探照灯（電灯・射光機ともいった）の照射到達距離は、暗夜の良好な気象状態のときでも約六千メートルにすぎず、二メートル探照灯でも約八千メートルで、霧がかかればさらに減少した。ソーナーを付属する砲台は少なかったから、夜間に浮上行動する潜水艦の跳梁をゆるすこととなった。

東京湾要塞の対潜砲台のひとつである千駄崎砲台（東京電力横須賀火力発電所の背後）は、昭和十六年九月に動員し、横須賀重砲兵連隊第一大隊第三中隊が守備につき、一〇センチ速射カノン四門、砲座背後山頂の観測所、砲座左前方山腹の照明所（探照灯）、谷地の発電所の操作にあたった。

太平洋戦争開戦の初期、東京湾口に潜航してきた米潜水艦に対し、水中聴音所よりの通信をうけ、第一弾を発射したのが本砲台といわれている。

そののち昭和十九年二月、東京湾口外に出没する米潜水艦の活発化にそなえ、ここに火力を集中するため、守備隊を前方の剣崎にうつした。各要塞の対潜砲台は、終戦後すべて米軍によって爆破された。

救出のために侵入した米潜

潜航する潜水艦を探知するため、観音崎の突端の海中に水中聴音所を構築した。これは昭和十二年六月のことである。直径四・五メートルの鉄筋コンクリート円筒形のケーソンを海中に沈め、開口部をとおして超音波インパルスを発し、潜水艦よりの反射音をキャッチするソーナー式で、聴測範囲は一八〇度、聴音距離は海上がしずかなときで約四千メートルであった。

聴測距離は潮流の方向、海水の温度と塩分濃度、海底の起伏状態などでちがってくる。潜水艦作戦に重要な調査項目であり、各国とも相手の沿岸状況を知りたがっている。なお、現在のソーナーの聴測距離は約八千メートルである。

この聴音所には、陸岸に地下鉄筋コンクリート造りの受電室、機械室、聴音室をもうけ、べつに自家発電所、燃料庫などをもうけた。

なお、房総の大房岬の海中にも、おなじような水中聴音所をもうけたほか、特殊潜航艇の基地である油壺の前面の海上に船艇を配し、その船底からインパルスを発射して、潜水艦の存在と測距をおこなう処置もとられたが、聴音有効距離がみじかく、その圏外を行動する潜水艦にたいしては、どうしようもなかった。

戦後、米海軍中将チャールズ・ロックウッドおよび同海軍大佐ハンス・アダムソンの共著によれば、米海軍のスイサイドサブマリン（自殺潜水艦）が、昭和二十年二月、相模湾に侵入し、ついで東京湾外にも潜航し、ルメー将軍指揮下の京浜地区を爆撃したB29の損傷機の搭乗員を、相模湾、大島周辺、東京湾外の海上で救助した。

その結果、昭和二十年五、六、七の三ヵ月のあいだに、海上不時着、パラシュート降下、墜落の米空軍搭乗員五三〇名中、三五八名を潜水艦が救助に成功している。この救助率は六七・五パーセントで、とくに五月は八〇パーセントの高率であったとのことである。

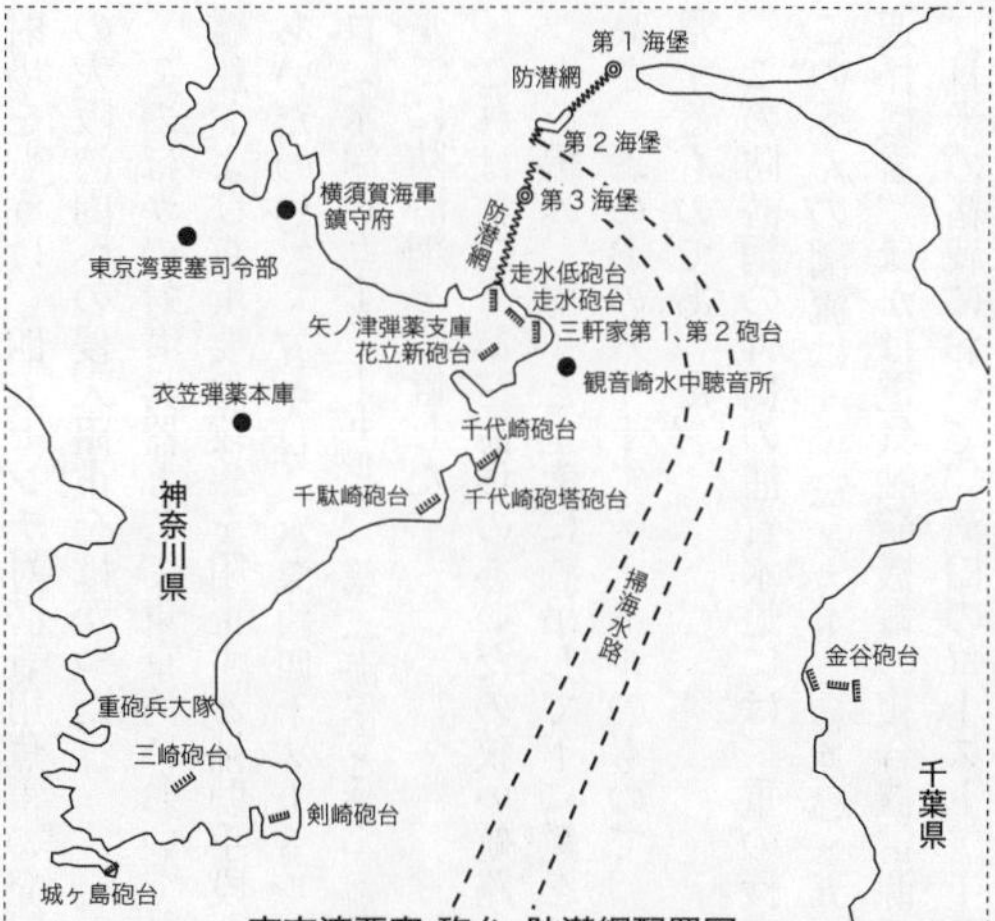

東京湾要塞 砲台・防潜網配置図

この海域は、米空軍搭乗員には救われる海域であったし、わが駆潜艇、水雷艇および駆逐艦には作戦のおよばない海域であったのだろう。京阪神地区などでも、ほぼ同じようであったから、潜水艦はパイロットやセーラーたちの救助面においても、非常に有効な艦艇であった。

なお、大阪湾においては、湾口に位置する由良要塞の紀淡海峡の加太瀬戸（幅約九百メートル）の海岸に、深山魚雷発射場をもうけ、四五センチ対潜兼用魚雷の発射管二門と、水中聴音機をそなえつけ、潜水艦の大阪湾内への侵入阻止をはかった。

このほかの対潜兵器として東京湾においては、潜水艦の湾内への侵入を阻止し、軍港内の艦船および京浜要地攻撃を阻止する補助手段として、昭和十九年、走水旗山崎と第三海堡のあいだの約二・五キロ（水深約四十メートル）、第三海堡と第二海堡のあいだの約二・五キロ（水深約五十メートル）、第二海堡と第一海堡のあいだの約二・五キロ（水深約二十メートル）に防潜網を設置した。

これは第二、第三海堡のあいだの狭い航路を残して、縦横網の目とした丈夫なワイヤーネットを編み、ブイと主索に懸吊して下に錘（おもり）をつけ海中に張りめぐらせたもので、幅員および高さ、おのおの八〜十二メートルのもので、これによって潜水艦を捕捉し、陸上砲台より射撃するものであった。

この防潜網の外側の浦賀水道には二重の機雷源をもうけて、さらに対潜障害をあつくした。このへんの潮流は一〜三ノット（秒速〇・五〜一・六メートル）であり、ひとつは海底係留連係機雷、ほかは電気触発機雷の複合機雷源であった。

日米の緒戦において、湾口のコーストアーティラーリ要塞の攻撃をのがれ、幅四百メートル、長さ三キロの狭長な水道を隠密潜入して、真珠湾に停泊していた米戦艦に雷撃をくわえた特殊潜航艇や、人間魚雷の特別攻撃の戦訓を、防潜網と二重の機雷源によって生かしたものである。

以上、太平洋戦争における、主として東京湾要塞に例をとり、対潜の防備状況を概説した。そしていまは、全国のどこにも要塞はない。

※本書は雑誌「丸」に掲載された記事を再録したものです。お気づきの方は御面倒で恐縮ですが御一報くだされば幸いです。執筆者の方で一部ご連絡がとれない方があります。

単行本　平成二十五年十一月刊

ＮＦ文庫

潜水艦作戦

二〇一八年四月二十四日　第一刷発行

著　者　板倉光馬他
発行者　皆川豪志
発行所　株式会社　潮書房光人新社
〒100-8077　東京都千代田区大手町一-七-二
電話／〇三-六二八一-九八九一(代)
印刷・製本　凸版印刷株式会社
定価はカバーに表示してあります
乱丁・落丁のものはお取りかえ
致します。本文は中性紙を使用

ISBN978-4-7698-3063-4　C0195
http://www.kojinsha.co.jp

NF文庫

刊行のことば

第二次世界大戦の戦火が熄んで五〇年——その間、小社は夥しい数の戦争の記録を渉猟し、発掘し、常に公正なる立場を貫いて書誌とし、大方の絶讃を博して今日に及ぶが、その源は、散華された世代への熱き思い入れであり、同時に、その記録を誌して平和の礎とし、後世に伝えんとするにある。

小社の出版物は、戦記、伝記、文学、エッセイ、写真集、その他、すでに一、〇〇〇点を越え、加えて戦後五〇年になんなんとするを契機として、「光人社NF（ノンフィクション）文庫」を創刊して、読者諸賢の熱烈要望におこたえする次第である。人生のバイブルとして、心弱きときの活性の糧として、散華の世代からの感動の肉声に、あなたもぜひ、耳を傾けて下さい。